# 一曲流水红颜窠

## 红楼梦中的多面人性

一笑作春风 —— 著

天津出版传媒集团

百花文艺出版社

## 图书在版编目（CIP）数据

一曲流水红颜寞：红楼梦中的多面人性 / 一笑作春风著 .-- 天津：百花文艺出版社，2023.4
ISBN 978-7-5306-8521-1

Ⅰ.①一… Ⅱ.①一… Ⅲ.①《红楼梦》人物 - 人物研究 Ⅳ.①I207.411

中国版本图书馆 CIP 数据核字（2023）第 049447 号

# 一曲流水红颜寞 ：红楼梦中的多面人性

YIQU LIUSHUI HONGYANMO: HONGLOUMENG ZHONG DE DUOMIAN RENXING

一笑作春风　著

出 版 人：薛印胜
选题策划：唐冠群　责任编辑：李 信
特约编辑：连 慧 李 根
装帧设计：三形三色
出版发行：百花文艺出版社
地址：天津市和平区西康路 35 号　邮编：300051
电话传真：+86-22-23332651（发行部）
　　　　　+86-22-23332656（总编室）
　　　　　+86-22-23332478（邮购部）

网址：http://www.baihuawenyi.com
印刷：三河市春园印刷有限公司
开本：880毫米 ×1230毫米　1/32
字数：252千字
印张：10.5
版次：2023年 4 月第 1 版
印次：2023年 4 月第 1 次印刷
定价：58.00元

如有印装质量问题，请与三河市春园印刷有限公司联系调换
地址：河北省三河市李旗庄镇东兴庄村
电话：17736702758　邮编：065206

一个是阆苑仙葩，

一个是美玉无瑕。

若说没奇缘，今生偏又遇着他；

若说有奇缘，如何心事终虚化？

——红楼十二曲《枉凝眉》（节选）

胭脂鲜艳何相类，花之颜色人之泪；

若将人泪比桃花，泪自长流花自媚。

泪眼观花泪易干，泪干春尽花憔悴。

憔悴花遮憔悴人，花飞人倦易黄昏。

一声杜宇春归尽，寂寞帘栊空月痕！

——《桃花行》（节选）

花谢花飞花满天，红消香断有谁怜？

游丝软系飘春榭，落絮轻沾扑绣帘。

闺中女儿惜春暮，愁绪满怀无释处。

手把花锄出绣帘，忍踏落花来复去。

柳丝榆荚自芳菲，不管桃飘与李飞；

桃李明年能再发，明年闺中知有谁？

三月香巢已垒成，梁间燕子太无情！

明年花发虽可啄，却不道人去梁空巢也倾。

一年三百六十日，风刀霜剑严相逼；

明媚鲜妍能几时，一朝漂泊难寻觅。

花开易见落难寻，阶前愁杀葬花人，

独倚花锄泪暗洒，洒上空枝见血痕。

杜鹃无语正黄昏，荷锄归去掩重门；

青灯照壁人初睡，冷雨敲窗被未温。

怪奴底事倍伤神？半为怜春半恼春。

怜春忽至恼忽去，至又无言去未闻。

昨宵庭外悲歌发，知是花魂与鸟魂？

花魂鸟魂总难留，鸟自无言花自羞；

愿侬此日生双翼，随花飞到天尽头。

天尽头，何处有香丘？

未若锦囊收艳骨，一抔净土掩风流。

质本洁来还洁去，强于污淖陷渠沟。

尔今死去侬收葬，未卜侬身何日丧？

侬今葬花人笑痴，他年葬侬知是谁？

试看春残花渐落，便是红颜老死时；

一朝春尽红颜老，花落人亡两不知！

——《葬花吟》

秋容浅淡映重门，七节攒成雪满盆。

出浴太真冰作影，捧心西子玉为魂。

晓风不散愁千点，宿雨还添泪一痕。

独倚画栏如有意，清砧怨笛送黄昏。

——《咏白海棠》

## 序

## 书卷多情似故人

　　多年来，我的枕畔常置一本《红楼梦》，随意一节阅之，便充满欣悦。倒不是说别的书都不好，而是经历岁月后明白了一个道理：书不是读得越多越好，能滋养生命的也就那么一两本而已。

　　就好像有一桌满汉全席，摆满了山珍海味，年轻时恨不能全部吞下去，眼中充溢的全是贪婪和欲望。而今看来，控制在七分饱最好，留些持久的怀念，让余味绵延不绝！

　　和《红楼梦》相伴的时光，涵盖了我的精神成长史。

　　少年时读此书，跳着读，眼中只有宝黛两个人，人名是记不全的，人物关系也是混乱的，贾珍、贾赦、贾琏、贾政等人全是面目模糊，混成一片。自然无法欣赏到书中妙处，随意翻翻，我便掷向一边。

青年时，读到了一些热闹的场面：吃喝玩乐、喜怒哀乐、诗情画意、悲欢离合。人生五大事：生、死、爱、吃、睡，曹公写得诗意浪漫，像是漫步在桃花源中，看不尽的桃红柳绿，听不完的赏心乐事，简直是乱花渐欲迷人眼。看：

神瑛侍者，衔玉下凡；绛珠仙草，以泪报恩。

——这是生！

昨日黄土陇头送白骨，今宵红灯帐底卧鸳鸯。

——这是死！

死了化灰，未若化烟，烟尚凝固，风吹四散。

——这是爱！

鹿肉大宴、梅雪泡茶、乌木银箸、桂花粉糕。

——这是吃！

黛玉合目安睡，湘云青丝枕畔，宝玉梦游仙境。

——这是睡！

年岁渐增，兴趣渐移。读到的是世态炎凉，人生无常。"眼看他起高楼，眼看他宴宾客，眼看他楼塌了。"繁花似锦亦不过如鸟栖枝头，一袭四散。"飞鸟各投林""白茫茫大地真干净"——那是悬在人头顶上的命运之剑。

于是，更多了一份悲悯情怀。读刘姥姥时，觉得最生动的地方不再是大观园内"丑角"的扮演，而是她进贾府时"山路十八弯"的周旋，求乞时"未语脸先飞红"的羞耻，离开时"千恩万谢"的念佛。那些曾经被我忽略的细节，忽又跳入眼中。因为懂得，所以看见。

我也突然理解了袭人做姨娘的想法，以及为之上下求索的卑微姿态。阶层的跨越难比登天，袭人是在家中爹娘穷得快被饿死时被卖到贾府做丫鬟的，前后生活对比，可不就是地狱与天堂？委屈心意，向世界妥协，达成自己的欲望，这是生存的本能啊！然而，又为她叹息，这个姑娘，她可曾随心所欲地为自己活过？身为一个不屈不挠的向上攀爬者，当一切愿望达成，回看那些忍痛阉割掉的本真，是否也会有顾影自怜的伤感？

由此，就凸显了晴雯存在的意义。晴雯像一面镜子，让读者看到在成长过程中漏洞百出的自己。长大了，成熟了，没有棱角了，懂得妥协了，何处安放义无反顾的真挚情感呢？

渐渐地，不再迷信权威。

文学史上说宝黛二人是封建社会的叛逆者，在我看来，不全是那回事。当着宝玉的面，王夫人把病了四五天、奄奄一息的晴雯赶出怡红院，宝玉眼睁睁地看着，屁都不敢放一个。抄检大观园，探春和惜春都做出了大动作的反应，唯有林黛玉自始至终没有发声，一张利嘴比刀子还尖的林妹妹哪里去了？

与其说二人是叛逆者，不如说他们是天外客。一个是青埂峰下的顽石，一个是灵河岸边的绛珠仙草，他们怀着大痴情来这世间走一遭，却失望极了。他们迟钝着功名利禄，眼中只有真善美，却又无力改变。他们灵魂中镌刻着孤独和悲伤，最终逃离红尘，从何方来，便魂归何处。

书卷多情似故人，晨昏忧乐每相亲。

一本书读得久了，书中的人物就成了自家人。三五之夜，月明如水，轻翻书卷，如对故人，促膝长谈，说彼平生。那些痛苦的、惆怅的、伤感的、凄凉的、苦涩的、甜蜜的、欣悦的、快乐的……书中人物的千万思绪，如长河星空，一一呈现在眼前。同那么多真实的灵魂在交流，生命也在绵绵延伸。

因为我这个红迷，家中书架上摆满了各种版本的《红楼梦》。受此感染，家中铁先生——一个标准的理工男，居然也变成了曹公的忠实粉丝。我俩常常在夜深人静，孩子们酣睡的晚上，偷偷溜到小区楼下，牵着手，沿着小道散步。举头看皓月当空，回首望树影在地，耳边还有夏虫的低吟，白天里被折腾得皱巴巴的内心开始舒展，走着走着，就开始聊红楼中的人物。

比如聊贾雨村。

"哎，说句实话，老兄，你要是有贾雨村那样的高升机会，会不会丢了乌纱帽也要救英莲呢？"我问铁先生。

"这个不好说。"铁先生倒也实诚。

"你这个忘恩负义狼心狗肺的贾雨村！"我给了铁先生一拳。

"不！不！我会认她做干女儿，罩着她，有我这个青天大老爷在，谁都不敢欺负她了。"铁先生为自己辩解。

好吧，这还差不多，我放过了铁先生。

再比如聊小葫芦僧。

"老兄，你说咋那么巧，这个小门子随身带着'护官符'？"我问。

"那当然！做好准备的，别说是贾雨村，就是真雨村、李雨村他也拿得出来。"铁先生说。

"这么聪明的人，怎么还会被贾雨村赶走？"我继续追问。

"谁让他给领导出主意呢？他当英雄，领导不就是狗熊了吗？"铁先生说话永远都是这么不着调。

"那要是领导笨，想不出断案方法怎么办？"我穷追不舍。

"启发式教学啊！"铁先生三句话不离自己教师本行。

我哈哈大笑，果真妙计！

可以说，这本书中写的大多数人物，都被我和铁先生与现实人生印证过，我们见过许多多的贾雨村、小门子、贾芸、刘姥姥……虽然书中那个时代渐渐离我们远去，但人性是相通的。作家毕飞宇在《文学的拐杖》一文中说：“世态人情是小说的底子，小说的呼吸。”身为读者，若看不懂世态人情，怎能领略到《红楼梦》中那些妙不可言之处呢？

想当日，曹公在“举家食粥酒常赊”之时，批阅十载，呕心沥血创作此书，曹雪芹借“石头”之口，调侃其创作期待：“只愿他们当那醉馀饱卧之时，或避世去愁之际，把此一玩。”时光流转两百余年，我有幸成为“他们”中的一员，把玩乐趣书中寻，数点梅花天地心。我这只秃笔聊且抒写下自己的闲情偶寄，愿供诸位读者喷饭供酒，若有不合之处，且一笑作春风吧！

## 第一辑　一曲流水红颜寞

# 第二辑　情天情海幻情深

## 第三辑　江湖秋水波浪多

# 第一辑 一曲流水红颜寞

黛玉看到"花谢花飞花满天"，便"手把花锄出绣帘"，听到"昨宵庭外悲歌发"，便疑"知是花魂与鸟魂"；情感枯索的人是不能体会到这份痴情的，他们觉得这是无事找事。务实主义者也是不能理解这份闲情的，他们觉得还不如做点女红，补贴家用。唯有宝玉听出了《葬花词》背后对人类悲剧命运的哀叹。当他听到黛玉吟"一朝春尽红颜老，花落人亡两不知"时，不觉恸哭，悲声盈山坡。

# 懂得二字，写就宝黛千古痴

红楼十二曲中的《终身误》道的是宝玉的爱情结局：

都道是金玉良姻，俺只念木石前盟。

空对着山中高士晶莹雪，终不忘世外仙姝寂寞林。

叹人间美中不足今方信。纵然是齐眉举案，到底意难平。

为什么他人眼中的金玉良缘，到了贾宝玉这里，却变成了深深的叹惋？

为什么宝玉和宝钗举案齐眉，终不忘世外仙姝林妹妹呢？

那是因为，宝玉和黛玉之间有着灵魂深处的懂得。

宝钗再好，奈何"曾经沧海难为水，除却巫山不是云"。这世间，宝玉再也遇不到一个像林妹妹那样懂他的人。

## 01 她懂得他的痴

虽然"衔玉而生"的贾宝玉是名副其实的富二代、官二代，但真的不代表每个女子都会打心底爱上他。

他做过太多不靠谱的事，比如混在脂粉堆里吃胭脂，"好姐姐""好妹妹"不离口，调戏金钏致其自尽，没有担当遇事就溜……他厌恶四书五经八股文，厌恶科举考试不愿求取功名，家事国事天下事，他事事不关心。连黛玉都看出了贾府的败落，替他算账提议要节俭些。他笑着说："凭他怎么后手不接，也短不了咱们两个人的。"黛玉听了，气得转身找宝钗说笑去了。

这样的宝玉，就是一个中看不中用的"花架子"，毕竟生活需要务实。然而，唯有黛玉懂得，在宝玉无事忙的背后有着一份难得的情怀。小说第五十八回，宝玉病后去看黛玉，看到一株大杏树上面结了许多小杏，便觉得辜负了杏花，由此想到邢岫烟择夫婿一事，再想到岫烟也会有乌发如银，红颜似槁之日，不觉对杏流泪叹息。从一棵杏树推及到女儿们的命运，这就是一份大关怀吧！

情怀这东西，最无用，却能以此体悟出生命的价值与乐趣。相反，和蒙昧的人在一起，无论经历什么，他的感受力都是缺席的。

整部红楼里，衔玉而生的宝玉是最忧伤的那个人。对于美，对于生命，对于这世间的一切草木虫鱼美好事物，宝黛二人都有着相似的迷恋与伤感。

黛玉看到"花谢花飞花满天"，便"手把花锄出绣帘"，听到"昨宵庭外悲歌发"，便疑"知是花魂与鸟魂"，情感枯索的人是不能体会到这份痴情的，他们觉得这是无事找事。务实主义者也是不能理解这份闲情的，他们觉得还不如做点女红，补贴家用。唯有宝玉听出了《葬花词》背后对人类悲剧命运的哀叹。当他听到黛玉吟"一朝春尽红颜老，花落人亡两不知"时，不觉恸哭，悲声盈山坡。

这一刻，跌入痛苦中的宝玉看到了虚无。许多诗人都抒写过这份虚无，曹操吟唱："对酒当歌，人生几何？譬如朝露，去日苦多。"苏东坡在《赤壁赋》中又感叹曹操："固一世之雄也，而今安在哉？"世事皆会发生沧桑巨变，此情此景此人此生皆不复存在，焉能不令人伤悲？

黛玉心想："人人都笑我有些痴病，难道还有一个痴子不成？"黛玉痴情，宝玉痴呆，灵魂质地相似的人总是会相互吸引，二人的知己之感应该源于此。两人一起葬花，一起读《西厢记》，一起在夏日的午后躺在床上编排些无聊的废话打发时光。

他不喜功名利禄，她从不逼他追名逐利；他听了刘姥姥瞎编的故事魂不守舍，她立刻懂得他的痴念，并用"雪下抽柴"的事打趣他；他在金钏生日那天出去祭奠，袭人等都猜不出宝玉干啥事了，只有黛玉猜得出来……

正是因为这相似的情怀，这共同的痴念，两人才会走得更近。那份亲切感熟悉感只有同频的人之间才会拥有。否则，即便是在一个屋檐下，也永远是熟悉的陌生人。

## 02 他懂得她的真

《红楼梦》中宝钗的好谁都看得到，她举止有度、进退周详、识大体、顾大局，然而，有时这种好让人产生隔膜感：这么小年龄的女孩子，怎么人情如此练达？

黛玉的好却如重重帘幕密遮灯，乍看之下，你可能不喜欢这个敏感尖锐的小女孩，时间久了，你会看到她的聪慧、她的真挚、她的幽默、她的坦率、她的纯真、她的调皮可人……

《红楼梦》中有无数场烟火与诗意融合的聚会，在这样混乱复杂的大聚会里最能看出一个人的本性，黛玉的真性情便在一次又一次的聚会中彰显得淋漓尽致。

一曲流水红颜寞：红楼梦中的多面人性

她总是那个语言最俏皮、动作最夸张的女子。刘姥姥进大观园那一回，"林黛玉笑岔了气，伏着桌子暧哟"；芦雪庵联诗那一回，黛玉"笑的握着胸口，高声大嚷"；指导惜春妹妹画画那一回，人家宝钗如师长一样展示博学，黛玉如顽童一样在旁边混插几句"铁锅铁铲"……总之，她是人群中最自由最放纵的那一个。

黛玉不是不懂礼法规则，也不是不懂人情世故，她的言谈举止都合大家闺秀的风范。生于钟鸣鼎食之家，书香望族，父亲当朝探花出身，母亲是贾府里最优秀的大家闺秀，她有着很好的教养和见识。在第三回初入贾府时，她步步留心，时时在意，不肯轻易多说一句话，多行一步路，惟恐被人耻笑。在种种繁琐的礼节面前，一个小女孩做得面面俱到，足以说明她的素养。然而，礼法束缚不住自由的心灵，世故阻碍不了独立的人格，任何环境里都有出淤泥而不染、卓尔不群的人。

和黛玉青梅竹马长大的宝玉，当然懂得并欣赏珍惜黛玉这纯真自然的性情。他懂得黛玉从不用"混账话"劝他背后对他的理解；也懂得黛玉用蝇头小楷帮他做功课的用心；还懂得他挨了打黛玉哭得眼睛像桃子传递的真情；更懂得黛玉内心深处的孤独。

第三十二回，宝玉瞅了黛玉半天，方说了"你放心"三个字。这三个字让黛玉觉得如轰雷掣电，竟有万句言语，满心要说，只是半个字也不能吐，却也怔怔地望着宝玉。两个人怔了半天，林黛玉只咳了一声，两眼不觉滚下泪来，回身便要走。

情到真处难自禁。"你放心"三个字，分量比"我爱你"还要重得多。这是宝玉对黛玉的一份体贴，他懂得她的忧虑、她的烦恼、她的悲凉、她的没有安全感。因此，他才对她倾吐肺腑之言。从此，他们之间更多了默契和心心相印。

　　黛玉真纯的性格如清澈透明的溪水，流过这浑浊污秽的尘世。她知世故而存纯真，懂人情而不圆滑，黑白分明，青春绚烂，不苟且、不隐忍、不做作。恰如天上掉下了林妹妹，似一朵轻云刚出岫！在勾心斗角、尔虞我诈、追名逐利、明哲保身变成处世法则的时代里，黛玉的真性情尤其显得难能可贵。连我等庸人都能穿过纷纷扰扰，看出黛玉心灵的美好，那个最有灵性和慧根的宝玉怎么可能看不懂呢？正如越剧中所唱的：眼前分明是外来客，心底却是旧时友。

## 03 愈懂得，愈放纵

**纵然是齐眉举案，到底意难平。**

　　"齐眉举案"是宝玉和宝钗在一起的爱情状态，"意难平"是真实的心理呈现，为何会出现如此的反差呢？

　　其实，细思之，"举案齐眉"真的不是婚姻中好的状态，当孟光举起托盘仰视丈夫梁鸿时，爱情早在客气之中逃之夭夭了。说到底，举案齐眉式的婚姻，用来装点门面给别人看看还可以，真的过起日子来，里面透着彻骨的寒冷，人会被冻死。一个被窝里相互取暖的两个人，装模作样地相敬如宾，没有占有欲，没有小脾气，过得还是日子吗？

　　好的爱情，不是在云端让人遥望，而是要接地气，让人感觉舒服。秋日的云可能很高远，但是冬日的烤红薯，会不会让人感觉更温暖呢？

黛玉在宝玉面前从来都有着"不失态不尽兴"的放肆，放肆背后的真实和情趣是让人感觉舒服的。"意绵绵静日玉生香"那回，宝玉说和黛玉枕在一个枕头上，黛玉道："放屁！"这句"放屁"可能雷倒了许多把黛玉看成仙女的读者，然而静思一下，黛玉的"放屁"也就在宝玉一人面前说吧！因为亲近，才敢如此肆无忌惮，这是爱情中最真实的一面。元宵节敬酒，宝玉到各个姐妹面前敬酒，大家都斟了。到了黛玉面前，偏她不饮，拿起酒杯，放在宝玉唇边上令他饮，这是爱情中有情趣的一面。

在宝玉面前，黛玉从来不是活在诗里画里的完美女子，和现实里的你我一样，她漏洞百出。她不会伪装，更做不到圆滑世故，在外人看来，这是小性子，在爱情世界里，这才是真性情。

和真性情的人相处是没有压力感的，相反，和"假面具"的人相处，时间长了是会窒息的。如同无趣压抑的王夫人，少哭也少闹，少言也少笑，整日敲着木鱼吃斋念佛，就有拒人千里之外的压力感。我们很少看到她和贾政有寻常夫妻的模样，两人如同两个漠然的陌生人一样，无交流，无沟通。倒是赵姨娘，那么上不了台面的一个女人，贾政还老愿意在她的房间里蹭乎，可能相比王夫人的大雅，赵姨娘的大俗让贾政感觉更舒服。"生命是一袭华美的袍，爬满了虱子。"如果婚姻也变成了爬满蚤子的袍，倒不如脱掉，换上简单的、朴素的棉质睡衣，毕竟舒服比华美更重要。

## 04 爱情中的成长

黛玉是还泪的绛珠仙草，前世已定今生情。她这一生一世的眼泪都只为宝玉一人而流，这是她的爱情观：一生一世一良人。

然而，和天下的芸芸众生一样，宝玉渴望的是得到所有美好女子的眼泪。宝玉的爱情一开始是很不靠谱的。一会儿梦游太虚仙境和可卿云里雾里，一会儿强拉袭人和她初试云雨，一会儿又和秦钟好得不分你我，一会儿看到宝钗的妩媚风流不觉呆了……

直到有一天雨中树荫下，宝玉看到一个女孩子痴痴在地上画了几千个"蔷"字，当时他还不明所以，没过多久，宝玉无聊中想找梨香院的小旦龄官唱戏，没想到龄官并不买他的账，抬身躲避，正色道："嗓子哑了。前儿娘娘传进我们去，我还没有唱呢。"这句话把一向自视为"万人迷"的宝玉弄了个难堪，他讪讪地红了脸，走出来了。没想到宝官跑过来告诉宝玉等一等，"蔷二爷来了，叫他唱，是必唱的。"宝玉很好奇，然后看到贾蔷为了哄龄官开心，买了小鸟，而龄官却认为贾蔷是无视她，闹脾气。龄官的表现活脱脱是另一个黛玉：口里抱怨着，心里心疼着。宝玉"不觉痴了，这才领会了划蔷深意。自己站不住，便抽身走了。"回怡红院后，他痴痴地长吁短叹，说："从此后，只是各人各得眼泪罢了。"自此，深悟人生情缘，各有分定。

见识过深挚的爱情便会对比自己先前的浅薄，这是一个人在爱情中的成长。遗憾的是，这世间有许多人始终在浅薄的层面上徘徊，不自知，不自省，这样的人，即便是谈过一千次恋爱，也无法成熟起来。

了悟之后的宝玉心中很少再有别人了，四十回之后的宝黛之间也基本没有小儿女之间虚心的吵架了。从这个层面看，黛玉先前的小心眼只是对方没有给予安全感的缘故啊！真正的爱情，会让人安心。换个角度来谈，让你疑心的，产生不安全感的爱情，多不是因为个人的敏感，而是对方没有把心放在你这里的缘故。一旦对方的心在你这里，即便隔山隔海，你也是自信踏实的。

## 05 曾经沧海难为水

宝黛的结局大家都已明了，二人终没能走到一起。然而，无论宝玉是娶了宝钗还是出家做了和尚，黛玉在他心中都是"曾经沧海难为水，除却巫山不是云"。

他们的爱情，放在今天，也是好的范例。

好的爱情，首先是心灵深处的懂得，有相同的价值观，能够彼此欣赏。其次，要让对方感觉舒服，不要高高在上制造压力感，要有生活的小情趣。最重要的是，当今生有缘和对的人在一起时，一定要不离不弃，共度人生风雨。

当日，一僧一道告诫石头说："那红尘中却有些乐事，但不能永远依恃；况又有'美中不足，好事多魔'八个字紧相联属，瞬息间则又乐极悲生，人非物换，究竟是到头一梦，万境归空，倒不如不去的好。"

这石凡心已炽，那里听得进这话去，乃复苦求再四。

痴念由此而生。伫立在苍茫的天地间，我们寻寻觅觅的，不就是灵魂和自己最相似的那一个吗？

愿世间每个人都能遇到好的爱情，相互滋养彼此人生，执子之手，与子偕老。

# 林黛玉：诗词为心玉为骨

"所谓美人者，以花为貌，以鸟为声，以月为神，以柳为态，以玉为骨，以冰雪为肤，以秋水为姿，以诗词为心。"这是清代文学家张潮在《幽梦影》中对美人的诠释。初看此句，我心头一动，仿佛看到弱柳扶风的林黛玉手把花锄从墨香中款款而来。

天上掉下个林妹妹，她是自然的化身，是刚出岫的轻云，是幽谷中的绛珠草，是山林中的清泉，天然灵秀，冰彻聪明，最重要的是那"腹有诗书气自华"的灵动，千百年来可遇而不可求。

被都市钢筋水泥桎梏的现代人，心为形役，身不由己，越来越少闲致清雅之心，越来越少明净大气的格局。所以，每每读到林黛玉，总会被她身上的那份自然和诗意所打动，她敏感的内心，淡泊的气质，孤傲的人格，坦率的性情，横溢的才华，纯净的灵魂，以及独特的诗意生活方式，月光之下，伴着潇湘馆的斑斑翠竹，掠过我们的心灵。

一曲流水红颜寞：红楼梦中的多面人性

## 01 从今别却江南路

黛玉的多愁善感源于身世之悲。

轻云出岫，缓缓而至，林黛玉卷裹着沉痛而来。她本是那个被上天宠爱的孩子，出身于钟鼎之家，书香之门，其父林如海树临风、才华横溢，其母贾敏是公侯小姐金尊玉贵，加上她与生俱来的钟灵毓秀，该成就一个何等自由烂漫、明眸善睐的小公主！

叹人间美中不足好事多磨！前科探花林如海先后遭遇儿子夭折、妻子亡故，父女二人，孤苦伶仃，形影相吊，命运的无常与荒芜如同阳台上的爬山虎，恍恍惚惚间爬满了屋顶，笼罩了林家。

林黛玉就是带着这样的哀痛来到外祖母家。长大后的黛玉永远不会忘记和父亲分开的那一瞬间：父女二人，更相为命，都是彼此生命里的温暖。一朝分别，相隔天涯，岂不痛哉？慈父谆谆教诲，小女洒泪拜别。对潇潇暮雨洒江天，唯有江中水，无语长流。随着水流舟逝，泪眼相看，无语凝噎，此一行远别，暮霭沉沉楚天阔！

"从今别却江南路，化作啼鹃带血归。"此一别，物是人非；此一别，故乡是他乡；此一别，沦为客居之人。黛玉的敏感，在很大程度上源于这种精神上的漂泊。黛玉的故乡是在苏州，属于南方，而荣宁二府在京城，属于北方。从烟柳画桥的南方来到寒风凛冽的北方，无论从自然环境还是生活习惯上，都将面临着极大的不适应。几年之后，黛玉的父亲也死了，黛玉终生再没回过故乡，乡愁也伴随了她一生。

书中薛宝钗的哥哥薛蟠去苏州，买来了许多土特产。"外有虎丘带来的自行人、酒令儿，水银灌的打筋斗小小子、沙子灯，一出一出的泥人儿的戏，用青纱罩的匣子装着。”

宝钗将这些东西送给姐妹们，黛玉看到家乡之物，不觉触景生情，垂泪叹息。

宝玉劝慰黛玉出去散散心，向宝钗道谢，黛玉道：“自家姊妹，这倒不必。只是到他那边，薛大哥回来了，必然告诉他些南边的古迹儿，我去听听，只当回了家乡一趟的。”说着，眼圈儿又红了。

“此夜曲中闻折柳，何人不起故园情？”客行之人，听到折柳曲，自然而起乡思之情。于黛玉而言，听闻故乡事，可缓思乡情，今古之情一也！

“树高千丈，叶落归根”，这是我们的文化传统，黛玉临终嘱托紫鹃：“我在这里并没有亲人，我的身子是干净的，你好歹叫他们送我回去。”这彻骨的孤独和思乡之痛，让人如何不泪垂？

## 02 飘飘何所似

“飘飘何所似，天地一沙鸥”，这一生，黛玉如同天地间孤飞的沙鸥，漂泊无依。其实，今天在外闯荡的你我，大多也都是他乡人，在繁华的都市里无论待上多久，都依然会有漂泊感。相反，因为故乡有着童年亲切的记忆，有过被温暖的对待，回忆起来，总是舒展愉悦的，那种感觉就像儿时沉睡在母亲的歌谣里不肯醒来。

寄人篱下的生活加重了这种孤苦无依之感。黛玉在贾府，从形式上受到了极高的待遇，“寝食起居，一如宝玉，迎春、探春、惜春三个亲孙女倒且靠后”，但是，在那样“一个个像乌眼鸡，恨不得你吃了我，我吃了你”的豪门贵族中，宾至能如归吗？初入贾府的林黛玉步步留心，时时在意，不肯轻易说一句话，多行一步路，唯恐被人耻笑，孤身行走于一个和家迥然不同的陌生环境里，谁的内心不是七上八下忐忑不安呢？

寄居生活，个中滋味，如人饮水，冷暖自知。黛玉曾向宝钗剖腹深言道："（况）我又不是他们这里正经主子，原是无依无靠投奔了来的，他们已经多嫌着我了，如今我还不知进退，何苦叫他们咒我？""你不过是亲戚的情分，白住了这里，一应大小事情，又不沾他们一文半个，要走就走了。我是一无所有，吃穿用度，一草一纸，皆是和他们家的姑娘一样，那些小人岂有不多嫌的。"

因此，黛玉很自律，很少去麻烦除紫鹃之外的下人。哪怕是体弱多病需要吃燕窝人参时，她也不主动张口。甚至有一次吃了晴雯的闭门羹，误会是宝玉，想斗气，又在心内暗自思忖："虽说是舅母家如同自己家一样，到底是客边，如今父母双亡，无依无靠，现在他家依栖，如今认真淘气，也觉没趣。"

怕人多嫌，怕人轻视，如履薄冰，战战兢兢，这样的孤独，若非有同样的体验，很难感同身受。黛玉心中的敏感只关乎两事：一是身世，二是爱情。身世的悲伤加上爱情的痛楚，在黛玉这里凝结成了孤独和绝望。理解了这点，便会明白，她的"小性儿""行动爱恼人"非一般意义上的气度狭小，而是源于自尊。

## 03 清澈的爱情缘起

与君初相识，便似故人归。

宝黛之恋，源于三生三世的还泪传说：

西方灵河岸，三生石畔，有一株会开花的绛珠草。它瘦弱又单薄，摇曳在风中。山涧悠远又清寂，花开了，又落了，岁岁年年。

赤霞宫，神瑛侍者，俊美潇洒，衣袂翩翩。一天清晨，神瑛侍者经过三生石，千万朵花中看到了这株绛珠草，心念一动：这朵花，怎么有如此似曾相识之感？

自此，他日日以晨曦下第一滴甘露浇灌它，滋养她的成长，润泽她的心灵，这株绛珠草也得以久延岁月。奇迹发生了，既受天地精华，又得雨露滋养，在某个月华初上的晚上，绛珠草摇身一变，成为草木美人。女子游于离恨天外，饥了，吃一种蜜青果，此果酸酸甜甜，吃得多了，心中则种下神秘之情。渴了，喝灌愁海水，喝得多了，心头总也有挥不去的愁。

都说草木无情，岂知这绛珠草化成的草木之人，日日夜夜都牵念着路过三生石畔的神瑛侍者，铭记他灌溉之情。

为了酬报甘露之惠，绛珠仙子决意下世为人，把一生的眼泪还给神瑛侍者。

走吧，一生眼泪，一颗心，此生只为你一人。陪你历经劫难，陪你颠沛流离，这，就是宝黛之间最清澈的爱情缘起。

这是曹公在《红楼梦》开篇第一回撰写的神话，绛珠仙子和神瑛侍者共享一段露水灌溉的澄澈时光。可它毕竟是神话，不是真的，然而为何宝玉一见黛玉，立即"发作起痴狂病来？"为何信口来那么一句"这个妹妹我曾见过的？"

这是灵魂里的熟知唤起的一种奇妙感觉，就像我们生命中总能感受到似曾相识的缘分一样。曹雪芹用这个浪漫的、唯美的、悲伤的神话承载了他对爱情的感受，或许在曹公的生命里，也有过一个和他灵魂同质的"黛玉"，一个让他刻骨铭心又擦肩而过的姑娘，经历了悲欢离合生死离别之后的曹雪芹是怀着大悲痛，无数次地回忆初相见的那一天的情景：模糊的画面慢慢清晰起来，眉眼也慢慢明朗起来，灵魂中的生死相依，一定来自前世的缘分。再慢慢回忆，好像初相见那天就认识了一万年。

## 04 知喜知乐知悲苦

说到底，这份痴爱在于"懂得"。宝黛之间是知音式的爱情——知喜知乐知悲知苦，黛玉和大观园的姐妹们闲度浮生，然而深层的孤独和悲伤却只能与宝玉分享。

黛玉葬花，是发自肺腑的悲歌，不想宝玉听到，先是感叹，再是恸哭，倒在山坡之上，手中的花也撒落一地。这一刻，两人对死亡和生命的体悟是相通的。身在富贵乡的宝玉和感到"风刀霜剑严相逼"的黛玉都有着诗人的忧伤气质，在他们青春年华里，都沉重地叩问过命运之哀伤。

所以，林妹妹不说"混账话"，有着隐士风流的黛玉怎么可能会让宝玉汲汲于富贵功名呢？文化的底蕴，思想的契合，诗意的心灵拔高了宝黛的爱情品位。世俗的爱情，要么融合着肉欲，要么掺杂着利益，相比而言，黛玉爱得纯粹、爱得真实、爱得清纯，当然，也爱得很苦。

黛玉一生的爱，都可凝聚成她那句"我为的是我的心"。这是她爱情的信条，就像仰望黑夜里头顶的星空，向往着纯粹和美丽。她是幸运的，在最好的年龄，遇到了对的人，收藏了她无处安放的青春。爱成了她的全部，是她心灵的慰藉，生命的唯一。

把爱和热情全部给了宝玉的黛玉又爱得太苦。人生最苦的是爱而不得，诸般烦恼皆由此出，敏感、猜忌、烦恼、哭闹、道歉、小心眼、耍脾气……很多读者对黛玉的厌烦皆出自此处，何以自苦如此？

在这方面，宝玉显然比一般男人更懂得爱。理解心爱之人的悲伤，更能体谅她生存的每个细节。

第三十二回，两人说话间又提起了"金""麒麟"的话，这是黛玉的痛点，每每用来试探宝玉。宝玉急得一脸汗，黛玉也觉话说造次了，禁不住近前伸手替宝玉拭面。宝玉瞅了半天，方说了"你放心"三个字。

世间的情话有千千万万，有"有我之境"，有"无我之境"。大多情话都站在自己的角度来言，是有我之境，而宝玉此言，却是忘我：请你放下心来，请你不要猜疑，请你不要伤悲，我的心永远在你这里。

> 林黛玉道："果然我不明白放心不放心的话。"宝玉点头叹道："好妹妹，你别哄我。果然不明白这话，不但我素日之意白用了，且连你素日待我之意也都辜负了。你皆因总是不放心的缘故，才弄了一身病。但凡宽慰些，这病也不得一日重似一日。"

什么叫懂得？什么叫肺腑之言？如此便是。黛玉听了此言，如轰雷掣电，竟比自己肺腑中掏出来的还觉恳切，两眼不觉滚下泪来，回身便要走。

爱情是一杯酒，有苦也有甜。爱情得到确认后的黛玉活得格外放松，远离了猜忌挑剔，远离了乖僻弄性，活得光芒四射，率真潇洒。小说第三十四回，晴雯送来两块手帕，黛玉不觉神痴心醉，一边题诗写道"眼空蓄泪泪空垂，暗洒闲抛更向谁？"一边照向镜台，"自羡压倒桃花"。那个夜晚，有泪有叹更有甜蜜。紧接着，海棠结社，众女子共赴螃蟹宴，宴后共作菊花诗，林黛玉的《咏菊》《问菊》《菊梦》夺得前三名。诗情和爱情就这样交融在一起，成就一绝代诗意女子。

## 05 一身诗意千寻瀑

黛玉身上有着浓郁的诗人气质。

诗人也，不在于诗作得好不好，而在于是否用心之专。大观园会写诗的女子很多，宝钗、湘云都是一流诗人，然而唯有黛玉是在用生命写诗，她快乐时写，痛苦时写，桃李纷飞时写，秋雨敲窗时写，绝望离开世界时，念念不忘的还是她的诗，她"挣命似的"将诗帕焚烧。诗是她一生心灵的慰藉，没了诗，也便没了黛玉。

一个人，一旦挚爱一件事，并且全身心地投入，生命便进入了宁静、高远、明净的境界。在这个人身上，你会看到一种轻盈飘逸的气质，无旁逸斜出，无繁冗奢华，唯有简单纯净。

一生和诗书相伴的黛玉，身上心底都笼罩了馥郁的清香，和她潇湘馆的斑斑翠竹一样，清高潇洒，一身傲骨，有着一种风骨天成的诗人优雅气质。

那一日，黛玉听到《西厢记》中的曲词，"原来姹紫嫣红开遍，似这般都付与断井颓垣"听到此句，黛玉十分感慨缠绵，侧耳细听，点头自叹，如痴如醉，蹲身坐在山石上，心痛神痴，眼中落泪。黛玉对文学这种敏锐的感受力就是典型的诗人气质：敏感的心灵、哀伤的情怀。这种气质，在贾宝玉身上同样具备，不以生活境遇而分高下，像一代"词帝"李煜长在繁花似锦的深宫里，同样具备敏锐的感受力。同时，这种敏感也延伸到生活其他方面，对爱情、对自然、对人事都会有深刻的感受。

有人认为，敏锐的感受力会通向痛苦，因为敏感，所以多愁。看，黛玉不就是如此吗？这种看法并不全面，因为感受力强的人对快乐的感受也是加倍的，生命中有多少美好能让内心欢悦啊！退一步说，即使对痛苦的感受也强烈，但是人世间的意义，并不只是享乐和休闲。如果人生真有意义，痛苦也有意义，它让人超越自己，获得精神上的成长。

敏锐的感受力，就如灵感一样，能在一瞬间扣动人的心弦。当黛玉手把花锄葬花之时，刹那间心灵和自然融为一体，在花谢花飞中感受生命之悲欢，从而喷薄而出《葬花吟》。

敏锐的感受力，可以拓宽生命的宽度和厚度，使身心丰盈。当黛玉在春花秋月前叹惋之时，她已经把孤独的自己和世间万物进行了一种关联，个体成为静美自然的一部分。

## 06 孤标傲世偕谁隐

黛玉是个叛逆者，这种叛逆，不是礼数上的瑕疵，而是孤傲不羁的个性，这二者并不矛盾。在生活中，黛玉的一举一动都很符合古代社会中大家闺秀的风范，但她又是最有着文人孤标傲世风骨的姑娘。

她的叛逆和她的诗人气质是分不开的，诗人也，凭借天性的敏感更靠近自然的本性，更接近人的自觉。就像陶渊明，放下了世俗里的功名利禄，选择简单、自然、真实地生存。黛玉的选择就如她《葬花吟》中所言："未若锦囊收艳骨，一抔净土掩风流。质本洁来还洁去，强于污淖陷渠沟。"在为人处世上，她不甘受辱、不甘低头、孤傲不阿，有着宁为玉碎不为瓦全的高洁坚贞。

所以生活中的她从不随波逐流，从不曲意奉承，敢于为了自己的心而活。其实，聪明灵秀的她焉能不知安分守拙之道？稍存机心，便可讨好贾母、王夫人等，黛玉非不能也，实不为也。如果黛玉在为人处世上有小动作，那就不是她了。她的自我意识比谁都强，所以她不妥协、不献媚、不去做针线活、不去劝宝玉求功名，她沉浸在自己的艺术世界里，一颗晶莹的诗心光芒四射，敢爱、敢恨、敢生气，皆因她有一块灵魂的净土。

因为有着诗意盎然的精神生活，所以能和世俗始终保持着一段距离。教香菱学诗，黛玉第一推崇的诗人就是王维，诗人"独坐幽篁里，弹琴复长啸"，和潇湘馆"凤尾森森，龙吟细细"的环境何其相似，那是黛玉的潇湘馆，也是她寄托情怀的地方。

再读黛玉压倒群芳的《咏菊》："一从陶令平章后，千古高风说到今"，她是推崇陶渊明的，爱菊之人，多有着隐士气质，《问菊》中"孤标傲世偕谁隐，一样花开为底迟？"抒发的亦是孤高傲世、息交绝游之情。

黛玉的这种生活态度，是一种快意人生。虽然有时会被人视为孤傲，但是她在为自己的心而活，真正理解她的人终会成为知己，不理解她的人又何须在乎？听从内心的召唤，做本真的自己，活出真性情，你会觉得生活并没有那么累，最重要的是——自己并没有那么俗。


## 07 人淡如菊看花落

黛玉的生活细节也总是充满诗意。人淡如菊，闲看花开花落，是她的生活写照。她的潇湘馆，不仅是诗意书香的精神家园，也是人与自然和谐相处的典范。

馆内的鹦鹉会作诗，小说第三十五回：

那鹦哥便长叹一声，竟大似林黛玉素日吁嗟音韵，接着念道："侬今葬花人笑痴，他年葬侬知是谁。"黛玉紫鹃听了，都笑起来。紫鹃笑道："这都是素日姑娘念的，难为他怎么记了。"黛玉便命将架摘下来，另挂在月洞窗外的钩上。于是进了屋子，在月洞窗内坐了，吃毕药。只见窗外竹影映入纱来，满屋内阴阴翠润，几簟生凉。黛玉无可释闷，便隔着纱窗，调逗鹦哥作戏，又将素日所喜的诗词也教与他念。

竹影入纱，满屋翠润，隔着窗儿教鹦鹉学诗，坐在月窗洞玩赏一窗的绿意，是何等的雅趣！

非但养鹦鹉，黛玉还养燕子。

林黛玉便回头叫紫鹃道："把屋子收拾了，撂下一扇纱屉。看那大燕子回来，把帘子放下来，拿狮子倚住。烧了香就把炉罩上。"

这是细致又浪漫的日常。潇湘馆外，青青翠竹，潺潺流水，燕子盘旋其间；潇湘馆内，焚香不能过浓，要盖上炉罩让香缓缓释放，这和李清照"瑞脑消金兽"的动作非常一致，想必林黛玉也有"东篱把酒黄昏后，有暗香盈袖"的情致。

"人，应该诗意地栖居在大地上"，林黛玉用诗意的生活姿态为我们做了最好的诠释。生活在现实生活中的我们，总是被一地鸡毛的苟且羁绊，心心向往的，不正是这月明风清鸟语花香之境吗？什么时候，我们也能有一个自己的"潇湘馆"，能够在自己的心田里种上"桃花源"，去靠近生命的诗意呢？

一曲流水红颜寞：红楼梦中的多面人性

## 08 怎一个"愁"字了得

都说林妹妹是愁的化身，然而黛玉是独特而丰厚的，她的世界又"怎一个'愁'字了得？"

她内慧外秀，启蒙老师贾雨村说她不与凡女子相同："怪道我这女学生言语举止另是一样，不与近日女子相同，度其母必不凡，方得其女。"

她诗思敏捷，过目成诵。别人作诗，苦思冥想，她一挥而就。"西厢记妙词通戏语"那回，黛玉对着宝玉，时而微腮带怒，薄面含嗔，时而嗤地一声笑了，揉眼笑道："你说你会过目成诵，难道我就不能一目十行么？"一半海水，一半火焰，让人怎不为她的个性才华迷恋！

她爱哭，但是更爱笑，她笑得恣意，总是伴随着各种小动作，比如"点头叹笑""拍手笑""摇头笑""笑着忙央告""指着宝玉笑""拉着宝钗笑""手握着嘴不敢笑""笑得喘不过气气来"……第四十回刘姥姥讲笑话，她"笑岔了气，扶着桌子哎呦"，十足喜乐的画面感。

她伶牙俐齿，俏语娇音，说话幽默有趣。"意绵绵静日玉生香"那回，贾宝玉闻到林黛玉袖中的幽香，醉魂酥骨，问黛玉香从何来。黛玉冷笑说："难道我也有什么'罗汉''真人'给我些香不成？便是得了奇香，也没有亲哥哥亲兄弟弄了花儿、朵儿、霜儿、雪儿替我炮制。我有的是那些俗香罢了。"

宝玉笑着翻身起来，将两只手呵了两口，伸手向黛玉膈肢窝内两肋下乱挠，黛玉笑得喘不过气，一边说"再不敢了"，一边理着云鬓："我有奇香，你有'暖香'没有？"宝玉不解，黛玉点头叹笑："蠢才！蠢才！你有玉，人家就有金来配你；人家有'冷香'，你就没有'暖香'去配？"

这段文字实在是诙谐幽默风趣，道尽了女儿在爱情中的醋意，然而这样甜蜜的"醋"，哪个男子不爱吃呢？

她坦率纯真，以诚待人，一旦认定了对方是知己，便肝胆相照。帮香菱学诗，她热情大度，循循善诱，亦师亦友。宝钗送她燕窝，剖其心事，她掏心掏肺，引咎自责，此后待宝钗如同亲姐姐一般。

对待下人，她更是谦和。送她燕窝的老婆婆冒雨赶来，她命人打赏几百文钱，给婆婆打酒喝；小丫鬟佳蕙送茶叶给黛玉，她顺手抓了两把赏钱给她；她和紫鹃，有着最深挚的姐妹情，相互陪伴，相互付出，黛玉死后，紫鹃的痛和悲如同她的名字："杜鹃啼血猿哀鸣"，此中真情，大观园中的那些薄情之人岂能懂得？

## 09 仙姝亦是痴情人

内心纯净，说话便直爽。黛玉的"尖刻"言语和"促狭嘴儿"皆出自她的"真"心，和"竹林七贤"中的阮籍一样，她也是白眼给俗人，青眼给知己。她傲然、任性、忘我地活着，活出了真性情，活出了"自己的心"。

结社吟诗，她襟怀洒脱，鲜活流动，笑得最多最开怀。咏海棠组诗，李纨评"蘅芜君"第一，"潇湘妃子"第二，即便宝玉说蘅潇二首要再斟酌，黛玉也未流露出任何的小性子。和湘云在凹晶馆联诗，她完全沉浸在诗歌的世界中，听到湘云说出"寒塘渡鹤影"，她"又叫好，又跺足"，连声赞叹："了不得，这鹤真是助他的了！"同命相怜的姐妹，在那么一个月色如洗的晚上，灵魂劈面相逢，那一夜的黛玉，何等平和开心！

曹公把一个"憨"字送给了湘云，把"痴"字留给了黛玉："痴情女情重愈重情"，"病潇湘痴魂惊噩梦""林黛玉焚稿断痴情"，黛玉确是痴性情人，她对人痴，对诗痴，虽然是世外仙姝，却是红尘痴情人。和"山中高士晶莹雪"的宝钗相比，她多的是一份热心肠，真性情，宝钗是冷美人，是山中高士，高蹈独立于红尘之外。

这样的痴黛玉，有着独特的人格魅力，谁不愿意与其交往呢？更何况她还是那么美，她是不染尘俗的世外仙姝，是天然的，性灵的，有着飘然出尘的风韵。她的一言一行，都散发着香草美人的韵味和清气逼人的风格，让我们再回看一下黛玉的出场吧：

> 两弯似蹙非蹙笼烟眉，一双似喜非喜含情目。态生两靥之愁，娇袭一身之病。泪光点点，娇喘微微。闲静时如姣花照水，行动处似弱柳扶风。心较比干多一窍，病如西子胜三分。

秉绝代姿容，具稀世俊美，集天地灵秀于一身。她的出现，把世俗中的我们一下子从灰色、琐屑、烦扰的尘世泥淖中拉出来，如雨后彩虹，给人想象，净化灵魂。

天上掉下的林妹妹，似一朵轻云刚出岫。在追名逐利的喧嚣中，她以清气、真纯、痴情、诗意走近我们，如清风明月，让人神清气爽。活在纷繁的人世间，我们常常会被物欲驱使，会被道德绑架，以致盲目地忙碌。正因为如此，黛玉的形象才更有价值，身为柔弱女子，她以孤傲高洁唤醒了我们的自我意识，教会我们不随波逐流，不阿谀奉承，知世故而不世故，热爱生活而坚守自我……

走过冰冻的四季，绛珠仙草灿烂绽放，春水初生，春林初盛，春风十里，不如你。

一曲流水红颜寞：红楼梦中的多面人性

# 薛宝钗：山中高士，冰雪晶莹

"雪满山中高士卧，月明林下美人来。"这两句诗出自清初诗人高启的《咏梅》。

皑皑白雪中，开满梅花的老树，如同上古高士，睡在雪中，享受天地间冰冷旷达之气。

明月朗照下，梅花绽放，清香缭绕，如同梅花仙子袅袅下凡，在林间凌波微步。

曹公将这两句很好地化用过来，《终身误》曲子云："空对着，山中高士晶莹雪；终不忘，世外仙姝寂寞林。"这曲子上句指薛宝钗，下句指林黛玉；一个是山中高士，一个是世外仙姝；一个是冰雪无瑕，一个是阆苑仙葩。两位绝代佳人都是我们心中永恒的魂牵梦绕。

在这里，我们看到曹公对薛宝钗的角色定位是"山中高士"，何谓山中高士也？

他们身在江湖，心存魏阙；

他们达则兼济天下，穷则独善其身；

他们进则建功立业，退可隐居山林；

他们既有儒家的温柔敦厚之质，又有道家的高蹈独立之风；

若为男子，他们将如谢安、范蠡、张良等，亦刚亦柔，进退有度；

身为女子，若遇元春、探春那样的良机，她们则齐家治国、母仪天下。

小说中的薛宝钗确实有"山中高士"之风，她是中国传统文化的完美化身，知书达理、温良恭俭、聪慧早熟、人情练达……她如春风一样和煦，是人群中的"宝姐姐"；她如冰雪一样冷凝，任是无情也动人；她如净水一样流深，利万物而不争……

如果说林黛玉代表着天然、灵性、自由；薛宝钗则象征着文化、修养、秩序，二者没有善恶之分，没有高下之别，没有是非之争，当我们意识到自己灵魂中也有这么矛盾的两极时，便不会执着地为宝黛之争红了脸，竖起了拳头。

## 01 淡极始知花更艳

薛宝钗出身豪门，家有百万巨资。父亲在世之日，酷爱此女，视若掌上明珠。想必薛宝钗也有自由轻松的童年时光。她曾对黛玉说："你当我是谁，我也是个淘气的。从小七八岁上，也够个人缠的。"

早岁哪知世事艰！每个任性的孩子，身后都有一段无忧无虑的童年。然而父亲早逝，哥哥薛蟠不识世事，惟知斗鸡走狗，聚赌嫖娼，恣意狂荡，遂被人坑骗，家境日渐衰落。

鲁迅先生幼时也经历过家境败落的心酸，曾经沉痛地说："有谁从小康人家而坠入困顿的么，我以为在这途路中，大概可以看见世人的真面目。"

"珍珠如土金如铁"的薛家虽不至沦落如此地步，却光景大不如前。五十七回，宝钗曾对邢岫烟说："你看我从头至脚可有这些富丽闲妆？然七八年之先，我也是这样来的。如今一时比不得一时了，所以我都自己该省的就省了……咱们如今比不得他们了，总要一色从实守分为主，不比他们才是。"

从实本分，抱守质朴，这个十多岁的女孩子已经鄙弃了生命的浮夸，在物欲横流的今天，对我们依然很有启发。

早慧的女孩总是最懂事，经历家庭变故的薛宝钗不再以写诗作画为念，只留心家计之事，为母亲分忧解劳。早慧的女孩也最敏感，对于富贵、对于繁华，相比一般人，她有了更清醒的认识。

她摒弃奢华，简化生活。穿着打扮上，不施粉黛，不带环佩。她"从来不爱这些花儿、粉儿""吊着半旧的红绸软帘"、衣服"一色半新不旧"……然而，从宝玉眼中看过去，"唇不点而红，眉不画而翠"，有着"清水出芙蓉，天然去雕饰"之美。

她住的屋子干净整洁，如雪洞一般。那一日，贾母陪着刘姥姥来到薛宝钗居住的"蘅芜苑"。屋外，异香扑鼻，那些奇草仙藤，愈冷愈苍翠，都结了实，似珊瑚豆子一般，累垂可爱；屋内，雪洞一般，玩器全无，案上只有数枝菊花，两部书、茶奁、茶杯而已。床上吊着青纱帐幔，衾褥也十分朴素。淡泊、清冷的风格和屋外那些奇草仙藤相映，让人想起陶渊明笔下的"采菊东篱下，悠然见南山"。走近这里，你会觉得随身带来的纷扰都化作深秋黄叶，纷纷凋落。

抛弃物欲的繁华，追求简单宁静。所谓"淡极始知花更艳"，繁华落尽，唯留本真。

简单，并不意味着内心枯寂。芒种节那天，宝钗走着走着看到一双玉色蝴蝶，大如团扇，随风翩跹，便蹑手蹑脚、穿花度柳直追而来。

这，难道不是对生活的热爱吗？那一刻的宝钗，如庄周梦蝶，忘却了外界的一切束缚，和自然融为一体。

越简化生活，越贴近内心。

身处富贵，甘心淡泊。当宝玉还在富贵乡里缠绵时，宝钗已经洞穿了物欲的真相，直逼生活的本真。

一曲流水红颜寞：红楼梦中的多面人性

## 02 珍重芳姿昼掩门

有人的地方就有江湖。大观园更是如此，种种关系盘根错节错综复杂。这边嫌隙人有心生嫌隙，那边酸凤姐大闹宁国府；这边在嗔莺叱燕，那边又召将飞符；这边茉莉粉事未明，那边茯苓霜事又生……在这"恨不得我吃了你，你吃了我"的贾府中，身为客人的小姑娘薛宝钗该如何远离是非？

小说第六十二回，一进角门，宝钗便命婆子将门锁上，把钥匙要了，自己拿着。宝玉说这道门何必关，多费事！宝钗笑说："小心没过逾的。你瞧你们那边，这几日七事八事，竟没有我们这边的人，可知是这门关的有功效了。""纵有了事，就赖不着这边的人了。"宝钗很清醒，在风波迭起的复杂环境中，谨慎是避嫌，也是素养。否则，瓜田李下，怎可说得清楚？

避嫌是自我保护的策略，是冷眼旁观的清醒，也是洁身自好的前提。王熙凤对宝钗曾有一句评价："不干己事不开口，一问摇头三不知。"站在当家人的角度，凤姐是在批评宝钗的明哲保身，然而，换个角度来想，身为客居者，远离是非人，远离是非地，不让自己卷入是非中，又何尝不是一种生存智慧呢？

更何况，宝钗并没有闲置自己的信息源和处事智慧，针对最近发生的几件是非事，她对平儿做了善意的提醒。这既是一种关注，又没有真正介入；既独善其身，又不伤害他人。

由此来观"金蝉脱壳"一事，说她有意陷害，岂不苛责太过？就事论事而言，宝钗根本目的在于"避嫌"，而不是"嫁祸"。当时宝钗正在扑蝶，追到了滴翠亭，无意中听到了丫鬟小红和坠儿的悄悄话。谈话中涉及男女私传信物，这在过去属于"奸淫狗盗"之事。薛宝钗已经和两个丫鬟近在咫尺，若是冒然躲开，双双都尴尬无趣，还会生出许多是非。于是，情急之下，宝钗故意放重脚步，叫道："颦儿，我看你往哪里藏？"以此为掩护，宝钗巧妙地解脱了干系。

至于宝钗为什么让黛玉背锅，我比较倾向于这是人在应激状态下的反应。宝钗本来就是来找黛玉的，在情急时脱口而出黛玉的名字，是一种本能。宝钗在看到丫鬟们后，还特意补充，"我才在河那边看着林姑娘在这里蹲着弄水。"并没有诬陷黛玉在窗外偷听。至于"一定又转到山子洞里去了。遇见蛇，咬一口也罢了。"这句话是推测和调侃的语气，是为掩人耳目。宝钗一边说一边想："这件事算遮过去了。""遮过去"三字才是宝钗的真正目的，至于小红和坠儿接下来的猜疑，岂在宝钗的掌控中？曹公写这段文字的重点应该是突出宝钗的机敏而已，而不是写人心的奸邪。

若是宝钗想陷害黛玉，当黛玉在宴席之上脱口而出"良辰美景奈何天""纱窗没有红娘报"这样的诗词时，宝钗完全可以公开"嫁祸"，毁了一个女子的清名。要知道，这可是牵扯女子荣誉乃至性命的大事，想想一个"绣春囊"引发王夫人泪如雨下，就知道在贾府高层眼中，私读禁书是多么严重的问题！然而，宝钗非但没有私下告密，反而背地里和黛玉推心置腹地交谈，若非温厚至诚，怎能让聪慧多疑的黛玉折服呢？

保持距离，远离是非是在冷观世道人心的基础上采取的处事策略，这和道家的养生处世很有相似之处。庄子笔下技艺高超的庖丁，面对复杂的牛体结构，能在血雨腥风中把解牛变成阳春白雪一样的艺术，不过是顺应规律而已。在复杂的环境里生存，尤其需要顺应环境，不争无为，方能避免伤害，否则，会如黛玉一样，木秀于林风必摧之！

人与人之间如同两个刺猬，离得太近，扎；离得太远，孤。宝钗在这其间寻求一种平衡，她和所有人保持不远不近、不偏不倚、不愠不怒、无间厚薄的关系。可厌之人，不冷淡，因为不想生摩擦；可喜之人，不过近，因为不想流露感情。这又暗合了"君子之交淡如水"的儒家中庸之道。她如山中高士，置身于吵吵嚷嚷的人群之中，却如闲云野鹤超然于外。

这样的宝钗，虽冷，却自有人格魅力。气度超然的邢岫烟视她为知己；光风霁月的史湘云想让她做亲姐姐；敏感自尊的黛玉和她成为无话不谈的闺蜜……这，又岂止是费尽心机所能达到的境界？

## 03 用智慧让情怀落地

鲁迅先生在小说《伤逝》中描写了涓生和子君一对知识青年。他们爱得热烈纯真，不惜同亲友绝交。然而，在失业来临，家庭生活难以为继的情况下，涓生发出感慨："人必生活着，爱才有所附丽"。

务实地活着，是生命的第一要务。务实的生活里，也有诗和远方；但是，如果只追求诗和远方，忘了务实地活着，所谓幸福，只会是镜中花水中月，可望而不可即。

每次，我打开红楼的时候，都会为宝黛的真性情心动不已，为情而痴的人生是我庸常之辈难以抵达的远方；然而，合上红楼的时候，我又向往宝钗的处事智慧，希望人情练达，过好当下。

宝黛二人，可谓是痴情之人，可是他们的"情"多建立在愉悦自我的基础之上，属于审美性质的。惟有宝钗，懂得体恤他人，让情怀落地。

　　宝钗生日，贾母令她点戏，她点了一折《西游记》，又点了一出《鲁智深醉闹五台山》，都是讨贾母喜欢的热闹戏。少年时读至此处，总觉宝钗圆滑，然而，年岁渐增，方觉能为长者考虑，是多么难能可贵的品质！许多成人在与人相处时，还处处考虑的是自己，一个十五岁的姑娘，为老人家着想，只能说明她的修养高。

　　小说第二十八回端午节前夕，元春赐了节礼给贾府，其中宝钗和宝玉的礼物一样，黛玉少了红麝香珠。第二日，宝钗去贾母和王夫人处，从不戴环佩的她偏偏戴了红麝串，这是在向宝玉挑逗，向黛玉炫耀吗？不！若那样的话，岂是珍重芳姿的宝钗？在贾母和王夫人面前表达对元春赠礼的感激，是礼节，也是对他人的一份尊重。就像生活中，别人送了自己礼物，自己若把礼物压箱底，那赠者会怎么想呢？

　　回到大观园，宝钗是人群中的"宝姐姐"，她温润如玉，暖若春风，为姐妹们驱走寒冷。袭人央求湘云做针线活，宝钗对袭人讲湘云"在家里一点儿做不得主""做活做到三更天"，主动替湘云接活；湘云开社做东，大包大揽，自己却没经济实力，宝钗慷慨帮她办螃蟹宴，体面地解决了难题；邢岫烟家境贫寒，把衣物当了出去，宝钗知道后，悄悄地帮她赎回；潇潇雨夜，宝钗打发婆子送到潇湘馆上等燕窝……若非真诚善良、善解人意，岂能如此温暖体贴？

　　对于大观园的下人，她甚至也能考虑到婆子们起早贪黑的处境，为她们谋利益。协助探春兴利除弊，她提出分到地的婆子们照看园子太过辛苦，上头不能过于苛刻，辛苦一年应该叫她们剩些，来补贴家用。而对于那些没有分到地的婆子们，宝钗又建议分到的拿出一部分利益给她们，毕竟她们起早睡晚，辛苦到头，也该沾带一些。最后，众婆子们皆大欢喜。这就是宝钗的格局，让下人们雨露均沾，公平和睦。若非洞察人心，情理通达，有一颗温良仁厚之心，焉能如此？

最让人感动的是宝钗对于香菱的帮助。香菱是整部红楼里最苦命的姑娘，在被拐卖后飘零不定，惨遭重重折磨。宝钗知道香菱想进大观园，就以身边人少需要陪伴为借口，跟薛姨妈说，叫菱姐姐和她作伴。香菱感激，她笑说："我知道你心里羡慕这园子不是一日两日的了，只是没个空儿……趁着这机会索性住上一年，我也多个作伴的，你也遂了心。"这份成全，给了香菱生命中最快乐的时光。接下来香菱痴迷于学诗，虽然宝钗认为女子的本分是针线纺织，但她也并没有反对香菱学诗，反而一直持默许的态度。宝玉也为香菱的命运哀叹过，可是他又何曾做过什么呢？

一个人有情怀，为他人的故事伤感，固然有值得称赞之处，然而，如果仅仅停留在这一层面，听完故事、擦干眼泪、转眼忘得干干净净，这种情怀也是空的。相比之下，宝钗能够把情怀付诸行动，更需要勇气和担当。

当贾府颓败之时，凤姐病了，需要人参下药，王夫人四处寻觅，最后在贾母那里找到了存放太久没有功效的"好"人参。薛宝钗帮王夫人解决了难题，同时说了一句："这东西虽然值钱，究竟不过是药，原该济众散人才是。""济众散人"的背后是一颗大慈悲之心，也是儒家"仁者爱人"的体现，绝非天天念佛经就能达到的境界。

可以看出，宝钗的八面玲珑，绝不等于圆滑世故。其背后隐藏着推己及人的善良和人情练达的智慧。一个不善良的人，不会真心为他人考虑；一个不智慧的人，蒙着眼走路，自己尚且走得跟跟跄跄，何以保护他人？

一曲流水红颜寞：红楼梦中的多面人性

## 04 一蓑烟雨任平生

第二十二回看戏文，宝钗点了一出《鲁智深醉闹五台山》，贾宝玉不开心，说这戏太热闹了。

于是，宝钗给宝玉念了戏中的《寄生草》一曲：

慢揾英雄泪，相离处士家。谢慈悲，剃度在莲台下。

没缘法，转眼分离乍。赤条条来去无牵挂。

那里讨烟蓑雨笠卷单行？一任俺芒鞋破钵随缘化！

最后两句，与东坡居士的"竹杖芒鞋轻胜马，谁怕？一蓑烟雨任平生。"颇有相似之处。

所谓风风雨雨，都是人生的正常遭遇，不要过于执着，得失成败笑傲然！正因为宝钗看得通透，在面对失去时，她能够做到豁达随缘。

尤三姐自杀，柳湘莲出家，闻者无不骇然，唯有宝钗冷静地劝慰薛姨妈："俗语说得好：'天有不测风云，人有旦夕祸福。'这也是他们前生命定……如今已经死的死了，走的走了，依我说，也只好由他罢了。妈妈也不必为他们伤感了。"

许多人觉得宝钗无情，毕竟死亡是生命不能承受之重。然而，自古以来，我们的文化中就有淡然看待死亡的观念。庄子在妻子死后边敲盆边唱歌，惠子骂他："庄子啊，你还是人吗？眼前这个女人为你生儿育女，送走青春，衰老至死。你是不是太过分了？"庄子说："她刚离世的时候，我焉能不悲伤？然而我静言思之，生命不是和自然界春夏秋冬时序变迁一样吗？我若是嗷嗷悲哭，是不懂得生命之道啊，是不通达天命啊。"

可见，在道家文化中，生与死都是自然的一部分，人类对待死亡应该克制常情，突破生死之界限，坦然面对，以免内伤自身。

金庸小说《神雕侠侣》中写到小龙女临近死亡时，对杨过说："生死有命，人生无常，因缘离合，岂能强求？过儿，忧能伤人，你别太过关怀了。"

这是不是和宝钗对薛姨妈的劝慰是一个道理呢？既然生死随缘，沉浸在悲伤中除了伤己，又有何用呢？最重要的是做好眼前的事，她提醒母亲和哥哥，不要怠慢一起贩货的兄弟们，要请客酬谢。

不念过往，活在当下，这难道不是达观随缘的人生态度吗？

以此来回看金钏之死，也就不难理解她对王夫人的劝慰。

王夫人点头哭道："你可知道一桩奇事？金钏儿忽然投井死了。"宝钗见说，道："怎么好好的投井？这也奇了。"王夫人道："原是前儿她把我一件东西弄坏了，我一时生气，打了她几下，撵了她下去。只说气她两天，还叫她上来。谁知她这么气性大，就投井死了，岂不是我的罪过。"宝钗叹道："姨娘是慈善人，固然是这么想。据我看来，她并不是赌气投井，多半她下去住着，或是在井跟前憨顽，失了脚掉下去的。她在上头拘束惯了，这一出去，自然要到各处去顽顽逛逛。岂有这样大气的理。纵然有这样大气，也不过是个糊涂人，也不为可惜。"王夫人点头叹道："这话虽然如此说，到底我心不安。"宝钗叹道："姨娘也不劳念念于兹。十分过不去，不过多赏她几两银子发送她，也就尽主仆情了。"

首先，宝钗并不知道金钏死的真正原因，也无意侦查前因后果，悲剧发生了，和宝钗毫无关联，宝钗也不愿意悲剧发生。

其次，宝钗来的目的是劝慰自己姨妈的，劝慰人的最好方式是转移责任，减轻当事人的内心自责，所以宝钗会推测说金钏是在井跟前憨顽，失了脚掉下去的，总不能气势汹汹地指责王夫人说："你就是杀人凶手？"

再次，宝钗说金钏是"糊涂人"，是建立在"打碎东西被赶出去"的起因上，若真如王夫人所说的，可不就是气性太大？生气归生气，要好好处理情绪，而不是动不动走向极端，拿生命开玩笑。

最后，至于宝钗说"不过多赏她几两银子发送她，也就尽主仆情了"，这是客观处理问题的方式，"几两银子"是虚指，并不是真的说这个丫鬟的命值几两银子，贾母为宝玉择亲还说"便是那家子穷，不过给他几两银子罢了"。逝者已去，除了用钱做补偿，此时还有更好的方式吗？

生者尤在，死者安息，活着的人做些什么或许更为重要，这是薛宝钗一贯的生死观。所以，她把自己新做的衣服拿出两套，给金钏裹妆。连王夫人都问："难道你不忌讳？"宝钗笑着说："我从来不计较这些。"一边说一边起身去取衣服。

可以想象，八十回后，纵然面对悲剧婚姻，宝钗也能淡然面对。失去是人生的必然，何必枉感伤？

## 05 任是无情也动人

群芳行酒令，宝钗摇得牡丹签，上云："任是无情也动人。"宝钗真的是无情之人吗？

当然不是，她的情含而不露，以理节情，包裹在她冰雪冷凝的外表之下，自有动人之美。

宝钗的情散发清香，如蘅芜苑的奇蔓异藤，暗香浮动月黄昏，是若隐若现的，若即若离的。

尤其是她对宝玉的感情，也处在这种若有若无之间。若说无情，宝玉挨打时，她来探病，说："早听人一句话，也不至今日。别说老太太、太太心疼，就是我们看着，心里也疼。"话没说完，忙又咽着，又后悔说急了，不觉红了脸，低下头来。这一刻的宝钗，褪去了山中高士的清冷，有着青春少女的羞涩，"那一低头的温柔，恰似水莲花不胜凉风的娇羞。"这不是心动，又是什么呢？

又过几日，宝钗来怡红院，袭人正在给宝玉绣鸳鸯戏莲的小肚兜，见宝钗来，借机出去办事。宝钗只顾着看着活计，便不留心一蹲身，坐在袭人方才坐的地方替她代刺。恰好这一幕被林黛玉看到了，"只见宝玉穿着银红纱衫子，随便睡着在床上，宝钗坐在身傍作针线，傍边放着蝇帚子。"夏日的午后，一个在休息，一个做针线，"琴瑟在御，莫不静好。"好一副小夫妻甜美的日常生活画卷！

少女情怀总是诗！一个十几岁的少女，再怎么节制自己的感情，也不可能完全不动"凡"心，可是，非要说这种淡淡的情愫是爱情，也太过了。秋风卷过落叶，那是片刻的心动，飘然而止的时候，一切终归平静。遍观红楼，宝钗除了这一两处偶尔动情，大部分情况下，她是置身于宝黛爱情之外，扮演着旁观者的角色。

在大观园那样一个男子稀缺的世界里，宝玉是唯一的可能性爱慕对象。如果能有更多的选择，我相信宝姐姐和贾宝玉将会是两条平行线。

他们压根就是两个世界里的人，一个执着地追求着个性，一个安于现有的秩序；一个重自由重自然，一个重伦理重道德；一个与世俗格格不入，一个踏着俗世的尘土……所以，他们很难产生感情的契合，精神的共鸣，灵魂的共颤，他们在夜空中交汇，各自有自己的方向。

所以，才有了十二曲中的《终身误》的悲剧：

*都道是金玉良姻，俺只念木石前盟。*

*空对着山中高士晶莹雪，终不忘世外仙姝寂寞林。*

*叹人间美中不足今方信。纵然是齐眉举案，到底意难平。*

叹人间美中不足今方信啊！

宝玉和黛玉都是理想主义者，可能三生三世前的相知相伴，在他们内心中种下刻骨铭心的缠绵，然在这污浊的人世间，他们的爱情没有扎根的土壤。

而宝钗，是传统文化环境中产生的淑女，她缺少那么深刻的忧伤和喜乐，有着的只是淡淡的情愫。她以智者的角度观望人生，练就与人事周旋的艺术，她行走在现实的土地上，一步又一步。

理想与现实如何能够交融？宝钗和黛玉如何能够合一？曹公一定思考过这个问题，否则不会有那个叫"兼美"的女神走入贾宝玉的梦里，更不会演出这怀金悼玉的《红楼梦》。

随着宝玉的出家，宝钗这一生，也终成"金簪雪里埋"的悲剧。但是，以宝钗的山中高士之风，她一定能够很快走出困境，展示生命的坚韧和顽强。

偶尔我会思考，若是不能获取天崩地裂、灵魂与共的理想爱情，而是遭遇了世俗意义上的不完美婚姻，是否也并非那么不堪呢？想一想那个夏日午后，有一佳人坐在身边，穿着家常衣服，静静地做着针线活，难道不是一种岁月静好吗？于我凡夫俗子而言，亦是可遇不可求的美好境界了。

一曲流水红颜寞：红楼梦中的多面人性

# 王熙凤：爱到尽头，覆水难收

贾琏和凤姐的婚姻总像是一场博弈，有种你高我低的不和谐感。然而，若是能保持动态平衡，也不失为一桩好姻缘。

他们曾经有过一段蜜月期，那时，强势的一方愿意撒娇示温柔，弱势的一方愿意退让装糊涂，二人郎才女貌，恩爱有加，令人艳羡。

可到了后来，强势的一方控制欲越来越强，不停地在婚姻中使"硬"；弱势的一方渐渐不再容忍，开始变得"硬"气，遇强则强。于是同床异梦，分崩离析。

这桩美好婚姻的最终走向是"一从二令三人木，哭向金陵事更哀"，终以悲剧收场，何以至此？

## 01 爱如昙花

凤姐和贾琏有过夫妻感情很好的时光。

第七回"送宫花贾琏戏熙凤"，小说隐晦地写了两人的性生活。"戏"就是床第间的嬉戏：

只听那边一阵笑声，却有贾琏的声音。接着房门响处，平儿拿着大铜盆出来叫丰儿舀水进去。

第二十三回，两人商量完事，贾琏突然来了一句："只是昨儿晚上，我不过是要改个样儿，你就扭手扭脚的。"凤姐的反应是："嗤的一声笑了，向贾琏啐了一口，低下头便吃饭。"

想当日，小夫妻时光何等地有情趣有性趣！

至于贾琏去扬州接送林妹妹时，凤姐心中实在无趣，每到晚间，不过和平儿说笑一回，就胡乱睡了。想必贾琏在家的夜晚，两人过得都是有趣的时光。到了第十四回林如海病逝，贾琏打发人来家报信，凤姐当着人未及细问贾琏，但心中自是挂念，耐到晚上回来，又把送信的小厮给喊进来，细问一路平安信息，并连夜打点大毛衣服，和平儿亲自检点，再细细追想所需何物，折腾到四更才睡。这细致的拾掇中有千般的用心和爱心，若非心中有爱，焉能如此？白天，为秦可卿的丧事操劳；夜晚，又为丈夫贾琏打点行装。夙兴夜寐，都是为了这个家！

待到凤姐望穿秋水，终于等到贾琏回来，闲暇的片刻，见房屋内无人，凤姐便笑道："国舅老爷大喜！国舅老爷一路风尘辛苦！小的听见昨日的头起报马来报，说今日大驾归府，略预备了一杯水酒掸尘，不知赐光谬领否？"

贾琏笑道："岂敢，岂敢。多承，多承。"

这一番谈话调情戏谑，又是何等地妙趣横生！

然而，到了小说的第七十二回，贾琏出现了经济困难，向鸳鸯借贾母的东西来典当，求凤姐帮忙在鸳鸯面前说几句好话，凤姐和平儿让贾琏拿出一百两银子的好处费，贾琏说："你们太也狠了。你们这会子，别说一千两的当头，就是现银子要三五千，只怕也难不倒。我不和你们借就罢了。这会子烦你说一句话，还要个利钱，真真了不得。"

贾琏的话里暗指凤姐管家贪污，有很多私房钱。没想到，这话刺中了凤姐的痛点，凤姐听到，翻身就起来，骂道："我有三千五万，不是赚的你的……我们王家可那里来的钱，都是你们贾家赚的！别叫我恶心了。你们看着你家什么石崇、邓通。把我王家的地缝子扫一扫，就够你们过一辈子了。说出来的话也不怕臊。现有对证，把太太和我的嫁妆细看看，比一比你们，那一样是配不上你们的。"

诚然，凤姐娘家的靠山够硬，嫁妆够豪，若把钱字挂在口头，变成夫妻之间的权衡时，只能说彼此已经走到山穷水尽的地步，没有温情，没有信任，没有尊重，只有彻骨的寒冷。

从当初的海誓山盟、柔情蜜意到后来的分崩离析、同床异梦，这场婚姻注定没有赢家。

## 02 贾琏之滥

先说贾琏这个浪荡公子。

贾琏多"淫"，对婚姻不忠诚，"脏的臭的都往屋里拉"。从鲍二家的到多浑虫再到尤二姐和秋桐，贾琏的品味从来没拔高过，反而有着

（左侧竖排书名）一曲流水红颜寞：红楼梦中的多面人性

不加节制的"滥"和没有选择的"烂"。

贾琏多"情"，他的情不像贾宝玉那样把一颗心都给了女孩子们，而是随"性"而起，见缝插针、饥不择食，停留在皮肉表面。

逆着时光之河，回到贾琏的成长环境，我们一起看看这个贵公子的"人生轨迹"。

贾琏的亲生母亲从来没有出场过，大约在他幼时就已离开。继母邢夫人秉性愚弱，贪婪偏执，很不讨人喜。

他的父亲贾赦是烂到骨子里面的一个人，花白胡子一大把还娶了一大堆莺莺燕燕在屋里，贪多嚼不烂，若不是鸳鸯性格刚硬早被这糟老头玷污了。做官亦无行，偏偏还有收藏古董的爱好，为了几把扇子，借贾雨村之手，巧取豪夺要了人家石呆子的命。贾琏对这个爹的作风也是很看不下去的，当贾赦指着扇子说"人家（贾雨村）怎么弄了来"时，贾琏一口顶了过去，"为这点子小事，弄得人坑家败业，也不算什么能为。"为此，贾琏那么大的一个成年男性，还被老爹贾赦混打一顿，脸上都被打破几处。

一个爹不疼无娘爱从来没有受过正面教育的贵公子，能成长为什么样的姿态？

贾琏能成为贾府内唯一可以料理家事的人，已经算不错了。他的堕落不是来自人性里的恶，而是恶俗环境的推波助澜，他不自觉地迷失了自我。

再看他家族的其他男性，哪个男人不是风流成性？堂哥贾珍，一妻多妾，无法无天，连儿媳的床都敢上；侄子贾蓉，小小年纪，风流成性，和姨娘不清不白，没有底线；叔叔贾政，虽谓正人君子，屋里不也放着几个姨娘吗？就连纯洁无瑕的宝玉，不是也早早和袭人有了云雨之情吗？

在男尊女卑的时代里，在那样的一个污浊环境下，在人性本能的驱动下，贾琏怎么可能做到如凤姐想要的"从一而终"？

## 03 凤姐之强

再来看凤姐性格中的强势。

凤姐的能力，凤姐的欲望，凤姐的手腕，成就了她成为贾府的专业职场操盘手。权欲的膨胀，让凤姐渐渐地不把贾琏放在眼里，人事任命，她当场驳斥贾琏，分寸不让。

贾芸想找工作，求了贾琏几次，终于出了一个管家庙的事，贾琏盘算着给贾芸留着。没想到半路杀出一个贾芹，提前通过老母亲的关系求了凤姐。一个职位，两个竞争对手，贾芹的靠山是凤姐，贾芸的大树是贾琏，谁能胜出呢？

凤姐提前对贾琏说，"你要把这个职位留给我的人。"贾琏不依，笑着拒绝凤姐说："我不知道，你有本事你说去。"凤姐一听，把头一梗，筷子一放，腮上似笑不笑地，瞅着贾琏道："你当真的，是玩话？"贾琏立马不敢不依，把话题转移到了夫妻房事上，于是，权色交易完成了，贾琏和凤姐在调笑间完成了权力交接。

后来贾芸又来找贾琏，贾琏也实话实说："前儿倒有一件事情出来，偏生你婶婶再三求我，给了贾芹了。"凤姐到底有没有再三求他尚且不论，总之贾芸听完，半晌才开口说话，在这"半晌"时光里，贾芸一定翻江倒海地懊悔，前一番路走错了，要想事情成，还要找凤姐啊！果真，贾芸重新买了礼物拜了凤姐，才求到工作。

一进一退间，凤姐确立了绝对领导权。

从小厮兴儿的话中，也可以看出两人地位的悬殊：

"我是二门上该班的人。我们共是两班，一班四个，共是八个。这八个人有几个是奶奶的心腹，有几个是爷的心腹。奶奶的心腹我们不敢惹；爷的心腹奶奶的就敢惹……"

连小厮都清楚这对夫妻关系的强弱对比，身为局中人的贾琏能无感吗？

但是贾琏性格温和，他了解凤姐的争强好胜，也愿意给她这样的出头机会。一般在外面遇到冲突的事情，凤姐撒撒娇，给贾琏一个台阶，他也就笑笑过去了。

回到家中，凤姐依然强势。当初和她一起陪嫁的四个丫鬟，除了平儿外，或嫁人，或死掉，都不被凤姐所容。即便是忠心不二的平儿，凤姐留她做屋里人，也只是为了拴住贾琏的心。一年到头，贾琏和平儿亲近不了一两次。

贾琏满怀委屈地抱怨说："如今连平儿他也不叫我沾一沾了。平儿也是一肚子委屈不敢说。我命里怎么就该犯了'夜叉星'。"

这时的贾琏，已经有小小的积怨了。

"俏平儿软语救贾琏"那一回，贾琏和"多浑虫"淫浪，不曾想凤姐笑着查问："这半个月难保干净，或者有相厚的丢失下的东西：戒指、汗巾、香袋儿，再至于头发、指甲，都是东西。"

这一席话，吓得贾琏脸都黄了，杀鸡抹脖子地冲平儿使眼色，生怕被凤姐发现。

贾琏为什么怕凤姐？一方面固然是考虑到家族利益，贾王两家是"命运共同体"。另一方面，那时的贾琏对凤姐是有感情的，他想借撒谎来维持关系，不愿意撕破脸。

但是，到了凤姐过生日那天，贾琏偷情被发现，凤姐哭闹，贾琏借着酒劲拿起剑要杀凤姐时，"怕"字已经遁地而逃了。

所以说，婚姻中真的没有谁怕谁之说，所有的怕都源于爱，爱如指间沙，抓得越紧，流失越快。

一曲流水红颜宽：红楼梦中的多面人性

## 04 走向冰点

随着尤二姐的死亡，贾琏和凤姐的婚姻走向冰点。

瞒着凤姐，贾琏在贾珍和贾蓉的协助下，在外置办了小院，包养了尤二姐，玩起了"金屋藏娇"。那些日子，尤二姐和贾琏颠鸾倒凤，万般恩爱。

有一晚上，尤二姐穿着大红小袄，散挽着一头青丝，满脸春色，比白天还要妖娆妖媚，贾琏搂着她笑道："人人都说我们那夜叉婆齐整，如今我看来，给你拾鞋也不要。"

此时，尤二姐相对于凤姐而言，确实有足够的优势，贾琏夸她"举止大方，言语温柔，无一处不令人可敬可爱"，尤其是在能生育子嗣这方面更占绝对优势。

凤姐发动了一场婚姻保护战。她以退为进，步步为营，诱使尤二姐进入贾府，买通胡太医，打死尤二姐腹中胎儿，借刀杀人，最终逼死尤二姐。

凤姐发动的战争又不止于婚姻中，因为贾琏娶尤二姐受到了贾珍、贾蓉的怂恿，凤姐咽不下这口气，她要扩散、放大这件事，让所有人看看蒙蔽凤姐的下场是什么。

于是，她先买通张华，状告贾琏、贾蓉一伙在国孝家孝期间大逆不道，然后大闹宁国府，打贾蓉，逼贾蓉下跪自扇耳光。羞辱尤氏，滚到尤氏怀里，嚎天动地放声悲哭，把尤氏揉搓成一个面团儿，衣服上全是鼻涕眼泪。目的达到后，凤姐及时收兵，又问贾蓉敲诈了五百两银子。

这出戏演得太精彩！除掉尤二姐自己又不露坏形，唆使张华告状又不能真的告倒贾府，羞辱了贾蓉、尤氏又反来勒索银子，需要何等的机心与谋略，怎样的冷静和勇气才能"机关算尽"！

尤二姐在胎儿被打后，吞金自杀。很多人把罪魁祸首指向凤姐，也难怪，凤姐太强了，尤二姐在凤姐手里，没有任何招架还手之力，就像小白兔遇到大灰狼一样，纵使错始于小白兔，人们也把罪责指向大灰狼。一个温柔软弱单纯无害的女人，唯一的心愿是找一个依靠，不再有亏德，好好过日子，就么无望地忍气吞声地被"杀"掉了，着实令人同情。

尤二姐确实有错，错在她愚蠢的选择。她是个不完美受害者，但是错不致死，尤二姐也做不了自己人生的主，也是那个男权社会的牺牲品。

尤二姐最大的错误是看上了贾琏这个懦弱的男人。在尤二姐死亡这件事上，第一负责人就应该是贾琏。然而，贾琏会有自我反省精神吗？他会把错误转嫁到哪里呢？

## 05 恩断义绝

凤姐赢了和尤二姐之间的这场战争，也输掉了人心。

贾琏想给二姐一个相对正式的葬礼，但是凤姐不答应，不去送殡，不给丧葬费，并且拿走了贾琏放在二姐处的所有积蓄，当贾琏四处典当借钱买棺材时，四顾茫茫的他是何等地狼狈与孤愤！

当贾琏抱着尤二姐的尸体痛哭时，他是有真情在里面的，这个温柔顺从的女人给了贾琏生命里难得的温情和尊重，她活着的时候贾琏没有珍惜，此刻方觉珍贵。

他想借葬礼追悔，又被凤姐堵到无路可走，于是，他只能搂着尤二姐痛哭：

"奶奶，你死的不明，都是我坑了你！"
"我忽略了，终久对出来，我替你报仇！"

贾琏痛哭中是话里有话的：此时不明，以后会明；此时想不出，此后会想出；那么想出之后，他的复仇之剑一定会指向凤姐。

在尤二姐临死前夜，平儿探望，看着二姐处境，平儿也不禁滴泪，后悔自己当初把尤二姐的事告诉凤姐，平儿的悔意里有着对凤姐的心寒，也有对自身的哀怜，凤姐如此对尤二姐，以后又会如何对待自己呢？

凤姐大闹宁国府，贾珍出逃，贾蓉求讨，尤氏受辱，对于宁国府而言，这是奇耻大辱。尤二姐受辱自尽了，尤氏身为姐姐能一点无感吗？凤姐可以买通张华，贾珍、贾蓉就不能吗？王熙凤让旺儿斩草除根，杀了张华，但是旺儿心善放了张华一马，那么最后贾府被抄是否和张华反告有关呢？

从此以后，凤姐和贾琏恩断义绝，形同陌路。

爱到尽头，覆水难收啊！

回看贾琏和凤姐的这场婚姻，撇开时代原因，我们不难发现，贾琏的滥情和凤姐的强势都是把这场婚姻逼向悲剧的原因。

滥情，容易让对方失去爱的信仰，失去对身边人的信任，变得敏感执拗。

强势，容易让对方窒息叛逆，愈想逃出家庭的桎梏，变得自私反弹。

无论如何，他们都耗掉了最初的热情和激情，爱情如放到冰箱冷冻层太久的食物，变了质。

## 史湘云：红尘多少事，一醉解千愁

红楼之中，有形形色色的醉态：焦大的醉骂，倪二的任侠，凤姐的泼醋，刘姥姥的醉卧……然而这一切的醉酒，都比不上湘云妹妹醉眠芍药裀的美丽浪漫。

山石僻静处，青板石凳上，湘云以青石为床，落花为枕，香梦沉酣，犹说酒令，醉里梦里都是诗啊。空中弥漫着花香，蜜蜂轻轻嗡嗡声，湘云醉卧花丛中，在这个落英缤纷、芳草鲜美的大观园里，芍药花飞，洒在青春的脸庞之上，落在地上的扇子上，也埋在了落花中。

且听湘云醉酒睡语里的酒令：泉香而酒洌，玉碗盛来琥珀光。直饮到梅梢月上，醉扶归，却为宜会亲友。

这酒令如湘云的心胸一样清朗旷达。醉眠花丛，香梦沉酣，不可能是敏感多愁的林黛玉，也不可能是安分守拙的薛宝钗，只能是热情豪爽、不拘礼节的湘云。其洒脱不羁、放浪形骸之状比得上李白，赛得过嵇康，堪比《世说新语》中的名士，对比世间那些争名夺利蝇营狗苟之辈，一个理想的美神，以遗世独立的卓越风姿立于天地之间。

## 01 不顾惜命运悲苦

湘云醉酒的画面，常让我想起宋代东坡居士的《海棠》诗：

> 东风袅袅泛崇光，香雾空蒙月转廊。
> 只恐夜深花睡去，故烧高烛照红妆。

这固然是因为湘云"醉眠芍药裀"和"海棠春睡"的画面吻合，更重要的是，湘云达观洒脱的生活态度，和东坡极其类似。

苏轼一生很不得意，一生屡遭贬谪，但他始终执着于人生又超然乎物外。苏东坡被贬黄州时，在住所的东边开垦了一片荒地，请教老农如何种田，自云东坡居士。家徒四壁，他在屋里四周画上雪景，自云东坡雪堂。我们今天觉得东坡居士、雪堂这样的名字如此高雅、如此浪漫，殊不知来自这样的人生困境，那是东坡用劳作、用画笔对人生进行的突围。

湘云又何尝不是在用达观的心态为自己的人生突围？她命运坎坷，自小失去双亲，寄居在叔叔家中，红楼十二曲中《乐中悲》叹道：

> 襁褓中，父母叹双亡。
> 纵居那绮罗丛，谁知娇养？

生活中的不如意总是在所难免，幼年遭遇如此坎坷，内心怎能不苦闷、不凄伤？有一次在贾府，湘云被人问及家计，吞吞吐吐，无人处，眼圈都红了。细心的宝钗说："云丫头在家里竟一点儿做不得主。"湘云来大观园是做客的，不得已离开时，她叮嘱宝玉，别忘了提醒老太太时常打发人来接她。她是多么留恋在"别人家"的感觉啊！

所以，当有机会无忧无虑地同姐妹们在一起时，湘云是放纵自我的，是任情任性的，是高谈阔论的。每一次的欢宴上，她都投入了极大的热情，这一刻的风花雪月，这一刻的自由欢快，为什么不好好把握呢？

有人说："生命的无常可以让人悲观，也可以让人不得不乐观。"湘云的乐观，当属"不得不乐观"。在生命的悲哀之上，倔强地寻找生活的乐趣，身世悲苦的湘云，活成了大观园里生机勃勃的春天。

她尽情地释放着自己的生命力，放纵着自己的感官。趁兴时大块吃肉，忘形时挥拳拇战；她会作诗也拿得起针线，会射覆也会行酒令；深夜参加夜宴行酒作乐，大雪纷飞身着男装吃鹿肉。每次诗会她才思敏捷，酒席之上一杯一杯复一杯，醉卧芍药裀。青春的活力光芒四射，生活的欢宴永不停止。

对于自己的处境，湘云感受力是极强的。凹晶馆月夜联诗，她和林黛玉推心置腹地交流，"只你我竟有许多不遂心的事"，这是对孤苦命运的共伤。可是，看到对景伤怀俯栏垂泪的黛玉，她安慰说："你是个明白人，何必做此形景自苦。我也和你一样，我就不似你这样心窄。"真正的明白人是湘云啊！表面上看，她胸无芥蒂乐观豁达，实则内心早已凄神寒骨悄怆幽邃，然而，人生已苦，又何必自苦呢？

湘云这个姑娘，以她的坚强乐观，让我们从哀怨凄婉的愁云之雾中抬起头来，去遥望那奔涌不息的湘江，去欣赏漂浮不定的彩云。这一切，都是属于史湘云独有的辽阔楚天。

## 02 永葆一颗童心

金庸先生笔下有一个老顽童，没心没肺，无拘无束，好玩会玩，永葆童心。

这种状态很难得，尤其是活在勾心斗角的江湖中。

童心之珍贵在于灵魂的单纯透明，甜甜一梦，快乐每天。

红楼中的女子大多都早熟，能拥有这种童真的莫过于湘云。

第二十回一句"史大姑娘来了"，史湘云正式登场了！

那时，宝玉正和宝钗玩笑，听了，抬身就去迎接。"只见史湘云大笑大说的"，这个画面如同邻家的一个小妹妹来串门，还没进屋，就听了她爽朗的笑声。从这回起，大说大笑的史姑娘就扎根在了我们心中。

她爱笑，笑得毫无顾忌，放任自然，豪爽不羁。刘姥姥进大观园那一次，当刘姥姥站起，高声说"老刘，老刘，食量大似牛，吃一个老母猪不抬头"时，第一个撑不住的就是史湘云，一口饭都喷了出来；黛玉要惜春画个"携蝗大嚼图"，借此讽刺刘姥姥时，她又全身扶着椅子背大笑，不提防错了劲，向东一歪，"咕咚"一声，连人带椅歪倒了。人群中，这是多么尽兴的笑啊！无所顾忌的笑声，纵横恣意的情感，像是山野间肆意开放的野杜鹃一样，无限蓬勃生机，空气中都洋溢着飞扬的馨香。

她爱说，宝钗喊她"话口袋子"。迎春说："淘气也罢了，我就嫌她爱说话。也没见睡在那里还是咭咭呱呱，笑一阵说一阵，也不知那里来的那些话。"这不是典型的话痨吗？香菱痴于学诗，湘云就"没昼没夜，高谈阔论起来"，从杜工部之沉郁到韦苏州之淡雅，从温八叉之绮靡到李义山之隐僻，湘云在好为人师这件事上投入了极大的热情，但她不是爱说教的那种老师，而是把一颗心都捧出来让学生看的，她的热情比才华更能让人折服。

偏偏这个爱说话的娇俏小妹吐字又不清楚，黛玉打趣她："偏是咬舌子爱说话，连个'二'哥哥也叫不出来，只是'爱'哥哥'爱'哥哥的。回来赶围棋，又该你闹'幺爱三四五'了。"这一毛病，让娇憨可爱的小姑娘跃然纸上，这不是吾家三岁小女的表现吗？

她有时会口无心。凤姐发现唱小旦的戏子打扮很像林妹妹，但是凤姐不说，诱使别人来说破；宝钗心里知道，一笑不肯说；宝玉也猜着了，不敢说；唯独憨湘云，脱口而出"倒像林妹妹的模样儿"一句话，友谊的小船说翻就翻。这就是心无城府的湘云，宝钗说她"说你没心，却又有心；虽然有心，到底嘴太直了"。她想说就说，想恼就恼，从不因顺应人情而掩饰自己的情感。

大说大笑的背后，是一颗纯真的童心啊！她如同一条清澈的小溪，简单而纯粹，自然而美好。喋喋不休的丫鬟翠缕问阴阳，她循循善诱，主仆之间如同亲密的师生；得了戒指，她送袭人、鸳鸯、金钏、平儿这些曾经陪伴她玩的小伙伴们，并且亲自跑腿，完全没有等级分别；邢岫烟，一个处身于贵族中的平民女子，和宝玉、宝琴、平儿是同一天生日，别人谁也不记得，独史湘云记得，让贫寒的女子也有了难忘的一日；她到贾府，总与宝钗同住，因为宝钗待她最好，如亲姐姐一样，"我但凡有这么个亲姐姐，就是没了父母，也是没妨碍的"。从不考虑复杂的人际关系，只是凭着一腔真情，这就是湘云的待人之道：只要投缘，相逢恨晚。

曹公用一个"憨"字来形容湘云，但"憨"的背后流露出的童真率性却是生存的大智慧。她以天真烂漫之心看世界，以豁达率真的胸怀去包容人事，用恣意纯粹的笑容去感染身边人，用赤诚热情的情感去投入生活。所以她越来越远离悲伤，所有的不快都在大笑中释放，在倾谈中流走。

我们每个人的人生旅途中，应该常用"童心"这面镜子审视自己风化了的心灵，不用年龄来限制自己，不为人情冷暖而伤感，不为突变的事故而惊慌，保持对生活的热爱，对世事的达观。

偶尔我会沉思，若有一天，岁月老去，容颜染上白霜，经历世事沧桑的湘云还会大说大笑吗？

## 03 借我一身豪气

在诗人当中，最有豪气的是刘禹锡，无论什么境遇，刘禹锡都能"晴空一鹤排云上"，用诗情来化解心中块垒。

但是，"豪爽"这个词不仅放在男人身上才有魅力，湘云的豪爽，如同大江大河，以奔腾流走的生命活力，为大观园的女儿们增添一份别样情致。

身为女儿身，湘云偏偏爱着男儿装。她扮小子，哄得贾母喊"宝玉，你过来，仔细那上头挂的灯穗子招下灰来迷了眼"；她披着贾母的斗篷扑雪人，一跤栽倒沟里面，跌了一身泥；她打扮得孙行者，林黛玉称她"小骚达子"。这别具一格的打扮，是独属于湘云的风流飒爽。

第四十九回，下了一夜雪，栊翠庵的红梅如胭脂一般，大观园如梦幻一样的冰雪世界。史湘云听凤姐说有新鲜鹿肉，便和宝玉悄悄商量，两人拿到园子里弄着吃烧烤。肉香四溢，众姐妹都被引诱来了。湘云一边吃一边高声说："我吃这个方爱吃酒，吃了酒才有诗。若不是这鹿肉，今儿断不能作诗。"

只见宝琴披着凫靥裘站在那里笑，湘云笑道："傻子，过来尝尝。"宝琴笑说："怪脏的。"但尝了一口之后，果然好吃，也吃了起来。

再看她和黛玉的对话：

> 黛玉笑道："那里找这一群花子去！罢了，罢了，今日芦雪庵遭劫，生生被云丫头作践了。我为芦雪广一大哭！"湘云冷笑道："你知道什么！'是真名士自风流'，你们都是假清高，最可厌的。我们这会子腥膻大吃大嚼，回来却是锦心绣口。"

冰雪世界，妩媚少女，不顾俗见，作此宣言，何等豪爽！生吃鹿肉，锦心绣口，自是风流名士，快意人生！在湘云的英豪里，我们看到了"人生得意须尽欢"的姿态。大块吃肉，大口喝酒，不醉不休，如此才不辜负这琉璃雪景！接下来，大家争相作诗，湘云独战宝钗、宝琴、黛玉，诗兴飞逸，才思敏捷，大约也是鹿肉的功劳吧。

及时行乐、肆意狂欢的背后有两种不同的精神内核：一种是"今朝有酒今朝醉"的消极颓废；另一种是行天伦之乐、自然之乐的积极乐观。无疑，大观园的痛饮属于后者，曹公一定无数次地回忆起生命中的诗酒岁月，所以他浓笔抒写这些时光，借此反抗琐屑现实，超越虚无。

湘云身上独有的豪爽洒脱是一种气质，一种态度，一种超脱，是精神上的解放，是生活中的智慧。一个恢宏大度、胸无芥蒂之人，能够容纳身边的飞短流长，能够坦然面对生命里的跌宕起伏。

这份独特的人格魅力，也让湘云变成了红楼里最受欢迎的女子：既没有黛玉的孤高傲世，又没有宝钗的世故圆滑，既有才女的质量，又无才女的麻烦，她是世俗层面上的理想闺蜜对象。

## 04 我看青山多妩媚

尝尽人间百态，更要热爱生活，坦荡达观。这就是湘云的处世之道。"我看青山多妩媚，料青山看我应如是。"无论这个世界多么艰难，无论周围的环境多么尔虞我诈，总是能够以热爱、喜爱、欢喜的态度来看世界。如此，才能活出一个可爱、精彩、有着特别气质、特别味道的史湘云！

这种人生态度征服了多少红粉迷啊！活着已经很艰难了，更难能可贵的是能够纵情地活着、专注地活着、有滋有味地活着。痛苦能够隐而不彰是一种高贵，因为过分高调地张扬悲伤，既会成为别人不痛不痒的谈资，也会化成自我同情的毒药。

生活中的我们，多多少少都会遇到一些困境，可能生活的表象还是风平浪静，但是心灵已经被逼到了一个旮旯角里，生活会告诉我们有些路是行不通的，那就让我们从湘云身上汲取一些生活智慧吧：不管命运给了我们什么样的生活，都要坦然接受，珍惜身边的人和事，珍惜这似水流年，好好地爱人，爱诗，爱自己，爱生活。

"寒塘渡鹤影，冷月葬诗魂"之后，美丽的大观园已经荒芜一片，湘云的命运也已写好："厮配得才貌仙郎，博得个地久天长""终久是云散高唐，水涸湘江"。然而，乐观一点看，"这是尘寰中消长数应当，何必枉悲伤？"

# 妙玉：孤高的底色是自卑

金陵十二钗中的妙玉天资不错，"文墨也极通，模样儿又极好"，应了判词中的"气质美如兰，才华阜比仙"。

按说，美丽多才、高傲孤冷的冰霜美人，如果只是在蒹葭苍苍的水一方，或者是幽居在花开花落的山谷，都是很有魅力的存在，毕竟伊人属于神秘的远方。

但是曹公写人物，是按着生活的模样来的。她让高冷女神从京都的牟尼院来到大观园，又从栊翠庵里款款走出，本来有距离的女神撩起了众人窥视的欲望，在聚光灯下，她的一言一行都被夸张了看待。从此，那个叫妙玉的姑娘成了有争议的存在。

## 01 欲洁何曾洁

其中，刘姥姥进大观园的第四十一回是妙玉戏份最多的一场。

那一日，风清气爽，箫管悠扬，乐声穿林度水，令人心旷神怡。但是，欢乐是别人的，这一切和二十岁的妙龄少女妙玉无缘，在外人眼里，她是属于古庙青灯的修行之人。

出自官宦世家的妙玉深懂礼仪。当贾母带着刘姥姥一行人来到栊翠庵时，妙玉"忙接了进去"，"笑往里让"，"忙去烹了茶来"，"亲自捧了一个海棠花式雕漆填金云龙献寿的小茶盘，里面放一个成窑五彩小盖钟，捧与贾母。"在三笑、两捧、两忙之间，一个不卑不亢、落落大方、干脆利索，有大家小姐之风范的妙玉凸现在我们面前。

然而，定眼细看，除了贾母用的是成窑五彩小盖钟之外，众人都是一色官窑脱胎填白盖碗。这就是有了分别之心，当然，贾母位高权重，德高望重，众人皆以贾母为上，妙玉对贾母的体贴入微是没有人持异议的，也都认为对贾母表达一份特别尊重是理所当然。由此可见，妙玉乃深谙世态人情之人。

据说，贾母用的那个成窑五彩小盖钟价值不菲。然而后来因为贾母递给刘姥姥吃了半盏，妙玉就嫌脏不要了。

宝玉央求妙玉把茶杯给刘姥姥那贫苦婆子，妙玉点头说道："这也罢了。幸而那杯子是我没吃过的，若是我吃过的，我就砸碎了也不能给他。"

不知道妙玉是不是洁癖患者，一个古董级的茶杯被来自田间的穷苦老婆子用过了，就要扔掉？若是自己用过，就是砸碎了也不肯送她。

刘姥姥喝了半盏茶的茶杯有那么脏吗？贾母用过的，不嫌弃；太太小姐们用过的，不嫌弃；自己用的茶杯给宝玉用，更不嫌弃。为什么独独嫌弃刘姥姥用过的呢？

若说刘姥姥不讲卫生，但那天鸳鸯刚让她洗过澡找了新衣服换上；若说刘姥姥品味低俗不懂茶，可是连林妹妹也品不出妙玉的茶是什么熬成的；若说刘姥姥社会地位低下，然而从小受佛理浸染的妙玉，不懂得众生平等一说吗？

刘姥姥何脏之有？此处让人困惑。以我的生活体验，总觉得妙玉显得太刻薄，太矫情，有失做人的善良。她无非是嫌弃刘姥姥出身低贱、举止粗俗、形象寒碜、厚颜食嗟来之食而已！衔着金钥匙出身的贾宝玉尚且知道怜悯一个贫婆子的不易，知道不能白白糟蹋了好东西，与佛门离得最近的妙玉却缺少这种情怀。

或许此时的妙玉还太年轻，不懂得世情冷暖，世态炎凉。若是人生到了后来，"无瑕白玉遭泥陷"之时，再来回看当年栊翠庵品茶这一节，极可能会感慨世事如一梦，往事都风轻云淡。再回想当年对刘姥姥的嫌弃，是否会感觉那时的自己矫揉造作呢？一个人若是在生活底层跌打滚爬过，若是被命运的污水泼脏过，就不会那么介意一个杯子的洁净问题了，毕竟心灵要负担起比一个杯子污浊得多的沉重生活。

欲洁何曾洁，亭亭静立的荷花尚且出自污泥之中，一个人不可能双脚离开尘土生存，既然脚下是土地，那就扎扎实实地深入到泥土里面，一切的皮囊都是表象，唯有心灵才能到达洁净的远方。

## 02 云空未必空

在贾母等人喝茶之际，妙玉把宝钗和黛玉的衣襟一拉，入了自己的小卧室。这个动作很有亲近感，用动作眼神直接传达出"跟我来"的意思。妙玉对宝黛的亲近中，可能有同是客居之人的身份认同感，也有可能是对优秀女孩的欣赏之意，总之，她视她们两个为知己，把自己五年前收集的梅花雪水煮就的梯己茶捧出，用珍藏的古玩茶具盛就，和两位姑娘分享。

宝玉跟了进来，妙玉将前番自己素日吃茶的那支绿玉斗拿来斟与宝玉。这个绿玉斗价值几何尚在其次，关键在于这绿玉斗是妙玉自己素日用的。试想一下，我们会把自己平日用的茶杯给谁倒茶用呢？这是妙玉的一份真心，她送给了宝玉。或许在她心里，宝玉是离得很近的知己。

我们无从得知黛玉或者宝钗此时此刻分别是什么心情。以黛玉的七巧玲珑心，她能无感吗？以宝姐姐的聪慧，一定也是洞若观火。此时，她们都看见了妙玉那点微妙的情愫。更何况，妙玉特意正色地对宝玉说："你这遭吃的茶，是托他两个的福。独你来了，我是不给你吃的。"这话是否有点欲盖弥彰的味道呢？

宝玉是个聪明人，他一定也微微洞察到了自己得到了与众不同的礼遇。他带着笑，把严肃的对话变成朋友间的调侃：

"我深知道的。我也不领你的情，只谢他二人便是了。"

"自然如此，你那里和他说话授受去，越发连你也脏了。只交与我就是了。"

"等我们出去了，我叫几个小幺儿来河里打几桶水来洗地如何？"

宝玉这话并非认真，一个多情的公子哥，夹在三个美丽女子中间，既要守着对黛玉的那颗心，又不可冷落了妙玉的这颗心，他只能用开玩笑的方式来化解相处中的尴尬，小心翼翼地维护妙玉的清高，不让少女那点情愫碎到地上。

这是宝玉的体贴，妙玉却未必心领。她把自己端着，端到令人生厌的程度，她居然同意了宝玉洗地的建议，并且打水的小厮不能进门，只让把水搁在山门外头墙根下。刘姥姥如果知道自己走后，别人要用水洗一遍地，心里该多难受啊！

仔细来看这份微妙的感情，在妙玉心中，宝玉是很近的温暖；而在宝玉心中，妙玉是很遥远的存在。男女之间的感情，往往是谁动心，谁拘谨。

妙玉步步为营，处处强调和宝玉的距离，却因为用力过猛，她的一言一行开始给人生硬的感觉，这和一开始迎接贾母的那个言笑晏晏的女子完全判若两人。接下来，她在拘谨中把黛玉也给得罪了。

黛玉只是轻轻问了句："这也是旧年的雨水么？"

妙玉冷笑道："你这么个人，竟是大俗人，连水也尝不出来……你怎么尝不出来？隔年蠲的雨水，哪有这样轻浮？如何吃得？"

妙玉这高高在上的姿态，也真让人无语了。若"世外仙姝"黛玉是个大俗人，整部《红楼梦》里还有谁不俗？当然，这话也可以辩证地看成是对黛玉的表扬，"我觉得只有你懂呢"，言明对黛玉是高看了一等的。只是，妙玉的这句话针对的可不只是黛玉一个，因为妙玉刚刚给贾母们毕恭毕敬地端了一杯旧年雨水煮的茶，现在自己又口口声声说隔年的雨水如何吃得，难道刚才对贾母的恭敬都是在演戏？

像妙玉这样的讲话人，贬低别人抬高自己，把自己凌驾于他人之上，往往是话题终结者。因为她不是就事论事地和你交流，而是直接对你整个人下了定论。就好像一个学生问老师这道题怎么做？老师冷笑着来了一句：你怎么这么笨啊，连这道题都不会做？这样的人在生活中还真不是少数。

果真，妙玉说完这通话，黛玉"知她天性怪癖，不好多话，亦不好多坐。吃完茶，便约着宝钗走了出来"。佛门净地，不便多争，伶牙俐齿的黛玉没有说什么，却不代表心里没想法。可是，黛玉怎么不喊着宝玉一起走出来呢？

或许，这便是黛玉的灵透善良之处。妙玉纵然把自己放在极高的位置上，她和宝玉还是有着遥远的距离，不像黛玉能够日日时时和宝玉相处。黛玉知道宝玉的心在自己这儿，她想留给那个自视甚高实则很凄苦的女孩子一个单独的空间，让妙玉和宝玉多一刻金子般难得的光阴，这是对一份美好朦胧情感的尊重。

后来去栊翠庵要红梅那一回，大家可能觉得妙玉不好说话，于是都派宝玉去问妙玉要。当李纨要人跟着宝玉的时候，黛玉忙阻拦说："不必。有了人，反不得了。"这还是黛玉的因懂得而共情之处。

## 03 王子公孙叹无缘

在身份上，妙玉是槛外人，宝玉是槛内人。

在感情上，妙玉是槛内人，宝玉是槛外人。

一个槛内，一个槛外，把两人分割开了，终是无缘人。

妙玉纵然在性格上有许多不讨世人喜欢之处，但随着岁月翻回她的过去，你会发现她也是不被上帝眷顾的那个可怜之人。

不爱佛门，却不得已进了佛门。心恋红尘，却身不由己。这是一重矛盾；出身权门，蔑视权门，却又不得不依附权门。这又是一重矛盾。

重重矛盾如同一张网，把人心困在中间。她纠结、她挣扎、她迷惑，却找不到温暖的力量。她的父母早逝了，她唯一的师傅也离她而去了，她孤苦伶仃地在这人世间颠沛流离，伴青灯古佛，听晨钟暮鼓，同龄人斟酒吟诗欢笑，她远远地看着，然后用高冷掩饰自己对红尘的渴望。

群芳齐聚，踏雪寻梅，生烧鹿肉，吟诗争联，这是大观园少男少女的诗意时光，同为妙龄少女的妙玉岂能无感？然而，命运、身份让她无法选择自己想要的生活，她的孤高、她的怪癖、她的目无下尘、她的怪诞清高是一副应对尘世的面具，以此来保护自己脆弱敏感的心灵。她揣着自尊，端着架子，怕被人看轻，怕受到伤害，殊不知她越是极力证明的，越是掩饰自己自卑之处。

这不就是青春期少男少女独特的表现吗？把自己像刺猬一样包裹起来，以此保护敏感自尊的小心脏。遇到有好感的对象，心里有一万个喜欢，说出口的依然是高冷刺人的话。

幸运的是，每个人都会成长的，从高冷到温和是一条漫长的路，但却能够磨砺人的心性，让人卸下伪装，活出真实的自己。

槛内槛外并不绝对。身为槛外人，并非就是要高冷，亦可有一颗宽容心，坦然乐观面对世间事。如果你渴望红尘，就袒露出火热的情怀；如果你爱繁花热闹场，就让心走出铁槛之外。或许上帝给了你一个颠沛流离的命运，但是微笑着和上帝握手言和，命运会露出温和的一面。

到了大观园没落前的中秋夜，妙玉主动走向黛玉和湘云，请她们一起到栊翠庵炉火下联句吟诗。她们通宵达旦、即景联诗，大展诗才。那一晚的妙玉，温婉如玉、真诚和气、神采飞扬。待到二人离开之际，她送至门外，看她们去远，方掩门进来。隔着文字，我仿佛看到了花容月貌的妙玉依依不舍的眷恋。

只是随着无瑕美玉落入泥垢中，妙玉这一生，终留一声叹息。

## 贾元春：有一种牺牲叫"长姐如母"

汉武帝有个倾国倾城的李夫人，病危之际，武帝亲去探望，李夫人蒙着被子辞谢："妾长期卧病，形貌毁坏，不可以见陛下。希望能把儿子和兄弟托付给陛下。"

武帝再三恳求，李夫人终不与见。

武帝走后，李夫人的妹妹责备她冷酷，李夫人说："我之所以不愿意见陛下，是为了托付兄弟之事。我因容颜受宠，如果陛下看到我此时的容貌不再，一定会厌弃我，怎么还会顾念我的兄弟呢！"

这是一个智慧冷静的女人，深谙男性心理。可是，一个女人要有多理智，才能够抵制得了临终前的温情？将去的路孤独寒冷，难道她不想爱人的温暖伴自己一程？

然而，比起爱人的温暖，在李夫人心中更重要的是兄弟们的前程，家族的荣光！

这和元春是何等相似啊！红楼十二曲中的《恨无常》唱出了元春临死前的悲劝：儿命已入黄泉，天伦呵，须要退步抽身早！

和李夫人一样，当死亡来临，她们都放不下背后的家族，死亡也无法让她们挣脱牺牲的枷锁，尊贵一生的背后是一颗伤痕累累的灵魂。

## 01 高处不胜寒

　　元春省亲，七个小时，六次眼泪。从哽咽到哭泣再到泪如雨下，穿越纸墨，你能触碰到一个女子的凄苦悲哀。

　　元春在哭什么？

　　一哭没有自由之身！一入宫门深似海，从此再无自由身！金碧辉煌的皇宫，就是活死人墓。"那不得见人的去处"，囚禁了一个女人的青春、梦想和爱。甚至在家人面前，元春的眼泪也是压抑着的。如同一个木偶，她连自由表达喜怒的权利都没有，任何越礼的行为都是大逆不道。

　　二哭没有天伦之乐！田舍人家，普通百姓，一家人和和美美，也是快乐的；然而，元春虽富贵至极，却不能享受和家人相聚的快乐。纵然有片刻的相聚，也是以君臣之礼相见。当元春满眼垂泪，急切诚挚地对父亲诉说自己对亲情的渴望时，贾政大义凛然地告诫女儿以国君为重。亲人之间的对话横着深深鸿沟，纵是近在咫尺，也远隔天涯。

　　三哭没有人间温暖！元春嫁给了一个万众敬仰的男人，却是不属于自己的男人，加之身后无子嗣，一个深宫女子，心灵只能在深海中泅渡。伴君之侧，只有争斗，谈何感情？那不日不月的孤独，那无情无爱的冷寂，那勾心斗角的疲惫，夜夜袭来，无爱的女人，心永远都是凉的。

　　所以，元春看淡了繁华，看厌了奢侈。这贤德妃的荣耀，不要也罢！

　　然而，元春连放弃的自由都没有。那不得见人的去处，掌握着的不仅是一个人的生死，还有家族他人的命运。

没有元春，哪里有贾家的荣光？

想当日，荣宁二公跟着皇帝打天下，立下了赫赫军功。传到了贾蓉，已是第五代，"君子之泽，五世而斩"，以一代不如一代的走势，若非元春的入宫受宠，贾家早已倾颓。小说第十三回秦可卿临死前托梦，对王熙凤已经讲明：如今我们家赫赫扬扬，已将百载，一日倘或乐极悲生，若应了那句"树倒猢狲散"的俗语，岂不虚称了一世的诗书旧族了！

同时，秦可卿也点出元春封妃之事，是烈火烹油，鲜花着锦之盛。但也不过是瞬息的繁华，一时的欢乐。

扶大厦于将倾，元春这个弱女子，肩负起了兴盛家族的沉重责任。


## 02 为家族负重

网上流行一句话："哪里有什么岁月静好，只不过有人在替你负重前行。"

元春就是那个负重前行的人。为了家族的安稳，她必须步步惊心，小心翼翼地强颜承欢，然后伴随孤灯，度过生命里的寂寞长夜。

但是，这世间的付出本身应该是珍惜与被珍惜，元春和家人之间应该是依靠与被依靠，温暖与被温暖。

可现实呢？因为元春入宫变得赫赫扬扬的贾家，没有一个撑得起场面的男人。贾家的男人如泥石流，滚滚而下，可谓是，黄鼠狼下耗子——一窝不如一窝。贾敬炼丹修仙，不问世事；贾赦贪财恋色，无所事事；贾政平庸无为，没有本事；贾珍大开赌场，不干好事；贾琏沾花惹草，尽做烂事；贾环龌龊下流，毫不懂事；贾蓉毫无廉耻，没事找事……唯有一个灵性少年贾宝玉，少不更事，也在背离主流的路上越走越远。谁能成为担起家族脊梁的男人？一个都没有。

非但如此，这群男人仗着元春这个靠山，一点也不省心，处处招惹是非。为了石呆子的二十把古扇，贾赦利用权势，伙同贾雨村把人下狱抄家，逼得石呆子走投无路，生死不明。贾珍为了给儿媳办葬礼，用了义忠亲王老千岁的棺材，后又在居丧期间，聚赌嫖娼，放头开局……

难道他们不明白，这样做只会为元春添堵吗？在步步惊心的后宫争斗中，家人本应该成为后宫女子强有力的依靠。看过《甄嬛传》的人都知道，华妃之所以恃宠而骄，最根本的原因在于身后有一个手握重兵的哥哥年羹尧。皇宫内外，权势如风云朝夕变化，有时娘家的实力决定着后宫嫔妃的命运。

贾府中没有国之精英也便罢了，如果还顾念着宫中那个忍辱负重的元春，就应该在行事上面谨慎低调。

然而，为了迎接元春省亲，贾府斥重金修建奢侈壮观的大观园，其亭台楼阁之多，奇花异草之盛，真如那"天仙宝镜"的名字一般，如同人间仙境！为了这虚假的繁华，打肿脸充胖子的贾家在经济上捉襟见肘，贾珍曾说："再两年再一回省亲，只怕就精穷了。"

没有任何功劳，又如此高调，这难道不是作死之路吗？清醒如元春，也只能"默默叹息奢华过费"，劝诫家人："以后不可太奢，此皆过分之极。"还有那支《恨无常》的曲子，也有着元春的悲劝："须要退步抽身早！"当自己命入黄泉，无力成为家族靠山之时，元春希望家族人等抽身退一步，远离灾难。

这一场省亲，元春看到了奢华背后的危机，不知道是否看到了自己牺牲的没有价值?

可是,清醒地明白这一切又能如何呢?元春深爱着她的亲人们,当家族走向没落,身为家中老大,她不入地狱,谁入地狱?她在那宫廷争斗中,战战兢兢如履薄冰,几多辛酸,几多悲哀,家人们,谁能懂得?谁能体会?

### 03 长姐的牺牲

元春最怜爱宝玉,书中说,二人"虽系姊弟,其情状有如母子。"这是中国家庭中最常见的一种关系——长姐如母。但是,也很扭曲。因为,这种观念剥夺了长姐作为女孩儿的本性。

这四个字从不同角度来看,感受是不同的。父母很欣慰有这么一个大女儿,因为可以帮忙撑起家庭的责任;弟弟妹妹很幸运有这么一个大姐,因为可以得到无限的包容和关爱。

唯有大姐本人,舐舐着牺牲的血泪,笑看家人的幸福。大姐,过早地担当和懂事,有着母亲的坚韧和隐忍,她自己品尝过做女孩的快乐和放松吗?她会撒娇吗?她会争抢吗?她能任性吗?不会!她的人生字典里没有自我。

当宝玉进来时,元春携手把他揽于怀中,抚其头颈,说着:"比先竟长了好些……"一语未尽,泪如雨下。

情深语淡啊!最真挚的深情就在这"长了好些"之中。当年元春离家时,想那宝玉还是一懵懂顽童,今已成长为翩翩少年,多少唏嘘在其中!大姐的这份情,宝玉懂吗?他不懂!这个最深情的男孩子,对身边的每个灵秀女孩都有着非常的情感。袭人回趟家,他跟着恋恋不舍；秦可卿去世了，他呕出一口血；晴雯被撵走，他魂不守舍去探望……唯独对这个疼爱自己的大姐，他无动于衷。对姐姐省亲之事，他"视有如无，毫不曾介意"。比起好友秦钟病重，姐姐省亲在宝玉心中的位置太轻了！

可能是宝玉年龄大小，忘记了大姐对自己的照顾；也可能是这个大姐地位太高，在他面前成了一个符号，他不知道如何亲近。

现实中，这样的姐弟关系太多了：一个优秀的姐姐，一个混世魔王的弟弟；姐姐过早懂事，弟弟不谙世事；姐姐无限包容，弟弟自私掠夺；姐姐心甘情愿付出，弟弟理所当然占有。

非但宝玉，贾府所有人看元春都像在看一个仰望着的符号，这个符号代表着皇权、富贵、繁华，还有现世的安稳。这个符号是靠山，靠山在，便可以肆意妄为。没有一个人，去问问元春是否幸福。

弟弟没有安慰一句："姐姐，你不要哭了。"

奶奶没有劝慰一句："姑娘，你受苦了。"

母亲没有后悔一句："孩子，当初不该送你去那不得见人的去处啊。"

当然，他们或许心中一瞬间这么想了，只是不能说出口。元春是神一样的存在，是贾家的全能之神，大家和她都有着隔膜。

## 04 悲喜自渡

作家季羡林有本书名为《悲喜自渡》，意思就是面对人生的苦乐喜忧，唯有自渡，因为他人很难感同身受。

对于身居高位的元春，可能比他人更能感受这四个字的内涵。

人生悲喜无常，或许在他人眼里，加封"贤德妃"是"烈火烹油鲜花着锦"之喜，在元春这里，却是强颜承欢、步步惊心之悲。但是，如果责任不偏不倚地落在了自己身上，那也只能承担。

或许这就是宿命。但既然无法左右命运的飞升与跌落，就要学会收拾好所有的情绪，在孤独中前行。就像元春在省亲结束，虽然满眼泪水，却又勉强堆笑，劝慰家人勿要伤感。前去的路尽管是"见不得人的去处"，但依然傲然前行。

像是一树梅花，经过萧瑟的秋天，迎雪而舞，在寒冷中吐露生命的清香。

一曲流水红颜寞：红楼梦中的多面人性

# 贾迎春：二姐姐，莫被懦弱毁一生

"迎春又独在花阴下，拿着花针穿茉莉花。"这是红楼第三十八回对迎春的描写。绿荫如盖，花落满地，美丽温柔的姑娘聚精会神地针穿茉莉花，一任云卷云舒。远处，黛玉在钓鱼，宝钗在玩桂花，探春惜春在看鸥鹭。当这幅画像定格在眼前的时候，有一种静美迷醉了心灵。

然而，画风陡然一转，命运露出它狰狞的一面：一个恶狼，追扑一美女，欲啖之。画的旁边写着一首诗：

子系中山狼，得志便猖狂。

金闺花柳质，一载赴黄梁。

这，就是迎春的命运图谱。

"金闺花柳"是她的人生起点：论长相，迎春"肌肤微丰，合中身材，腮凝新荔，鼻腻鹅脂，温柔沉默，观之可亲"，虽不太出众，也是美女一枚；论家世，她出生在"白玉为堂金作马"的贾府，父亲贾赦

069

是世袭一等将军，叔叔贾政是工部员外郎，堂姐元春是当朝贵妃，这样的家庭优越性不知超越了多少平常家庭；论才华，贾府的四位小姐"琴棋书画"各精通一种。迎春擅长下棋，虽未知棋艺如何，然比起一般人家的姑娘，也算得上有才气。

可是，这么一个好姑娘，在嫁给大有前程的孙绍祖后，何以短短一年，就遭受家暴被踩躏致死呢？

## 01 麻木懦弱

懦弱，是最大的元凶。

从第七十三回"懦小姐不问累金凤"一事中，足可见迎春的性情。迎春乳母斗牌赌博，偷了迎春的攒珠累丝金凤，拿出去典当。大家都知道这是咋回事，迎春为了省事不管不问。丫鬟绣橘替她据理力争，说中秋节众姑娘们都要戴这个首饰，迎春不戴实在是说不过去。结果迎春说："罢！罢！罢！省些事吧！宁可没有了，又何必生事？"

绣橘气愤不过，要去回凤姐。正赶上乳母的儿媳来找迎春为婆婆赌博一事讨情，遭到拒绝后，竟然反咬一口，诬陷说迎春用了她们下人的钱。绣橘气哭了，司棋从病床上勉强挣扎起来，来给绣橘帮忙。迎春倒好，居然拿出一本《太上感应篇》来看。劝人为善的道教经典，变成了逃避问题的心灵鸡汤。

混乱中，探春、平儿路见不平，赶来为迎春伸张正义，她头也不抬，继续翻感应篇，平儿等她发话，她笑道："问我……私自拿去的东西，送来我收下，不送来我也不要了。太太们要问，我可以隐瞒遮饰过去，是他的造化；若瞒不住，我也没法。"

迎春姑娘啊，善良若没有牙齿，便是软弱；对恶人的宽容，便是对自己的残忍。放过了乳母，伤了丫鬟绣橘和司棋的心，也辜负了探春、平儿的好意。从此以后，再遇困难，只一句"咎由自取"，谁还肯帮你？更重要的是，没底线的退让，只会让对方得寸进尺，让自己变成被欺辱的对象。

以乳母为代表的下人，从来没感激过迎春的宽容，反而觉得姑娘好欺负，居然敢诬陷主子用下人的钱，这样的事情也只能发生在迎春这里。探春在怒斥王善保家时说："你打量我是同你们姑娘那样好性儿，由着你们欺负他，就错了主意。"柿子捡软的捏，欺善凌弱是人的本性。泻水置平地，人性中不自觉的丑陋总会流向低洼地，而像迎春这样的弱者自然首当其冲。

贾琏的心腹兴儿论起迎春，也是带着轻视的口吻："二姑娘的浑名是'二木头'，戳一针也不知'嗳哟'一声。"兴儿的形象表达中，不仅指出了迎春的懦弱，还指向她的麻木。懦弱，只是缺少勇气；麻木，则缺乏生命的热力。

抄检大观园时，跟随她多年的大丫鬟司棋因和表弟潘又安有私情，被抄出"罪证"，驱逐出大观园。司棋事先求了迎春，本指望她能死保自己的，没曾想，迎春虽有不舍之意，还是以自保为最上：

> "我知道你干了什么大不是，我还十分说情留下，岂不连我也完了。"

"心非木石岂无感？吞声踟蹰不敢言！"在身边人遭受劫难面前，你怎可如此冷漠！懦弱的迎春，在失去司棋后，也失去了身边最可依赖的支柱。

因为麻木,她的感情犹如一潭死水,激不起一点波澜。常言道:"兔子急了还咬人。"可是,情感淡漠的"兔子"是不会急的,又怎会奋起反抗呢?

## 02 推向深渊

如果追根溯源,迎春的原生家庭是致她走向深渊的推手。

迎春是贾赦的亲生女儿,父亲是怎样的一个人呢?吃喝狂嫖,为了几把扇子,滥杀无辜。在儿女情分上,向来无情。

迎春的母亲死了,继母邢夫人又既愚笨又恃强,既多疑又偏执。这样的女人,不知道哪根弦招惹了她,就触她发怒。若是遇到一个灵动的孩子,处处乖巧,倒还可以偶尔讨半点欢心;平庸木讷如迎春,就只能处处躲避,但求无过。

一个没被父母疼爱过的女孩子,自卑会如影随形伴一生,再加上资质平庸,很难成长为一个内心强大的人。

好在祖母喜欢被女孩们花团簇拥的感觉,她把姑娘们都留在身边,由王夫人照顾生活,后来,迎春又住进了大观园里的紫菱洲,在世外桃源里度过一段诗意时光。

可惜,快乐的日子总是很短暂,女儿家总要出嫁。贾赦这个父亲为女儿择了一个怎样的"东床快婿"呢?

此人名叫孙绍祖,生得相貌魁梧,体格健壮,弓马娴熟,应酬权变。听上去还不错,可家人总隐隐觉得不妥。贾母心中不称意,但恐怕阻拦,贾赦也不肯听,便不愿出头多事;贾政深恶孙家,认为两家门不当户不对，劝谏了两次，无奈贾赦不理，也只得罢了。

经历世事的人，眼睛最雪亮。在贾母一开始感觉不对劲的时候，这桩婚姻就是错的，就该拼命拦下。

想一想，为了一个丫鬟鸳鸯，贾母不惜驳了贾赦的意愿，伸手强力阻拦。如今面对自己亲孙女的婚姻，又怎能置身事外呢？只能说迎春的存在感太低了，连老太太也对她疼不起来。但是，鸳鸯尚且知道跪在老太太面前哭天抹泪，发誓赌咒，恳求保护，迎春自己又何曾求过老祖母的庇护呢？

当然，最应该负责任的还是贾赦。迎春曾哭诉孙绍祖骂她："你老子使了我五千银子，把你准折卖给我的。好不好，打一顿撵在下房里睡去。"这话不知真假，但以贾赦的人品来推测，此事应该不是空穴来风。在贾赦这里，女儿变成了可以随意买卖的商品，她置女儿的幸福于何处呢？

就这样，迎春一步步被推向虎狼之地。

## 03 惨遭家暴

嫁到孙家的迎春惨遭家暴。

孙绍祖是个地道的人渣，"一味好色、好赌、酗酒，家中所有的媳妇、丫头，将及淫遍"。迎春略劝过两三次，就被拳打脚踢。在那个年代，女子在夫家受到凌辱，只能求助娘家。娘家是最后的救命稻草，连这根稻草也抓不住，那就彻底绝望了！

家大业大的贾家怎么处理迎春的厄运呢？嫁出去的姑娘泼出去的水。贾赦和刑夫人装鸵鸟，头埋在沙堆里，不置一词，塞责而已。父母凉薄至此，他人又怎好干涉？

王夫人和众姐妹听了迎春呜呜咽咽的哭诉，无不落泪。然而，王夫人也只能用言语劝慰："我的儿，这也是你的命！"又吩咐宝玉，不许告诉老太太。事已至此，多说无益，徒增伤悲！

在清代康熙年间，有一个女子和迎春的命运很相似，她叫袁素文，是诗人袁枚的妹妹。袁素文所嫁的那个人，品行恶劣，性情暴戾，他家暴袁素文，婆婆前来救护，他连母亲一起殴打，把母亲的牙齿都打下来了。幸运的是，袁素文有一个好父亲。在接到女儿的求助信后，袁父心痛欲裂，当即告到官府，请求判决女儿离婚，随后把女儿领回杭州老家。

看来，纵然封建礼教大如天网，如果父母的爱比天高，还是可以挣脱束缚的。好的父亲，应该是孩子成长路上的保护伞，使其远离凄风冷雨。

更幸运的是，袁素文有一个好哥哥袁枚。袁枚和这个妹妹手足情深，在妹妹归家后的多年，一直与之相伴，后来袁枚举家迁到南京随园，妹妹也跟随着。

迎春的亲哥哥贾琏对这个唯一的妹妹如何呢？如刑夫人的话："总是你那好哥哥好嫂子，一对儿赫赫扬扬，琏二爷凤奶奶，两口子遮天盖日，百事周到，竟通共这一个妹子，全不在意。"

在妹妹掉入火坑之时，贾琏、凤姐这对哥嫂，确实没有伸手拉一把，手足之情，何其冰冷！

夫家，无容身之地；娘家，冷漠无情；天大地大，迎春该何去何从？

## 04 何以自救?

封建社会,自救的路太艰难!

可是,如果同样的命运落在凤姐和探春身上,他们会不会惨遭荼毒呢?

绝不会!

以凤姐的手腕,软的硬的一起用,想整死一个人是分分钟的事,回想下贾瑞之死,就知道高手出招,一剑封喉。以探春的刚烈、血气、胆略,哪怕鱼死网破也要血拼到底,宁为玉碎不为瓦全!狭路相逢勇者胜,面对无畏者,想必孙绍祖也会怯让三分吧。更何况,探春姑娘还是很有智慧的!

这么看来,迎春自己还是要为自己的命运负责。

在迎春骨子里,有着如影随形的自卑感,所以她看轻自己。越如此,在为人处事上面,越显得逊色。青春少女,若是自信明媚,是自带光芒的。而迎春却总是影子一样地存在,她想退缩到一个与世无争的世外桃源,却因为处处退让,被逼到了一个狭仄的空间。

继母邢夫人说她:"你是大老爷跟前人养的,这里探丫头也是二老爷跟前人养的,出身一样。如今你娘死了,从前看来你两个的娘,只有你娘比如今赵姨娘强十倍的,你该比探丫头强才是。怎么反不及他一半!"

她的丫鬟绣橘说:"姑娘怎么这样软弱?都要省起事来,将来连姑娘还骗了去呢!"这句话,又为迎春的命运做了一个注脚。

生而为人,决不能逆来顺受随波逐流。君不见,山间的一草一木,尚且在夹缝中努力抗争，人不搏一把，要力量又有何用？

三千年前《诗经·氓》中的女子，在遭遇丈夫家暴之后，内心极为沉痛，虽然娘家兄弟讥笑她，虽然她依然留恋着昔日的温情，但最终毅然发出掷地有声的金石之音："反是不思，亦已焉哉！"

宋代女词人李清照第二次婚姻也遭遇家暴。当时，国破家亡，乱世流离，又遇此大不幸，李清照不苟且，不隐忍，把渣男张汝舟告上法庭。在宋代，妻子告丈夫，自己也要坐牢。

那又如何？总胜过被禽兽蹂躏，生不如死！李清照从结婚到从监狱走出，一共历经99天，可谓快刀斩乱麻，及时止损！

弱肉强食是任何社会颠扑不破的道理，强者生，弱者死，狼吃小羊是本能。鲁迅先生也说过："中国人对羊是狼，对狼是羊。"在这个充满狼和羊的世界里，绝不可太懦弱，每个人可以不去做狼，但是必须要保护自己不被狼吃。

今天社会，相对迎春那个年代，进步太多，然而仍然有许多好姑娘，被人渣吞噬，令人扼腕叹息！其中，有家庭教育的问题，有社会习俗的原因，但更多的时候还在于好姑娘们本身太懦弱，给了恶人可乘之机。

好姑娘，你越退缩，生存的空间越小；你越卑微，幸福离你越远。你不勇敢，谁替你坚强？

二姐姐们，莫被懦弱毁一生！愿每一个好姑娘，都能迎春绽放，春暖花开。

## 贾探春：娘啊，我在恨你的时候也是爱你的

电影《情迷高跟鞋》有这么一个桥段：

母亲："你还有点喜欢我吗？"

女儿："我爱你呀，妈妈。"

母亲："我一直担心你有点恨我。"

女儿："是的，有时候是恨的！可是就算我在恨的时候也知道我是爱你的。"

这段台词是天底下许多母女关系的写照：爱与恨交织，依赖与疏离并存，仗着最亲近的血缘，说着最扎心的话语。

这样的关系也发生在《红楼梦》中探春和赵姨娘之间。

一曲流水红颜寞：红楼梦中的多面人性

## 01 凤凰女儿老鸹娘

探春是一个阳光明媚的气质女孩。

"才自精明志自高"，这是曹公在判词中对她的称赞。她有闺阁之趣，亦有治世之才。桃李春风花开日，她领着姐妹们开海棠诗社；秋雨梧桐叶落时，她接下管家重任。

她是无人不爱的"玫瑰花"，柔软又硬气地活着，在宝哥哥面前，她是娇憨的小妹妹；在小人王善保家面前，她该出手时就出手，一个巴掌响乾坤。

然而，每一次，她被欣赏的同时都有一个转折，外加一声叹息。

凤姐对平儿说："我说她不错，只可惜她命薄，没托生在太太肚里。"

兴儿对尤二姐说："玫瑰花又红又香，无人不爱的……可惜不是太太养的，'老鸹窝里出凤凰'。"

不知道探春听了这些会是什么感受？有时候妈妈被人轻视比自己被轻视还要难受。

老鸹，又称乌鸦，人见人厌。像极了母亲赵姨娘在贾府中的地位：宝玉被马道婆施的魔法困住了，奄奄一息，赵姨娘假模假样在旁边劝慰，贾母照她脸上啐了一口唾沫，骂道："烂了舌头的混账老婆！谁叫你来多嘴多舌的……都不是你们这起淫妇挑唆的？""淫妇"两个字，直接把赵姨娘钉在了耻辱柱上。

贾环推倒了油灯，烧了宝玉，王夫人逮着骂赵姨娘："养出这样黑心不知道理的下流种子来，也不管管！"种子下流，当然是母亲基因下流的缘故。

赵姨娘管教自己亲生儿子贾环，凤姐打窗前经过，隔窗教训赵姨娘："凭他怎么去，还有太太、老爷管他呢，就大口啐他！他现是主子，不好了，横竖有教导他的人，与你什么相干！"凤姐之骂，其一，点出儿子和亲娘有主奴之别；其二，直接剥夺了赵姨娘管儿子的资格。

甚至身处最底层的戏子芳官都敢说赵姨娘，"梅香拜把子——都是奴几儿"，"你打得起我么？你照照那模样儿，再动手！"随后，一群唱戏的丫头们抱着赵姨娘手撕头撞，直播一出精彩闹剧。

凤凰女儿老鸹娘，面对这样糟糕的一个母亲，探春嫌弃过吗？

## 02 为何不能徇私情？

小说第五十五回，探春和赵姨娘之间发动了一张母女大战。

那时，凤姐病了，李纨和探春一起执管家务，刚刚上任。对于新来的领导，有点资历的"老人"们总会先考验一把，若新领导办事妥当，还好；若是有一点不当，不但不服气，还会编排笑话来取笑，添油加醋去排挤。

吴新登家的就是这么一个有点儿资历的刁奴。恰逢探春的舅舅赵国基死了，她来汇报。汇报完，立刻垂手旁带，再不言语。

"葫芦僧判葫芦案"那一回中，门子向新上任的贾雨村私下汇报了许多信息：有官场潜规则，有对案情的分析，有断案的方法——这是一个下属应有的姿态。

吴新登家是个老奴了，不会不懂这个道理。若是在凤姐前，她早就献殷勤，查旧例，说主意。但是，面对温和恬淡的三小姐，吴新登家设了一个陷阱，等着探春出错。

什么陷阱呢？请看这个微妙的细节：贾府中的奴才分家奴和外头的两种，如果是家奴的亲人死了，赏银二十两；如果是外头的，赏银四十两。

李纨先跳到陷阱里，她说："前儿袭人的妈死了，听见说赏银四十两，这也赏她四十两罢了。"吴新登家的一听，忙答应"是"，接了对牌就走。

这么着急走，为何？心里偷偷笑着呢，想赶紧把这俩人做事不合规矩的笑话讲给众人听。

探春敏锐地察觉到空气中阴谋的味道，她把吴新登家的喝回，一针见血地指出她的阴险用心，要她把旧账找回来，然后依照惯例赏了二十两。

探春上任这把火，烧得漂亮，烧掉了刁奴们的气焰，亮出了自己的魄力！然而，吴新登家的刚走，赵姨娘就来了。不得不佩服，贾府中的消息是在风中飞的，有无线 WIFI，传播极速！可怜这赵姨娘一大把年纪了，被别人一挑拨，就来找自家姑娘的茬了。她也不过过脑子：什么是亲？什么叫疏？什么人近？什么人远？

赵姨娘一把鼻涕一把泪地哭，哭自己被踩，哭探春无情。探春笑着劝慰，说自己不敢犯法违理，然后拿着账本给赵姨娘边看边念。

于探春而言，自己公事公办，心底无私天地宽；可是赵姨娘没有这种见识，她是地道的穷人思维，女儿当家了，难道不该照顾娘家吗？亲舅舅死了，难道不该多给点赏钱吗？她完全没考虑女儿是否站稳脚跟，就来挖墙脚了。

"你不当家，我也不来问你。你如今说一是一，说二是二。如今你舅舅死了，你多给了二三十两银子，难道太太就不依你……明儿等出了阁，我还想你额外照看赵家呢。如今没有长羽毛，就忘了根本，只拣高枝儿飞去了！"

在赵姨娘的这种混账逻辑下，探春气得脸白气噎，滚下委屈的眼泪，说了一番绝情之言：

"谁家姑娘们拉扯奴才了？"

"谁是我舅舅？我舅舅（王夫人兄弟王子腾）年下才升了九省检点，哪里又跑出一个舅舅来？"……

一边是拉扯不休的母亲，一边是等着看笑话的众人，探春这个刚理家的领导，怎能徇私情呢？

## 03 真的冷血寡淡吗？

切换到当事人说话的情境中，我们可能会对探春多一些理解。

探春当真嫌弃自己这个娘吗？

绝不！探春这么有胆识有智慧的姑娘，怎会嫌弃赵姨娘的出身？

"自古穷通皆有定"，每个人的出身，都是无法选择的。单凭探春是庶出，就说她原生家庭不好，是不是太绝对了呢？她的亲爹是工部员外郎，她的同父异母姐姐元春是贵妃，她自己从小跟着贾母长大，受的是贵族的教育，相对于多少丫鬟和平民家的孩子，探春是相当幸运的。

而探春本人，在任何场合，都是落落大方、自信阳光的。对于贾府中的下人，她从来没有摆出过高高在上的姿态，处处以礼相待，展示出一个大家闺秀的风范。对于邢岫烟这么一个家道贫寒的远亲，探春送她一个碧玉佩，这份善良能够波及到旁人，又怎可能会对自己的母亲不善呢？

至于凤姐和兴儿惋惜探春没有出生在王夫人的肚子里，这也是他们的见识了。如果真的能选择母亲，探春还未必愿意做王夫人的女儿，以王夫人的无趣阴狠，难道就比赵姨娘高明很多吗？赵姨娘纵然有千般不是，对自己这双儿女还是打心底疼爱的，虽然她从来不知道如何用正确的方式去爱。

一曲流水红颜寞：红楼梦中的多面人性

探春说："我但凡是个男人，可以出得去，我必早走了，立一番事业，那时自有我一番道理。"一个有着鸿鹄之志的女子，安能把眼光投射在嫡庶之争上？

探春嫌弃的是母亲对自己的不理解，还有那愚蠢的做事方式。吴新登家的在探春这里受到了羞辱，转眼就去赵姨娘那里挑拨，目的就是不让探春顺顺利利干下去，果真，赵姨娘一下子就跳到坑里，还拉着探春一起跳。

在骨子里面，探春是想给赵姨娘争脸的，想借自己的努力找到在贾府中的位置。她若有了地位和尊严，赵姨娘同样脸上有光。可是，赵姨娘这个愚蠢的母亲，不知道体谅帮助女儿，反而给女儿添乱。面对下人们的刁难，探春以铁手腕来应对；面对赵姨娘的无理取闹，探春就只有泪落如雨的委屈。

到了第六十回，赵姨娘被一群唱戏的小丫头们群殴的时候，他人多是看笑话的心理，晴雯就拉着袭人不让管，"让他们闹去。"一干老婆子们，心中也都称愿。唯有探春，劝走了赵姨娘，越想越气，命人查是谁挑唆的。

若不是亲生的闺女，谁会为赵姨娘的事生气呢？爱的反面是冷漠，若是不爱了，只会是冷眼旁观，又怎会越想越气呢？

## 04 如何才能活出自我？

这世间的母女关系，并不一定都以单纯爱的方式存在，可能会伴随着伤害、怨恨，也可能掺杂了各种味道，爱恨交织。

母亲爱孩子是本能，孩子爱母亲也同样如此。可是，如果不懂得用正确的方式去爱，只能造成彼此的痛苦。

赵姨娘在众目睽睽之下，咄咄逼人，探春若不够决绝，如何能树立威信？如何能挣脱赵姨娘的纠缠？

可是，在探春的内心里，也一定有着撕裂般的痛苦。母亲，生命中最重要的一个人，虽然因为变态的封建礼教，和自己有主奴之别。然而，毕竟血浓于水啊，探春怎可能无视地从她眼前走过？如同陌路人？

那么，赵姨娘受到的所有歧视都会烙在女儿的心底，更悲哀的是，很多时候，赵姨娘所受的侮辱，源于自己的咎由自取。最让人心痛的是，她以无知愚蠢的方式蚕食着女儿的价值感，摧毁着女儿正在努力追求的东西，实在愚不可及！稍微脆弱一点的孩子，就会被母亲这种纠缠侵犯，照着母亲的方式而活，如同贾环。

而探春，这个独立的灵魂，以看似绝情的方式，给自己的人生划出一道界限，界限的一边是自己，一边是母亲。纵然两败俱伤，纵然身心撕裂，也要保全自己的独立。

这是一个非常明智的选择：先做自己，才能去爱别人。像是哪吒割肉还母一样，痛是痛了，从此之后，活成独立的自己。

一曲流水红颜寞：红楼梦中的多面人性

## 05 爱的和解与放下

生命的根本需求，是渴望被看见。赵姨娘的闹腾里有着生命的渴望，她希望为自己和孩子争一点位置，这本无可厚非。无奈，她太愚蠢，"耳根又软""心里又没有计算"，本来是一个边缘人，偏偏想爬到舞台中心，以致人人鄙视她，用平儿的话说："墙倒众人推，那赵姨奶奶原有些到三不着两，有了事就都赖他……"

所谓可恨之人必有可怜之处！

遇到这样的母亲，能如何呢？只能哀其不幸，怒其不争罢了！

我爱你，但是又嫌弃你粗鄙的模样——这样的一种关系，有没有走向和解的可能呢？

87版的影视剧探春远嫁一节，处理得非常好。远嫁之前，赵姨娘去找探春，两人无言对视，探春一声"娘"哭得人肝肠寸断。沿着红地毯，探春远嫁他方，伴随着泪眼朦胧，是背景乐《分骨肉》的旋律：

一帆风雨路三千，把骨肉家园齐来抛闪。

恐哭损残年，告爹娘：休把儿悬念。

自古穷通皆有定，离合岂无缘！

从今分两地，各自保平安。奴去也，莫牵连。

探春和赵姨娘，这对母女终于走向了爱的和解。

与不完美的母亲和解，意味着此生终于放下生命里的一份沉重，走向未来。

# 贾惜春：内心宁静，方是真正的超脱

"惜春长怕花开早，何况落红无数。"惜春，一声长叹，春去也！

贾府里的四个姑娘，名字分别是"元春""迎春""探春""惜春"，暗合了春来春又去的情感起伏，从元春的"榴花开处照宫闱"到惜春的"独卧青灯古佛旁"，芳草鲜美的大观园已走向韶华零落、青春逝去、大地白茫茫的结局。

观遍红楼，惜春似乎一直都是那个可有可无的边缘人，她很少缺席大观园的活动，但所有的活动都缺她的故事。她清清冷冷地住在大观园里，还没好好享受这世间繁华就走向了尼姑庵，众芳摇落，她的命运也多一份空灵之色。

## 01 性格清清冷冷

惜春以"冷"著称。曹公这么介绍她："天生的一种百折不回的廉介孤独僻性。"尤氏说她："可知你是个冷口冷心的人。"探春评价她："这是她的癖性，孤介太过，我们再傲不过她的。"

此皆由入画之事而来。

入画是惜春的丫鬟，贾府四春的大丫头各以琴棋书画为名，元春——抱琴、迎春——司棋、探春——侍书、惜春——入画。若没抄检大观园之事，入画就像是画中人一样，安安静静地待在墙上。可巧，大观园整风运动，从入画的箱子里寻出一大包金银锞子并男人的靴袜等物。入画黄了脸，跪下哭诉，说是珍大爷赏她哥哥的，因她父母在南方，她和哥哥只好跟随叔叔过日子，可叔叔婶婶只知道喝酒赌钱，她哥哥只得把做小厮所得的赏赐托了老妈妈带来给她保管。

入画的哭诉中潜藏着兄妹二人相依为命的生活悲辛，连少有慈悲之心的凤姐都说饶了她这次，且看惜春反应：

"我竟不知道。这还了得！二嫂子，你要打她，好歹带她出去打罢，我听不惯的。"

"嫂子别饶她这次方可。这里人多，若不拿一个人作法，那些大的听见了，又不知怎样呢。嫂子若饶她，我也不依。"

书中说惜春胆小，害怕，故有此说。然而，为了撇清自己，为了自保，她表现出的苛刻实在太过了。

一夜抄检之后，大观园万木凋零。第二天，本以为风霜已过，没想到惜春遣人来请尤氏带走入画：

"嫂子来的恰好，快带了她去。或打，或杀，或卖，我一概不管。"入画听说，又跪下哭求，说："再不敢了。只求姑娘看从小儿的情常，好歹生死在一处罢。"尤氏和奶娘等人也都十分分解，说她"不过一时糊涂了，下次再不敢的。她从小儿服侍你一场，到底留着她为是。"

惜春"咬定牙断乎不肯",只为入画丢了她的体面。

入画犯大错了吗？没有！经尤氏证明之后，财物明白无误，这就足见惜春的冷酷无情——且不说入画身世的可怜，单只看从小到大服侍陪伴的情谊，又怎至于如此？

这就很难说是"孤介"了，字典中对"孤介"的解释是"耿直方正，不随流俗"。耿直方正便不会随便委屈他人，不随流俗更不会介意自己的面子。惜春身上有的只是孤僻冷漠，她像是叛逆的青春期少男少女的一样，钻到了一个黑胡同里，死也不肯回头。

惜春自以为这是"了悟"，以此来和宁国府做个切分，然而这种方式是否太极端，太偏执，太无情，太冷漠了呢？

且听她对尤氏说的"了悟"之言：

"不但不要入画，如今我也大了，连我也不便往你们那边去了。况且近日我每每风闻得有人背地里议论什么多少不堪的闲话，我若再去，连我也编上了。"

"我一个姑娘家，只有躲是非的，我反去寻是非，成个什么人了！……古人说得好，'善恶生死，父子不能有所勖助'，何况你我二人之间。我只知道保得住我就够了，不管你们。从此以后，你们有事，别累我。"

惜春的话里有着蛮不讲理的自私："独我的丫头这样没脸，我如何去见人？""我只知道保得住我就够了"。为了自己的情绪，自己的脸面，自己的尊严，就如此不考虑入画的命运了吗？一个了悟了的人，不是更应该有慈悲之心吗？一个看破红尘的人，不是更应该淡然处事吗？同肮脏糜烂的宁国府做切割，一定要从身边丫鬟入画开始吗？

可见，"暖香坞"里住着一个"冷心人"。

## 02 豪门冷冷清清

"冷"姑娘惜春的性格是如何形成的呢？说到底，源于她的成长环境。

她是在繁华中孤独长大的，偌大的荣宁二府，没有一个知冷知热疼爱她的亲人。她是宁国府贾敬之女，贾珍的胞妹，"珍惜"二字是长辈的期许，然而，惜春是从没被珍惜的那个。父亲贾敬为了长生，炼取丹药，抛弃功名，抛弃家人，也算是冷心人第一个。惜春贵为千金，从小就被寄养在荣国府内，像孤儿一样长大，很少得到亲情的温暖。她出场时"身量未足，形容尚小"，正是需要被疼爱的年龄，可是爱从何来呢？

虽说贾母喜欢女孩儿们，把她带在身边一起养，但老太太最疼爱的是自己的两个"玉儿"，能给她的爱实在有限。并且老太太喜欢的都是聪明灵秀的，连自家木讷姑娘迎春都要靠边站，更何况隔房的孙女冷惜春呢？刘姥姥在大观园搞笑那次，"惜春离了座位，拉着她奶母叫揉一揉肠子"，若是有亲人疼爱，怎么拉着奶母来揉？大多时候，宝玉有王夫人抱着，黛玉有老太太搂着，对比这些兄妹，惜春焉能不伤感？亲情的缺席，是她性格淡漠的一个成因。

惜春的年龄，大概在十二三岁左右，正处于敏感自尊的阶段，眼中容不得一粒沙子，偏偏她听到了一些不堪的议论，柳湘莲曾说"你们东府里，除了那两个石头狮子干净，只怕连猫儿狗儿都不干净"。那么，哥哥贾珍的荒淫恶行，一定都流传到惜春的耳朵里了。一个青春期的女孩子，长夜无眠之时，心中涌动的该是怎样的悲伤和绝望啊！她能怎么办呢？又能怎么办呢？唯有躲，可是躲到大观园就不沾染外界的尘埃了吗？荣国府内同样乌烟瘴气，贾琏沾花惹草四处留情，贾赦荒淫无耻逼娶鸳鸯，何处是净土呢？大约唯有佛门了。

听得越多，看得越清，内心越纠结，心底越厌恶。渐渐地，惜春对宁国府的恨都化成了心中的冷、脸上的寒。惜春撵走入画，实在也是借题发挥，发泄着对宁国府、对哥嫂的仇怨，只是可惜了入画姑娘，莫名地充当了"炮灰"。

"将那三春看破，桃红柳绿待如何？"惜春的冷眼旁观里还有姐姐们的命运：身份尊贵荣耀至极的元春遭遇"无常"，亦或在宫廷争斗中，命丧黄泉；温柔沉默与世无争的迎春嫁给"中山狼"孙绍祖，受尽折磨，只一载魂飞魄散；顾盼神飞精明志高的探春远嫁他乡，骨肉分离。面对生离死别，惜春安能无感？姐姐们那逃不开的悲剧，是否会在自己身上上演？自己本来就性情冷淡，对男欢女爱厌恶恐惧，怎么能逃开嫁人的命运呢？

惜春的心越来越冷，明明身在锦衣玉食的豪门大院，明明住在繁花似锦的大观园，明明有着暖香拂面的"暖香坞"，却心厌红尘，向往佛门。那是她的铠甲，紧紧地裹着脆弱无助的心。

佛门，能使惜春超脱吗？

### 03 不听菱歌听佛经

《金陵十二钗》正册中，有这么一副清冷画面：一所古庙，里面一个美人，在内看经独坐，其判云：

勘破三春景不长，缁衣顿改昔年妆。

可怜绣户侯门女，独卧青灯古佛旁。

曹公"可怜"一词，道出对惜春命运的叹息，这是惜春的归宿，也是她的"了悟"之道：落发为尼，伴古庙青灯。

出了家的惜春就一定超脱了吗？书中的甄士隐、贾宝玉都选择了出家，但是他们都曾经感受过世间美好，都经历过烟柳繁华，都度过鲜衣怒马的少年，最终在大绝望中避世。而惜春，生命还没走入春天，就杜绝了世间的一切美好。佛门只是她避世的法宝，是自保的工具，仿佛只要躲进佛门，就能保全自己女儿清白，就能避开世间一切污浊，就能逃避三春的悲剧，就能躲开被抄家的命运。由此可见，她的出家，是灰了心，是对红尘的决绝逃避，并非真正的超脱！

佛家偈语：菩提本无树，明镜亦非台。本来无一物，何处惹尘埃！大意是说，心若清澈明净，哪里会沾染尘埃？反观惜春，她的内心平静吗？没有，她心中充满了对宁国府的厌恶和憎恨。她只是借佛门切断和外界的联系，求佛愈近，佛心愈远。

入佛门之前，她的日子是灰色的，百无聊赖的。她"本性懒于诗词"，姐妹结社，她百般推脱，只在诗社中担任"誊录监场"的工作；她似乎有画画的才艺，然而却没作画的热情，大家一起到暖香坞中，看到惜春的工作状态是"正乏倦，在床上歪着睡午觉"；秋去冬又来，一个园子画了大半年还没完工，贾母说"竟比盖这园子还费工夫"。和香菱学诗的着魔相比，惜春的懈怠不言而喻。在万紫千红的画色中，她看到的只是万事皆空。

世事不尽如人意，这是难免的，但是大观园的女儿们大都用力热情地活着：黛玉葬花、宝钗扑蝶、湘云醉酒、凤姐理家、晴雯撕扇、探春改革……她们在自己的青春里淋漓尽致地挣扎努力着，谁能否认，活着本身就是有价值的呢？惜春只看到了大观园的枯寂，却没看到桃红柳绿，姹紫嫣红。她的姐姐哥哥们无论如何，都有过憧憬有过美好的期待，都恣意放肆地享受过自己的青春，唯有她，如同瑟瑟的花儿，连绽放的勇气都没有。怎么能因为看到了她人的悲剧，就认定自己也注定是悲剧呢？又怎能放弃奔赴未来的勇气呢？

一声长叹：惜春终是可怜人！她的悲剧是由无人爱无人疼、无人理解、被漠视造成的。她的冷，是为了自保，在那个时代，一个少女想要保持自己的冰清玉洁，除了出家，还有什么更好的出路吗？

佛门也非净土啊！贾敬修道，心中无道，只是为了长生；凤姐铁槛寺弄权，是净虚老尼说合；其他尼姑，如水月庵的姑子智通、地藏庵的姑子圆心，把芳官等骗过去，不过当丫鬟使唤。高鹗续书中让惜春进了花木繁茂的"栊翠庵"，过静养生活，但从曹公判词来看，似乎惜春的境遇更为悲惨。试想一下，当惜春从锦衣玉食到缁衣乞食，去掉富贵带给她的庇护，佛门是否也会展示肮脏冷酷的一面呢？到那时，她又能躲到哪里去呢？

真正的解脱，应该是发自内心的宁静，有一颗慈悲之心，悦纳自己，善待他人，而不是"不做狠心人，难得自了汉"的寒冷，更不是形式上的缁衣素服。一个人若能放宽心胸，包容万物，自然能够在世间游刃有余，有"容"方能"融"。达到这种境界，可能需要一生的修行，佛门之内的惜春，可否抵达？

心中若有桃花源，何处不是水云间？愿尘世间的你我看透生活的真相，仍努力生活。

# 李纨：钱和孩子，岁月静好的两张底牌

李纨判词：

> 桃李春风结子完，到头谁似一盆兰。
> 如冰水好空相妒，枉与他人作笑谈。

《红楼梦》中的女子个个都早熟，十几岁的宝钗、二十出头的凤姐都有着万人不及的人情练达。但她们都还有着花儿的模样，生机勃勃，向阳灿烂。

唯有李纨，已经活成了一棵树的姿态，并且是一棵缠绕着枯藤、盘旋着昏鸦的老树。

第四回她一出场，作者先来介绍她无才有德，青春丧偶，让人联想到孤衾冷枕的寒意、槁木死灰的沉寂、深陷枯井的绝望，加上 87 版电视剧《红楼梦》中的李纨扮演者太过成熟，我总以为李纨是一个丧偶多年、清心寡欲甚至有点变态扭曲的老女人。

多年后，当我已经走过李纨的年龄，再来读《红楼梦》，才懂得女人从花的绚烂到树的孤立，都拜生活所赐。

## 01 "菩萨"冷暖有谁知?

贾琏的小厮兴儿对尤二姐演说荣国府的时候,拍手笑道:"我们家这位寡妇奶奶,她的诨名叫做'大菩萨',第一善德人。我们家的规矩又大,寡妇奶奶们不管事,只宜清净守节。"

成为"大菩萨"的人,或者恭恭敬敬地被人敬着,或者形同虚设,李纨兼具这两者特征。李纨用青春树立的贞节牌坊,意味着贾府里的气节,是朝堂之上江湖之中的好名声,高高竖立在荣宁二府门前,掩饰着贾珍、贾蓉之流的荒淫无耻。所以,李纨需要被敬仰。

但同时,她又是贾府里可有可无的摆设——边缘化的位置、污流横溢的四周、没有温度的人情,"菩萨"的冷暖有谁可感知?

李纨的人生或许曾有过姹紫嫣红,那是丈夫贾珠还在的时候。贾珠本是贾府下一代中挑大梁的精英,他十四岁进学,堪称学霸。宝玉挨打时,王夫人哭天喊地地叫着贾珠的名字喊道:"若有你活着,便死一百个我也不管了。"这句话的潜台词是:宝玉,你哥哥贾珠比你强一百倍。

可以想象,身为长孙长媳又生了嫡长子的李纨,初嫁豪门,人生如繁花似锦,金光大道在眼前缓缓铺开。

然而,转瞬间,姹紫嫣红变断壁残垣。那"镜里恩情"来去何匆匆!贾珠不到二十岁,就一命呜呼了。

周瑞家的送宫花那次,走至李纨后窗,见李纨正在炕上歪着睡觉呢。曹公画笔一转,让周瑞家的越过西花墙,出了西角门,进入凤姐院中。凤姐正在做什么?回目写得很清楚,"送宫花贾琏戏熙凤",这里的"戏"是床戏之戏,"只听那边一阵笑声,却有贾琏的声音。接着

第一辑　一曲流水红颜寞

房门响处，平儿拿着大铜盆出来叫丰儿舀水进去。"

那边一个寡妇歪躺着，这边贾琏凤姐入云雨，正值青春的李纨能"无波真古井"吗？一边是鸳鸯戏水，一边是如冰好水，再好的冰水也是刺骨的寒冷啊！

电影《美丽心灵》中有一个细节让我很受触动。影片的主角纳什是一个高智商疯子，精神分裂者，无法和妻子艾利西亚有正常性生活。一个深夜里，艾利西亚的欲望如潮水奔流，纳什却无法满足，压抑中的艾丽西亚躲到洗手间中砸碎了玻璃，碎片一点点裂开，如同破碎的人生令人惊心。

身为正常女性，都有爱与被爱的需要，失去丈夫的李纨，如冰的生命也在一点点碎裂。这其间的酸楚和断肠，又有谁知？

再看元宵家宴，一家人围着火炉猜灯谜，其乐融融。突然，贾政看着贾母疼爱孙子宝玉，想起自己似乎也有一个孙子，问了一句："怎么不见兰哥？"这时，大家才发现贾兰不在聚会现场。

身为嫡长孙的贾兰居然被人遗忘而不知！是不是太奇怪了？

于情于理，贾兰在贾府中都应该受到最好的优待，他是四世同堂家族中的嫡长孙，怎么如同一个躲在阴暗处的影子？

这一切，难道都是贾珠死了的缘故？父亲贾珠死了，贾兰不是应该得到更多的疼爱吗？为什么奶奶王夫人、太奶奶贾母独疼爱宝玉呢？

追其原因，可能有贾兰个性的缘故，文中说他"牛心古怪"，大约指的是少年老成，顽皮不足，灵动不够，不讨人疼。但换个角度想，这种个性难道不正是缺爱造成的吗？

这一切，李纨感受得最分明。当她的幸福被拦腰斩断，世间的悲苦一重重地聚拢，她伤心、孤独、绝望。近距离地感受、远距离地观望，她明镜似地看清豪门背后利益的纠葛、人情的冷漠，因此更加封闭。

## 02 没有许多爱，就要许多钱

作家亦舒笔下的喜宝说过这么一句话："我一直希望得到很多爱。如果没有爱，很多钱也是好的。如果两者都没有，我还有健康。"

人生，有时是一个退而求其次的过程。

李纨存钱，在得不到爱的情况下，让钱来带给自己安全感。我有一好友独自带着儿子生活，个中辛酸不言而喻，她从没说过苦与累，有一天在闲聊间却感叹："我总是担心自己挣钱不够多，养活不了孩子！"我心头一酸，凭借钱来消解没有安全感的焦虑的确是人生一大无奈。

没有谋生渠道，又没有大树可以依靠，对于孤儿寡母而言，借着豪门存点钱无可厚非。但是当李纨带着大观园的姐妹们问凤姐要为诗社筹钱时，凤姐一通算账揭出李纨是贾府中的隐形富豪，也为李纨博了个吝啬自私的名声。

凤姐笑道："亏你是个大嫂子呢……这会子他们起诗社，能用几个钱，你就不管了……你一个月十两银子的月钱，比我们多两倍子，老太太、太太还说你寡妇失业的，可怜不够用，因有个小子，足的又添了十两，和老太太、太太平等；又给你园子地，各人取租子；年终分年例，你又是上上分儿。你娘儿们主子奴才共总没十个人，吃的穿的仍旧是官中的，一年通共算起来，也有四五百两银子。这会子你就每年拿出一二百两银子来，陪他们玩玩，能几年的限期！他们各人出了阁，难道还要你赔不成！这会子你怕花钱，调唆他们来闹我，我乐得去吃一个河涸海干，我还通不知道呢。"

照凤姐的话说，李纨一年有四五百两的收入，姐妹们一年也就玩个一两百两银子，拿出些钱陪她们玩玩，何乐而不为呢？

凤姐是站着说话——不腰疼，无法体会李纨的处境：

其一，李纨的钱是贾家对她青春守节的弥补和对孙子的补偿，这钱是用青春换的，拿得心安理得。

其二，李纨和凤姐来钱的渠道不同，王熙凤有各种渠道敛钱，李纨是本分存钱。王熙凤是财务大总管，可以签单、可以报销、可以中饱私囊、可以用公款放高利贷，身后还有强大的家族背景。何况贾琏也是有权的，一个内务总管、一个外务大臣，夫妻俩哪个不是挣得盆满钵满？而李纨的收入是一点点存的，类似于今天的工薪阶层，上面发多少，自己领多少，遇上贾府在走颓势，这收入眼瞧着是没有太久未来的。

其三，玩诗社是大家一起搞起的文艺活动，让李纨一个人拿钱，公子小姐们也于心不忍，同时大家都知道，凤姐有能把私人消费转化为公款开销的能力，既然能用公款消费，为什么要私掏腰包呢？贾府里做事向来挥金如土，平日里都挥霍那么多了，一个雅致的诗会难道不该赞助一下吗？难道非要孤儿寡母散尽千金在公子小姐这里博得一个好名声吗？

经历生活的冷暖，李纨明白，务实比务虚更重要。

凤姐是聪明人，当然知道众女儿们的心思，她挤兑李纨的话也是妯娌间的笑谈，说归说，钱最终还是会给的。一般情况下，财务总管拨钱都不会爽快利索的。

李纨尽管存了很多钱，但是钱还是不能代替情感。王夫人这个善心人，对待儿媳李纨和孙子贾兰却是冷到骨子里了。前八十回中，什么时候看到彼此有过温和的对话？即便是贾母，一说起李纨，也是高高在上的怜悯姿态，她们之间是疏离的。

人情的冷漠让李纨更加凄凉。无数个雨打黄昏守着窗儿的时刻，人生的况味都如同"冷冷清清，凄凄惨惨戚戚"。这次第，怎让人从春挨到夏，从夏挨到冬？

## 03 竹篱茅舍自甘心

李纨的心灵死亡了吗？

或者在很久之前是，但是从进大观园起，她的心灵就在一点点地复活。一个如同"枯藤老树昏鸦"般的断肠人，走了很远的路，有一天偶一抬头，看到了"小桥流水人家"——小桥的宁静、流水的生动、人家的温馨让人心中划过淡淡的温暖。

大观园里女儿们诗意的、欢笑的、恣意的、轻松的生活也让李纨心中的枯水流动起来了，枯藤开花，老树发芽。

群芳开夜宴那一回，李纨抽签上画着一株老梅，写着"竹篱茅舍自甘心"。"甘心"二字意味着两种可能：要么是甘心枯寂的生活，心灵的死亡；要么是淡然看待人生的变幻，平静地接受了一切。李纨是后者。

李纨住的是什么竹篱茅舍？这是大观园的一大景点，元妃赐名"浣葛山庄"。稻香村里有几百株杏花，如喷火蒸霞一般，佳蔬菜花，漫然无际。连贾政在游玩大观园时看到，都起了归隐之意。归隐是人生价值的一种取向，并不意味着心死，王维笔下的芙蓉花开在"寂无人"的山涧，依然自开自落，自我成就，昭示着生命的野性和活力。

自从进入大观园，李纨如同稻香村里的枝头红杏，春意盎然。组

一曲流水红颜寞：红楼梦中的多面人性

织诗社，她是最主动的那个人，进了秋爽斋的门就笑道："雅的紧！要起诗社，我自荐我掌坛。前儿春天我原有这个意思的。我想了一想，我又不会作诗，瞎乱些什么……既是三妹妹高兴，我就帮你作兴起来。"

接着，她又第一个起别名，还积极地为宝钗、为宝玉想别名，一个不会作诗的人对组织诗社呈现出这么积极的姿态，相比于黛玉的推脱，迎春、惜春的退让，不是很值得欣赏吗？要知道，太太交给她的任务可是领着姑娘们朝大家闺秀的方向走，想讨太太的欢喜，应该搞个女红会，而不是诗会。

第一次诗社的考题是李纨想的，李纨说："方才我来时，看见他们抬进两盆白海棠来，倒是好花，你们何不就咏起他来？"

"看见"二字的背后，昭示着对美的感受力。那些心灵蒙昧的人，对身边的风景，总是漠然无视的。

夜间聚会饮酒，她说："这有何妨？一年之中，不过生日、节间如此，并无夜夜如此。这倒也不怕。"

"何妨"二字，展示了李纨一颗心并不是固守在牢笼之内。在她眼里，不尽兴一次，就辜负这良夜的美好。

芦雪广联诗，宝玉落第，李纨笑道："今日必罚你。我才看见栊翠庵的红梅花有趣，我要折一枝来插瓶，可厌妙玉为人，我不理他。如今罚你去取一支来。"

这实在是又雅又有趣的惩罚！

再看李纨这句评价："可厌妙玉的为人！"红楼中很少有人这么直白地表达自己对某个人的喜恶，换个角度看，李纨岂不也是真性情之人？

可以看到，从进大观园之后，李纨的人生重新焕发出流光溢彩，过去的二十多年里，李纨的生命是沉睡的。在娘家，她是金陵名宦之女，谨奉着父亲李守中"女子无才便是德"的教诲，做一个只知纺织为要务的乖乖女；在夫家，她青春丧偶，如一块已经石化的木头守着无谓的寡妇节操，挨过漫长的黑夜寒冬；唯有此时，她苏醒了，生命里多了陪伴、多了趣味、多了诗意、多了"我"的存在。

## 04 枉与他人作笑谈

然而，那个"我"越觉醒越衬托出李纨人生的悲苦。

大观园凋敝了，姐妹们走得走、嫁得嫁，除了夜雨敲窗时残存的一点记忆之外，生命中还有什么呢？

当然，还有兰儿。可是，把一生的幸福都压在孩子身上，于自身于孩子不都是一份沉重吗？

从传统意义上看，李纨对贾兰的教育是成功的，贾兰从小就懂事谦让，知书达理。他和宝玉年龄相差不大，却把"小叔叔"的尊称挂口头；他是贾府几个孩子中学习最认真的，不仅刻苦读书，还演习骑射，能文能武；续书上写贾府会"兰桂齐芳，家道复初"，这里的兰应该就是贾兰，他终成为贾府中出类拔萃的那一个。

可以看出，安安静静如影子一样的贾兰，心中自有志向。可是，这个少年老成的孩子从小就呈现出一种和年龄不相称的冷漠——事不关己高高挂起。

第九回顽童闹学堂，一干顽童打架，小小年龄的贾兰，看到同桌贾菌动手，忙按着砚，极口劝道："好兄弟，不与咱们相干！"

当课堂内外热血沸腾时，贾兰居然能如此置身度外，自己的亲叔叔与别人打架和他无关？由此推测一下李纨平日里对贾兰的教育，一定是低调谦逊明哲保身的：儿啊，在外不要惹是非，要好好读书，为母争光啊!

　　贾兰这样的孩子，在今天还有很多，叫做"精致的利己主义者"，其本源在于骨子里的自私冷漠。这样的孩子长大之后，要么对家庭无责任，要么对社会无担当。

　　从判词上看，贾兰日后必定风光，李纨也跟着显赫，总算是没有辜负她一生的心血。然而，从《晚韶华》的曲子上来看，好景不长，不知是贾兰还是李纨，生命走到了尽头。无论哪种情形，对于李纨，都是死亡。

《晚韶华》

镜里恩情，更那堪梦里功名!

那美韶华去之何迅!

再休提绣帐鸳衾。

只这带珠冠，披凤袄，也抵不了无常性命。

虽说是，人生莫受老来贫，

也须要阴骘积儿孙。

气昂昂头戴簪缨；光灿灿胸悬金印；

威赫赫爵禄高登；昏惨惨黄泉路近!

问古来将相可还存? 也只是虚名儿与后人钦敬。

　　纵观李纨的人生，虽然一出场是"枯藤老树昏鸦"般的死寂，然而大观园内的她却有着"小桥流水人家"的生动，到了最后，又是"断肠人在天涯"的绝望。

　　曹公在高屋建瓴地俯瞰这场人生悲剧时，判词中的语气里是不是更多地带着可悲、可叹、可怜、可惜的情感呢?

一曲流水红颜宽：红楼梦中的多面人性

# 秦可卿：少年郎心头的风情万种

你来自幽深的天空，还是地狱？
美啊！这又何妨？
只要你的眼、你的笑、你的双足
打开我爱而不识的无限之门！

——波德莱尔《恶之花》节选

## 01 情欲女神

重重帘幕密遮灯——金陵十二钗中的秦可卿是一个神秘又朦胧的人物。

她弃婴出身，如何嫁入豪门？她无依无靠，如何赢得上疼下尊？她秉风情、善月貌，如何又像出淤泥而不染的白莲花？

她到底是放纵情欲的淫荡之人，还是误坠魔窟无法脱身的孤弱女子？是聪慧、要强、心高命薄的蓉大奶奶，还是太虚幻境里脱离凡尘的袅袅仙子？

情色的点缀，让她如荒原中美艳的罂粟花一样，渐渐汇入了宁府的浊流里，成为家事消亡的首罪。

> 画梁春尽落香尘。
>
> 擅风情，秉月貌，便是败家的根本。
>
> 箕裘颓堕皆从敬，家事消亡首罪宁。
>
> 宿孽总因情！

死后的豪奢，让世人把她和贾珍本就说不清道不明的暧昧关系钉死在十字架上，本就扑朔迷离的情色暧昧里又投入黑色的阴翳。

那些离开《红楼梦》本身的文字考证无以立足，梦里梦外恍惚交错的深夜，我一次次徘徊在云雾迷离的第五回，想从曹公朦胧的文字里寻找到一些蛛丝马迹。风飘忽着伫立在窗前，隔着密密层层的碧叶，我的眼前慢慢地浮现出一个少年郎的身影，他大约十三四岁，静静地追寻着梦中女神的幻影，那么美，那么遥远。

是不是每个少年郎心头都藏着一个风情万种的女神呢？当这个想法骤生之后，我追问了身边三个中年男性，让他们沿着时光的脉络回到二十年前，细细想想在十多岁时有没有梦中女神的存在。答案是肯定的，每个人心中都有一个女神。但老了的少年郎们格外狡猾，说出的女神都和自己的生活相隔甚远，分别是：白蛇白素贞；倩女王祖贤；玉女张柏芝——如果这答案是真心的，果真也都算得风情万种。

少年郎贾宝玉心中也藏着一个情欲女神秦可卿。在《红楼梦》第五回里的梦境里，秦可卿不再是侄儿媳妇的身份，而是警幻仙子的妹妹，以自己的雪肤水肌妩媚容颜唤醒贾宝玉的情欲，带他巫山云雨，引领他经历情海的浮浮沉沉。

## 02 春梦贪欢

那是一个梅花始盛的冬日午后，袅娜纤巧的秦氏带宝玉来自己房中休息。屋中甜香怡人，《海棠春睡图》静立壁上，屋里摆着武则天内室用的宝镜、伤了贵妃乳的木瓜、寿昌公主卧的塌、同昌公主制的连珠帘、红娘抱的鸳枕、西子浣过的沙衾——每一件物品都羞羞答答地裸露着暧昧情欲色彩，引诱着宝玉飘飘荡荡地走入一场春梦。

宝玉醺然入梦，四个丫鬟陪着他，秦氏吩咐小丫鬟们好生在廊檐下看猫儿狗儿打架。恍惚朦胧的宝玉，悠悠荡荡跟着秦氏来到一处人迹罕至之地。

梦里一晌贪欢。喝了"千红一窟"的茶，饮了"万艳同杯"的酒，听了红楼十二曲，宝玉愈加销魂醉魄。朦胧恍惚里，入一香闺绣阁，阁中女子，其鲜艳妩媚，有似宝钗；风流袅娜，又如黛玉。这一乳名兼美、表字可卿者，柔情似水，和宝玉朝云暮雨，软语温存，如此数日，难分难解。

一场春梦酒醒时。正缠绵之际，突至一地，荆榛遍地，狼虎同群，黑溪阻路，迷津内水响如雷，许多夜叉、海鬼将宝玉拖将下去。吓得宝玉汗下如雨，失声大喊。伴随着"可卿救我"的呼救声，少年郎贾宝玉告别了懵懂的混沌期，走入了知风情的青春时代。在那一刻，秦可卿的身体已经载起了贾宝玉青春的重量。

这重量有多重，可能连贾宝玉自己也不清楚。接下来，在和凤姐一起看望生病的秦可卿之时，贾宝玉再次想起"太虚幻境"的云雨之事，彼时和此时的反差，让贾宝玉如"万箭攒心，那眼泪不知不觉就流下来了"。

到了秦可卿深夜死去的那一晚，贾宝玉不顾贾母的阻挡，深夜来至宁国府，痛哭一番。

宁国府里这个集人间妖媚风流于一身的女子就这样烟消云散了。她出场的次数不多，短暂的生命里给后世读者留下了太多谜团，以至于无数的专家学者从《红楼梦》外的史料里扑风捉影，希望替曹公出面，为读者做一个明确的交代。

## 03 美丽原罪

**"擅风情，秉月貌，便是败家的根本。"**

这句判词评论的是秦可卿吗？家败源于风情月貌，源于一个温柔和平的弱女子，怎么想来，都觉得说不过去。

然而，美丽就是原罪，许多女子的命运不就是如此上演的吗？

在某个蝉鸣聒噪的夏日午后，清茶一盏，海风习习，我重温了电影《西西里的美丽传说》：13岁的少年雷纳多沉醉在女神玛莲娜的诱人风姿里，骑着单车穿梭在西西里的小镇里，他四处寻觅玛莲娜的万种风情。

美丽的玛莲娜是雷纳多青春期的女神，是他性意识萌动的开始。女神摇曳的倩影、贴身的衣物都成为这个被荷尔蒙淹没少年的情欲幻想。然而，他的等待、他的观注、他的幻想都给人非常纯洁的感觉。

因为美，玛莲娜遭尽了侮辱和诋毁，女人们骂她荡妇，男人们骂她风骚。美，点燃了罪恶。可是，玛莲娜的眼神始终是宁静的，心灵始终是纯洁的，她的美，渐渐地模糊成了一个传说。

在玛莲娜的身上，我似乎朦胧地看到了秦可卿的影子。

在肮脏的宁国府中，秦可卿是男人世界里的尤物。她逃不开公公贾珍的魔掌，从肉体到精神她都在被蹂躏，无依无靠、柔柔弱弱的她活得很艰难，她想用双手拨开命运里的荆棘，最后还是无法挣脱。病死的背后何尝不是生前心已碎？

在高举道德大旗的世人眼中，秦可卿因为和贾珍的那层关系而污秽、下流。尽管在明面上大家心照不宣帮她遮掩，可是焦大深夜里的大骂，府上上上下下的议论，贾蓉的木然，贾母的冷淡都是五行大山，以一股排山倒海之势压向这个弱女子。她死后，尤氏装病，丫鬟陪葬也是这股道德力量的合流。若是以判词上说的结果悬梁自尽，那么这个女子也确实是不得不死。

若是原作存在，我们一定可以看到一个有着复杂灵魂的少妇，她的智慧，她的挣扎，她的无助，她的绝望……她承受着美丽带来的侮辱和亵渎，终于，她擦干眼泪，悬梁自尽，告别伤害，告别疼痛，回归仙界女儿清净之境。

## 04 少年情怀

有一种说法，曹公是在家中长辈的命令下删去"秦可卿淫丧天香楼"这一章节的，为此，许多读者总有看不到原稿的怅然，并由此回目衍生出种种遐想。我却以写文者的固执来推测，曹公对于自己心爱的文字是做得了主的，可能文稿起初有"淫丧天香楼"这个和判词一致的章节，但在反反复复删改中，保留今天这样的面貌大约也是曹公的真实意图。

当曹公与贾宝玉的情感在某一女性身上交叠，他们实在不愿意自己心中那个纯洁美好的女神形象被颠覆，虽然他们知道成人的世界里是容不下"淫"的存在，终是不愿意把女神放在泥淖里，曹公是以少年的视角来追悼秦可卿的。

曹公在写红楼，也是在写青春啊！

在宝玉眼里，秦可卿有着特殊的意义：她涵盖了他青春期的莽撞不安，虽然只是在梦境中。

贾宝玉这个年龄的男孩子，一定对秦可卿这样的妩媚少妇有过多次性幻想，所以在香艳的性爱氛围里，才有了第五回那样的春梦。这是特别真实的情感，宝玉在梦里云雨中释放着自己的青春荷尔蒙，干净、纯粹，快乐……

衔石而生的宝玉其实有着一份万人不及的灵性和悟性。他有一双明静的"上帝之眼"，冷观女神在污流中的沦陷及毁灭，他是心痛又无助的。

然而，无论世俗的眼光如何看待秦可卿，在宝玉这里，他从不觉得她淫荡，她是永恒的纯洁。

女神在最美好的年华死去或许是最好的安排吧？可卿若是还在，这接下来的情和欲该如何上演？

林花谢了春红，太匆匆。若干年后，贾宝玉的身边人来人往，迎来送往许多女人。包括怦然心动的宝钗和矢志不渝的黛玉。当众芳凋落，想起那个乳名叫兼美的女子，还是不能忘怀，因为有了她，才有了自己对情欲对人性的领悟，那是他对第一次的珍重。

# 第二辑　情天情海幻情深

这世间花有百媚千红，红楼中女儿个个不同。

小红这个女孩子，就像路边最普通的那种小红花，起着一个极大众的名字，卑微地在夹缝中生存。红尘中，有多少小红这样的女子啊，艰难地谋生又谋爱。为了理想的燃烧，寻找着温暖的怀抱，一路沐风栉雨，风雨兼程。纵是浅碧轻红色，又何妨是花中第一流呢？

# 贾宝玉：开辟鸿蒙，谁为情种?

曾经读过一篇关于贾宝玉的文章，题目是《长大后，宝哥哥就变成了赦大老爷》。

文中提到：贾赦，一个"上了年纪""胡子都苍白了"的老人，还花心不改，是个老色鬼；而宝玉，对于世间的一切好颜色，也是不可抑制地动心。这么看来，当宝玉褪去青涩变成老爷们，那些风流怪癖就会成为真正的恶习。贾赦可不就是宝玉未来的样子?

乍一听很有道理。但静言思之，便能明白，任宝玉如何长大，都不可能变成赦大老爷。

心性是一面镜子，映照出不同的灵魂质地。同样是蜂环蝶绕，宝玉心中充溢的是真善美，贾赦心中则驻扎着恶与丑。如果说宝玉的心灵如水清澈透明，贾赦的灵魂则如染缸里的墨水，二者在人生境界上，有着云泥之别。宝玉的善良、痴情、敏感、悟性、文化拔高了他的精神层面，使他成为唯一的"贾宝玉"。

## 01 世人笑我太痴情

宝玉身上有许多合乎贾府潮流的臭毛病，比如不思功名，厌恶读经，享乐寄生……以致宝钗称其"无事忙"。然而，在他无事忙的背后充满着悲哀、忧伤、依恋、痴迷……那是对美好生命的珍视，是丢不下抛不开掷不去的痴念。无论从人性的善恶还是从精神境界的高低来看，宝玉都比贾赦之流高出太多。

看见燕子，就和燕子说话；看见了鱼，就和鱼说话。宝玉把万物看得和自己一样有灵性，这既是一种生活情趣，同时也建立了生命与自然的关联。

看到湘云睡觉露出"一弯雪白的膀子"，宝玉轻轻替她把被子盖上，一个尊重爱怜的动作，就展示了美的心性，也把宝玉和贾琏等好色之徒划分了界限。

对他人的痛苦，宝玉的感受尤为深刻。第十三回，宝玉在梦中听到秦可卿死了，"只觉心中似戳了一刀的不忍，'哇'地一声，喷出一口血来"。一个十二三岁的少年对于死亡有着如此的痛彻，确是天性里的执念。

长大后的宝玉或可能成为李商隐、李煜、秦观那类敏感执着的人。敏锐的感受力属于一种天赋，拥有这种天赋的人，有着强烈丰富复杂的情绪，有着高度的同理心，如同宗白华先生在《美学散步》中提到的：

"深于情者，不仅对宇宙人生体会到至深的无名的哀感，扩而充之，可以成为耶稣、释迦的悲天悯人；就是快乐的体验也是深入肺腑，惊心动魄；浅俗薄情的人，不仅不能深哀，且不知所谓真乐。"

第五十八回，大病初愈的宝玉拄着拐杖来看黛玉，看到一株大杏树花已全落，叶稠阴翠，上面结了豆子大小的许多小杏。宝玉想："能病了几天，竟把杏花辜负了。不觉已到'绿叶成阴子满枝'了。"因此，仰望杏子不舍。

他又想起邢岫烟择了婿，大观园将少了一个好女儿，再过几年，结了婚的岫烟就红颜似槁……越想越伤心，不免对杏流泪叹息。

过了一会儿，一个雀儿飞来，宝玉心想雀儿和自己一样，一定是在啼哭，明年的今日，雀儿会不会再飞来和这株杏树相会呢？

宝玉这段心理变化很有层次感，从对杏子的不舍，到为女儿们的命运流泪，再到发了呆性想雀儿啼哭……他的内心千回百转：花开花落，时光流逝，青春不再，命运无常……人间的种种况味才下眉头，莫名的悲哀又涌上心头。

若非痴情人，怎会因一花一木之景而引发如此生命之慨叹呢？

至于宝黛爱情，更是"痴"的极致。从三生三世前的"木石前盟"到"这个妹妹我见过"的初相见；从"含酸吃醋"到"挨打送帕"；从"诉肺腑心迷活宝玉"到"苦绛珠魂归离恨天"。这段情路，真挚专一，痛彻心扉，伤了身，丢了魂！当"病神瑛泪洒相思地"时，真让人忍不住恸哭一场！

翻开红楼，满纸都是"开辟鸿蒙，谁为情种？"的悲伤旋律。

## 02 我笑世人看不穿

然而，"痴"正是宝玉的可爱之处，是他身上真善美的体现。

宝玉之痴由"情"字引出，青葱岁月的宝玉有千般情思，万种痴念，背后是一颗难能可贵的赤子之心。

拥有赤子之心者，敏感着世间的一切欢愉痛苦、真挚情感，迟钝着功名利禄、恩恩怨怨。他们内心简单纯粹，眼睛如清晨露珠一样清澈透亮，灵魂像新生的太阳。

"女儿是水作的骨肉，男人是泥作的骨肉；我见了女儿，我便清爽，见了男子，便觉浊臭逼人。"这句话是宝玉的标配。他穿越世俗的尘埃，在女儿身上看到清澈如水的生命，在男性世界看到的是争名夺利的肮脏，所以近女儿远男人，近清净远污浊。但他欣赏的女儿不是婆子们，是未出阁的女孩子。因为"女孩儿未出嫁时是颗无价的宝珠；出了嫁，不知怎么就变出许多的不好的毛病来，虽是颗珠子，却没有光彩宝色，是颗死珠了；再老了，更变的不是珠子，竟是鱼眼睛了。"所谓的"鱼眼睛"，只不过是被功名利禄诱惑，变得世故而已。

宝玉的内心，一如他前世的石头化身，质朴如玉。没有仇恨，没有机心，只有宽容怜悯。同父异母的弟弟贾环使坏，故意推倒油灯，想烫瞎宝玉的眼睛，结果在宝玉右脸上烫出一串燎泡，众人责骂赵姨娘和贾环，宝玉说："有些疼，还不妨事。明日老太太问，只说我自己烫的罢了。"他宁可一人担当痛苦，也不愿挑起祸端。

平儿是贾琏的小妾，无故受气，宝玉为能在平儿前稍尽片心而怡然自得，并且为平儿的身世落泪。这份悲悯情怀，来自天性中的宽厚善良。

宝玉的情和痴，是对美的体验，在追名逐利的尘世中，特别珍贵。生命本身是孤独的，我们或许走过很多路，见过很多人，但如果情感河流是干涸的，那这段生命历程就是虚空的，变得没有意义。可是，如果能为生活注入情感，能看到日子里的美丽和忧伤，这种感受是很美妙的，不管魂归何处，人间值得！

### 03 只愿长聚不愿散

宝玉的理想就是和女儿们聚到人生的最后一刻，这是重情之人的执念，太爱了，偏想留住。

心有执念的人，参与感都很强。宝玉爱着每一次相聚的美好，大观园里的欢愉，他都在场。他投入在每个美好的时刻里，并不需要做主角的那份耀眼，只要看着美在眼前鳞次栉比地绽放，就有着巨大的满足感。所以每次诗社聚会，他比谁都积极。芦雪庵联诗那一回，头天晚上他就挂念着这事，一夜没睡好，天刚朦胧亮就爬起来，看到窗上光辉夺目，初是惆怅，以为自己睡过头了。打开窗后，看到是下了一夜雪的缘故，他欢喜异常，早饭也不吃，忙忙地往芦雪庵来。至于诗作得好不好，能不能拿到奖，他从来不计较，他真心欢喜姐妹们比他的诗作得好，甘心做那个垫底的。

每次看到宝玉对情感的那份投入，我都会想到东坡的"只恐夜深花睡去，故烧高烛照红妆"这句诗，在情感的痴念上，东坡和宝玉真的是同类人。

夜深、夜冷、夜孤单，怎忍心花儿孤寂，冷清得想睡去？于是，我，倾听花的声音；花，陪我心灵漫步；这是多么一种忘我又超我的境界！惶恐花儿的凋零，所以投入一种自得其乐的积极，该如何抓住这怒放的时刻呢？高烧红烛，为花驱散长夜里的黑暗，纵情地投入自我，借此消解生命中那无可避免的大虚无。

"聚到最后一刻"是宝玉的痴念。第十九回"情切切良宵花解语"，袭人故意骗宝玉，说自己要离开怡红院，因为父母已准备为她赎身，想借此警戒宝玉任情恣性的性情，却不想宝玉立刻泪痕满面。袭人笑说："这有什么伤心的？你果然留我，我自然不出去了。"每次读至此，我都觉得袭人有些残忍，像是一个母亲假意威胁孩子自己不要他了一样，为了达到自己的目的，消费着孩子的纯真。此时的宝玉最怕失去，他说："只求你们同看着我，守着我，等我有一日化成了飞灰，飞灰还不好，灰还有形有迹，还有知识；等我化成一股轻烟，风一吹便散了的时候，你们也管不得我，我也顾不得你们了。那时凭我去，我也凭你们爱那里去就去了。"

十几岁的少年，如此幻灭，如此绝望，以至于连一句玩笑话也受不住，不可不谓之"痴"。

永远聚在青春里，这是宝玉的理想，也是每个世人的理想，从古到今，谁不希望青春可回首？谁不期盼深情共白头？

然而，生离死别总是难免。宝玉浪漫天真的理想和现实世界是格格不入的，无论他怎么想留住心中的那片桃花源，都无法抵挡外界的狂风骤雨。大观园的女儿们一个个步入命运的河流中，无可控制地烟消云散：死于无常的贾元春、被折磨致死的贾迎春、远嫁海域的贾探春、步入空门的贾惜春、青春守寡的史湘云、被强盗劫走的妙玉、被驱赶致死的晴雯、跳井而死的金钏、难产而死的香菱……尤其是唯一的灵魂知音黛玉之死，宝玉心碎得艰于呼吸。

宝玉的绝望在很大程度上缘于看到美的毁灭，姐妹们死的死，走的走，如云飘散。还有什么比这更让宝玉心痛的吗？

孤独、幻灭也由此而来，困扰着宝玉。身在富贵乡，宝玉实则像个"外来客"，他常常恐惧着青春短暂、聚散匆匆、人生无常、红颜逝去，宝玉最终"悬崖撒手，弃而为僧"皆来自这种深刻的绝望和痛苦。

一曲流水红颜寞：红楼梦中的多面人性

## 04 举世皆浊我独清

鲁迅先生对红楼有句经典评价："悲凉之雾，遍被华林，然呼吸而领会之者，独宝玉而已。"

换言之，宝玉是"举世皆浊我独清，众人皆醉我独醒"，在污浊的天地间，衔玉出生的贾宝玉是铁屋子里的清醒者，是黑暗社会里的一道光。

他直觉地感受到家族的衰败在所难免，普通人还沉浸在烈火烹油的繁盛中，他已经看到颓败之势了。在他那个家族中，宁国公嫡孙贾敬，"一味好道，只爱炼丹"，追求长生；族长贾珍和其子贾蓉，"只一味高乐"，"爬灰的爬灰，养小叔子的养小叔子"；世袭一等将军贾赦"成日家和小老婆喝酒"，为了石呆子的古扇，"弄得人坑家败业"；堂哥贾琏荒淫，"成日家偷鸡摸狗"，"脏的臭的都往屋里拉"；唯一的正经男人贾政平庸无为，最终进退维谷……

在这样一群须眉中，有谁能够真正笃行儒家的"修身、齐家、治国、平天下"的价值准则？有谁真正践行过"礼义仁智信"的立身之本？有谁不是辜负好韶光，于国于家无望？

所以，宝玉厌倦着贵族生活，他一点也不留恋自己的优裕休闲生活，他对秦钟说："可恨我为什么生在这侯门公府之家，若也生在寒门薄宦之家，早得与他交结，也不枉生了一世。"

贾政对宝玉的期望是光宗耀祖，宝玉却"在外流荡优伶""在家荒疏学业"，他挨打之后，黛玉对他说："从此可都改了罢。"他坚定地回答："你放心，别说这样话。我便为这些人死了，也是情愿的！"

宝玉既没有兴旺家族的使命感，也深知自己没有那样的能力。他对家族抱着的是一种无所谓的态度，他曾对黛玉说："凭他怎么后手不接，也短不了咱们两个人的"。

他更厌倦仕途经济。凡读书人，他均称之"禄蠹"，"禄蠹"的意思是窃食俸禄的蛀虫，这实在是极妙的比喻，他早就看穿了那个时代里功名利禄背后的权色交易，肮脏虚伪。连务实的宝钗都看穿了这点："男人们读书明理，辅国治民，这便好了。只是如今并不听见有这样的人，读了书倒更坏了。"

贾雨村不就是一个例子吗？未走上仕途时，是谦谦君子落魄书生；一旦走入官场，即成为阴狠小人忘恩负义。宝钗的咏蟹诗有云："眼前道路无经纬，皮里春秋空黑黄"，意思是腹中蟹之横行，蟹壳之内仅剩下的黑色膏膜和蟹黄，言世人之心黑。多少"禄蠹"不正是高举忠君爱国之旗帜，行伤天害理之事？连皇宫中的夏太监都隔三差五来敲诈勒索，社会腐朽，早已无药可医了！

所以，宝玉才不属于"学而优则仕"的人生正途，更何况贾家也没读书求仕途的传统，除了一个考中进士的贾敬，但那一个也追求长生去了。

## 05 无路可走的绝望

看透悲凉的宝玉是清醒者，也是孤独者。若是能够像贾家其他子弟那样及时行乐，或者像薛蟠那样粗鲁浅薄，他都不会如此痛苦。偏偏他做不到"今朝有酒今朝醉"，偏偏他放不开自己的女儿情，他的使命只在追求"真善美"上，然而代表着天地灵秀的女儿们又一个个走向毁灭。

陶渊明在《归去来兮辞》中放声高歌："归去来兮！"为什么归？世与我相违！世令我伤悲！贾宝玉在这个世界中无法找到自己的位置，他和主流社会格格不入，和荣宁二府格格不入，他既没有能力承担起振兴家族的责任，更没有力量承受起一个个美好生命的陨落，所以他孤独。

孤独者贾宝玉只能和黛玉沟通，因为黛玉同样是反叛者，她了解宝玉的想法，从不说劝他求功名的"混账话"，世俗的种种入不了他俩的话题，他俩都是为情所生之人。到了连黛玉也不被容于世的时候，他有的只是幻灭，只有化成灰，逃大造，出尘网，方了却一切。

逃离家族，不求取功名，不担当责任，贾宝玉是不是自私利己呢？当然不是。他非但不自私，反而太无私，虽然他没能力承担兴复家族的责任，但他承担着心灵的重荷。前生，他是"神瑛侍者"，为"绛珠仙草"灌溉；今世，在女儿们面前，他依然是"侍者"心态：为黛玉痴呆、为可卿吐血、为晴雯泣祭、为鸳鸯痛哭……这些女子的死亡虽然都不是他造成的，可他却为此痛苦不堪，他用纯美心灵担荷起了人间罪恶。

他彷徨又绝望，尤其是晴雯死后，在潜意识里发现自己最挚爱的母亲亦是"杀人凶手"时，他更不知如何面对这人世间，一病不起。小说第七十九回写道：

> 睡梦之中犹唤晴雯，或魇魔惊怖，种种不宁。次日便懒进饮食，身体作热。此皆近日抄检大观园、逐司棋、别迎春、悲晴雯等，羞辱惊恐悲凄之所致，兼以风寒外感，故酿成一疾，卧床不起。

托尔斯泰的小说《复活》中的男主角"聂赫留朵夫"始终对女主"马斯洛娃"有一种负罪感，认为马斯洛娃的悲惨遭遇根源在于自己，自己应该赎罪。宝玉又何尝没有这种忏悔意识？莫名的悲哀如天地间的黑暗，让他无法挣脱。

清醒——孤独——痛苦——绝望，一个孑然一身的痴情客，努力去托举心灵的大宇宙，是何等地艰难啊！身在富贵中的宝玉如江涛上的一叶孤舟，泅渡不了他人，也泅渡不了自己的内心。青埂峰上的那块顽石，神瑛侍者的今生，大观园里的情种，终于悬崖撒手，遁入空门。

## 06 不负青春好时光

曹公曾借《西江月》一词对宝玉形象做了很好概括：

富贵不知乐业，贫穷难耐凄凉。可怜辜负好韶光，于国于家无望。
天下无能第一，古今不肖无双。寄言纨袴与膏粱，莫效此儿形状。

"无能第一"四个字，带着否定，带着嘲讽，隔着时光，我们都能感受到曹公落笔时无奈的伤感：这么一个至情至性的男儿，怎么就没有生存的空间呢？

今人眼中，对宝玉的负面评价也很多：没有责任感、花心、懦弱、娘炮、没男儿气概……

事实上，假如贾宝玉生活在今天，他完全可以找到自己的人生舞台。因为当下已经不是一个只有做官才能成功的时代，这是一个文化多元、美美与共的时代，宝玉完全可以遵照自己内心任性生活，他可以艺术创作，尽情发挥自己文学才华，活成一个文青，成为自媒体大咖。想那大观园题咏，他七步成诗，何等高雅脱俗！

他还可以成为一个美妆设计师。想他为平儿理妆，胭脂盛在小小的白玉盒子里，轻白红香，四样俱美；那胭脂摊在面上，容易匀净，且能润泽肌肤，不似别的粉青重涩滞。宝玉向平儿解释："那市卖的胭脂都不干净，颜色也薄。这是上好的胭脂拧出汁子来，淘澄净了渣滓，配了花露蒸叠成的。只用细簪子挑一点儿抹在手心里，用一点水化开抹在唇上；手心里就够打颊腮了。"

宝玉对化妆品的讲究，真让人叹为观止！有此才华，何愁无用武之地？把自己的热爱变成和千万女儿们分享的事业，这不正是我们的"宝哥哥"乐意的吗？替平儿理妆之后，宝玉又将盆内的一枝并蒂秋蕙，用竹剪撷了下来，与她簪在鬓上。这样温柔的宝哥哥，世间不知有多少"林妹妹"等着邂逅呢！

宝玉何其不幸，生活在那样污浊腐烂的时代！相比而言，我们是何其有幸，欣逢盛世，文化繁荣，容下多元的审美和价值观。愿更多像"宝哥哥"一样灵秀的少年，青春不再忧伤、迷茫，而是心中有火，眼中有光！不辜负青春好韶光，不负盛世年华，成为家国之脊梁！

# 晴雯：有刺的玫瑰，怎不知保护自己？

贾宝玉的两个大丫鬟：袭人和晴雯，一个是温柔似水的白玫瑰，一个是热情似火的红玫瑰；一个像宝姐姐修己安人，一个似林妹妹任情任性；一个终和公子无缘，一个落得空劳牵念。

虽然很多人喜欢将袭人和晴雯对立起来看，但这两个女子从来不是水火不容、非此即彼的关系。在很长一段岁月里，贾宝玉和她们两个就像一棵树上的枝枝叶叶，挤挤挨挨地在一起，成长过程里的点滴欢笑、幸福、恐惧、痛苦都连在一起，给人以一生一世的幻觉。

"短暂的狂欢以为一生绵延，漫长的告别是青春盛宴。"王菲唱的《致青春》空灵静澈，在暗夜里尤其能扯住人的回忆。如果成长是以疼痛告别过去的历程，宝玉的青春里有秦可卿的影子、秦钟的早逝、金钏的投井、晴雯的屈死……待到黛玉离世、湘云出嫁，终落得白茫茫大地真干净之时，宝玉倒是一切都看淡了，青春也至此结束了。至时，袭人离不离开嫁不嫁人，都不能再让宝玉像晴雯死时那么痛彻心扉了。

晴雯，这个风流灵巧的小姑娘，永远停滞在了贾宝玉的青春里。

## 01 命运，浮浮沉沉

晴雯，金陵十二钗又副钗之首，贾宝玉身边的大丫鬟。

短暂的十六年人生，她在命运的漩涡里起起伏伏。十岁之前，她命若浮尘，漂泊流浪，不知父母在何处，不知故乡在何方，后来亦不知被拐卖几遭，终被卖到贾府的奴仆赖大家为奴。赖嬷嬷常带着她去见贾母，贾母见她伶俐标致，十分喜爱，赖嬷嬷便顺水推舟，把她孝敬了贾母。贾母调教出的孩子个个有灵性，包括手下的丫鬟。晴雯这丫头，越长越出色，千伶百俐，风流灵巧，贾母把她赐给自己最疼爱的孙子宝玉。

人生这步棋走到这里，可谓是峰回路转，初见柳暗花明。可是，短暂的赌局尚有让人大跌眼球的逆转，更何况漫长的人生路？

来到宝玉身边的晴雯，灵动、活泼、纯真、充满青春的朝气。"撕扇子作千金一笑"这一回，因为晴雯失手跌折了扇子，宝玉嘟囔几句，两人闹了一大场气，彼此都气得不轻，晴雯含着眼泪伤心地说宝玉嫌弃自己，宝玉气得黄了脸，浑身发抖。

到了晚间，俩人气都消了，宝玉喝了点酒回来，和晴雯一起坐在院中凉榻上说笑，提起白天打折扇子的事，宝玉笑着说："你爱打就打，若是想听声音，那扇子撕着玩也行，就是别拿着出气。"晴雯一听，笑道："既这么说，你就拿了扇子来我撕。我最喜欢撕的。"宝玉便把自己的扇子递给她，晴雯接过来，"嗤"的一声撕了两半，接着又听"嗤嗤"几声。宝玉在旁笑着说："响的好，再撕响些！"正说着，麝月走过来了，宝玉赶上来，把麝月手里的扇子也夺了，递与晴雯。晴雯接了，也撕了几半子。二人都大笑。月光下，怡红院，爽朗的笑声直上云霄。

这一桥段很容易让人想起历史上的周幽王和褒姒，颇有"烽火戏诸侯"的感觉：珍爱你，宠着你。

"肯爱千金轻一笑？"这么肆无忌惮的宠溺，会有什么样的后果呢？一方面晴雯性格更加张扬，另一方面招来周边人的忌恨。就这样，晴雯的人生路越走越窄，直到最后，山穷水尽。王夫人在她病得"四五日水米不曾沾牙"的情况下，把她从炕上拉下来，硬给撵了出去。是夜，晴雯直着脖子叫了一夜的"娘"，凄惨地死去。

晴雯的死，属于性格悲剧。从被最高领导层宠爱到四面凄风冷雨，晴雯为"性格决定命运"做了最好的注脚。正如判词中所言：

霁月难逢，彩云易散；心比天高，身为下贱。

风流灵巧招人怨。寿夭多因诽谤生，多情公子空牵念。

一曲流水红颜寞：红楼梦中的多面人性

## 02 情感，不问归路

人常谓"晴为黛影"，那么，晴雯和黛玉到底哪里有相似之处呢？细思起来，二人虽外在迥异，但内心同样包裹着真性情，这两个女子都是把"情"字放在人生第一位置，从某种程度上而言，她们和宝玉的精神气场都是一样的，所以，宝玉在她俩面前是没有压力感的，这和与宝钗袭人在一起的感觉是很不一样的。

在宝钗与袭人身上，你看不到青春的面孔，看不到热血奔涌，能看到的多是处事谨慎、人情练达，青春也在一次次的周全和妥协中，慢慢枯萎。

但是晴雯不一样，她像是年少时的你我：骄傲、单纯、尖利、直接、任情、任性、没功利心……她的优点和缺点是一棵树上的并蒂花，交织共生。

整个荣国府，晴雯眼中只有一个宝玉，其他人都如同虚设。宝玉给林妹妹传书信，她当使者；宝玉把衣服弄破了，她舍命来补；宝玉要被贾政问学了，她编谎言掩饰……如果说袭人的温柔是一张网，密密麻麻地想把宝玉困在网中央；晴雯的任性像是一扇门，引着宝玉向自由的天地越跑越远。她像是宝玉的一个铁哥们，铁得不分彼此，铁得忘却身份。她和宝玉是一类人，却不是一个等级的人。袭人把怡红院当成公司，自己做一个敬业的下属；晴雯硬是把怡红院当成了自己的家，把自己当成家的主人，她太相信和宝玉的情感强度了。

倒不是说情感这东西不可依赖，有时候它基本上是人生存的全部意义，可是，情感又是那么脆弱的一个东西，全身心地靠上去，不就像靠在了一棵稻草上？

晴雯带着足够的安全感在怡红院生机勃勃地生长着。她的放肆、她的张狂、她的骄傲，不在于凭借长的好、也不在于手工做的好，而是对情的确信。对未来，她没长远的算计：她认为，大家横竖是在一起的，她只知道对宝玉好，狠狠地好，却从未想过这份情在现实中会走向何处。

和袭人的步步为营相比，她简直是蒙着眼过日子。

凭着一腔孤勇，晴雯对宝玉付出了全部真情。挣命补"雀金裘"已经够感动人心了，临死前那一番披肝沥胆的倾诉更是让人震撼，待到将两根葱管一样的指甲铰下赠送宝玉时，就更不能不让人动容：如此以生命全部力量迸发出的情感，是何等的厚重！

她的情是火山，哪怕自己化成灰烬，也要燃烧那一刻的轰轰烈烈。

尘世中的我们，常常渴望遇到浴火焚烧的感情，却又怕被爱灼伤了心。殊不知，待年华逝去，也会有一纸空白的伤感与追悔？

晴雯在临终之时，说这么一句："今日既已担了虚名，而且临死，不是我说一句后悔的话，早知如此，我当日也另有个道理。"

如果时光可以重来，不知晴雯另一个道理是什么呢？她会像袭人一样孜孜不倦地谋求姨娘的位置吗？

很多时候，我们的后悔源于惨痛的后果摆在了面前，但假若时光重来，一样的性格还是要走一样的路、一样的桥。

## 03 处事，不容蒙尘

处理坠儿一事可见晴雯黑白分明的性格。

怡红院的坠儿偷了平儿的虾须镯，考虑到宝玉的面子，平儿私下找了麝月，要把此事悄无生息地压下来。没想到，平儿和麝月的谈话被宝玉听到了，他没心没肺地告诉了"爆炭"晴雯。

此时，晴雯尚在病中，一听此事，蛾眉倒蹙，凤眼圆睁。待宝玉一离开，她立刻喊来坠儿，向枕边取了一丈青（一种兼带挖耳的细长的簪子），向坠儿手上乱戳，边戳边骂："要这爪子做什么？拈不得针，拿不动线，只会偷嘴吃。眼皮子又浅，爪子又轻，打嘴现世的，不如戳烂了。"

坠儿疼得乱哭乱喊。接下来，晴雯又借宝玉之名，把坠儿撵出了怡红院。

至于这么凶狠吗？且不说晴雯尚在病中，也不说真正执事的袭人尚未归来，更不必说她和坠儿本就是同一阶层的小人物，单论一论贾府中的主子阶层，也少有这样刻薄待下人的。凤姐算是有刻薄名声的，一则她出身豪门自小霸道惯了，二则身为一家之主，贾府里看人下菜的下人太多，没点威严也着实镇不住这个家。至于晴雯，横插的是哪一刀，值得为此大动干戈吗？

这时的晴雯，就像一个小学生班长，发现同学在偷班级东西，她心中立刻正义感爆棚。她为班级出现了这样的败类而羞耻，甚至来不及等老师处理，她就把这个偷东西的同学给处置了。

在这方面，晴雯和袭人、平儿都相差甚远。袭人对于误闯到宝二爷床上的乡村老太太刘姥姥，也是平和地宽慰。换成晴雯，岂不大吵大嚷吗？平儿更不用说，"得饶人处且饶人"的理念在她身上诠释得淋漓尽致，而晴雯有这样的处世智慧吗？

倒不是说晴雯有多坏，这世上有一种人：知世故而不世故，如林妹妹。而晴雯压根就不知世故，她聪明而不精明，走心而不走脑，像是一个孩子看世界，她眼里是黑白分明的，心底是清澈透明的，容不得一粒沙子存在。历经世事沧桑的人都会懂得，世界其实是混沌一片的，什么污浊色彩都有！

这世间的每一种存在，如果追根溯源的话，都值得深思。坠儿偷平儿的镯子固然可恨，但是偷太太玫瑰露给贾环的彩云呢？偷迎春首饰的乳母呢？这些是小人物的小偷行为；因"爬灰"被焦大酒后骂出来的贾珍呢？偷尤二姐又间接断了二姐性命的贾琏呢？这些都是道貌岸然的偷人行为；而抢夺石呆子扇子弄得人坑家败业的贾赦呢？乱判葫芦案罔顾冯渊性命的贾雨村呢？这些才是真正的欺世盗名！

人都是在成长中慢慢修正自己的观念。经历世事多了，就知道哪些是可以体谅的，哪些是必须得到惩罚的，至于道德感，在复杂的人事面前，也会渐渐风轻云淡。晴雯太年轻，她死的时候才十六岁，哪里懂得这些啊。

一曲流水红颜宽：红楼梦中的多面人性

## 04 待人，目无下尘

一个年轻漂亮的女孩子，有着自为清高的骄傲。因为宝玉的宠爱，又有些骄纵和任性。心比天高的时候，便目无下尘了。

对于一心想攀高枝的小红，她连讽刺带挖苦："怪道呢！原来爬上高枝儿去了，把我们不放在眼里。"现实中的我们，是不是也瞧不起攀附权势的人？可是，大多时候我们会理解，会缄口不言。

对于怡红院里的小丫鬟，打骂是晴雯的常态。她嫌丫鬟们懒，骂道："明儿我好了，一个一个的才揭你们的皮呢！"小丫鬟们陪宝玉读书，困了，晴雯又骂："再这样，我拿针戳给你们两下子。"小丫鬟因为打盹头撞到墙壁上，还以为是晴雯打了她，哭着说："好姐姐！我再不敢了。"

从这里可以看出，晴雯平日里对小丫鬟打骂都是常事，若说晴雯是对自己要求高，对别人要求也高倒罢了，可她自个平日里明明就是怡红院里最懒惰的那一个；若说她是真心为丫鬟好，希望她们上进，可是也没见她打过坠儿又把坠儿留下来啊！

自己出身极为贫寒孤苦，又不能同情和自己一样起点的小丫鬟们。在这方面，晴雯确实没有做到推己及人。

对于和她地位相当的袭人，晴雯毫不留情面地当面说出她和宝玉的云雨之事，并且骂其"西洋哈巴狗"。这到底是看不上袭人的听话，还是在含酸吃醋呢？这么骂和自己一起长大的姐妹是伤感情的，并且有人格侮辱的成分在内。袭人是有奴性，可是袭人的行为又何曾伤害过谁，妨碍过谁？在那个时代，难道非要像晴雯这样的奋起反抗才是明智的吗？

对于比她地位高的小姐、太太，晴雯也没有谨慎靠拢的心思。宝钗来了怡红院，她抱怨："有事没事跑了来坐着，叫我们三更半夜的不得睡觉。"这边宝钗刚走，黛玉来了，晴雯又使性子说："凭你是谁！二爷吩咐的，一概不准放人进来呢。"把林黛玉气得怔在门外，悲悲戚戚呜咽起来，惊动了花魂和鸟魂。

在王夫人面前，晴雯也不懂举止收敛，王夫人对她的印象就是"有一个水蛇腰、削肩膀、眉眼又有些像你林妹妹的，正在那里骂小丫头。我的心里很看不上那狂样子"。

得罪小姐，小姐不计较；得罪小丫头，丫头不敢怎么样；晴雯最不该得罪的就是一群老嬷嬷们。莫要小看这群人的力量，平日里他们微若尘埃，一旦联合起来，便能形成漫天尘土将人埋没。

小说中交代，晴雯是因为"王善保家的去趁势告倒了晴雯，本处有人和园中不睦的，也就随机趁便下了些话"。这正应了判词中所言："寿夭多因诽谤生。"

待到晴雯被驱赶之时，那些老婆子们都笑着说："阿弥陀佛！今日天睁了眼，把这一个祸害妖精退送了，大家清净些。"墙倒众人推，正是这群老婆子，在晴雯被撵的关键时刻狠狠地踹上了几脚。

## 05 多情公子空牵念

很显然，曹公是珍爱晴雯这个姑娘的，哪怕她身上有那么多的缺点。

这份珍爱，不只是《芙蓉女儿诔》中传达出的那种思念。赋这种文体太浮夸了，"其为质则金玉不足喻其贵，其为性则冰雪不足喻其洁，其为神则星日不足喻其精，其为貌则花月不足喻其色。"这些形容晴雯的华丽词汇，总让人觉得和接地气的晴雯不太搭边，更像是宝玉为了感动自己而作。

可是，多年之后，宝玉走过青春，再来追忆似水年华，对晴雯的牵念就越来越不一般了。

晴雯像是一面镜子，让宝玉回看到自己的青春：那么任性自然、漏洞百出的晴雯可不就是宝玉自己？那么炽烈的真挚的情感，人生中还能有几次？

长大了，成熟了，没有棱角了，懂得妥协了，可是何处寻找放荡不羁的青春？何处能觅义无反顾的真情？再来回看芙蓉赋，"金玉不足喻其贵，冰雪不足喻其洁"所形容的难道不是这世间最难能可贵的真、纯、美吗？

然而，晴雯的真性情固然值得欣赏，她的个性若放在今天，也注定是悲剧。作家马德曾经说过："你可以不去扎人，但身上必须有刺。"无疑，晴雯是一支美丽有刺的玫瑰，可是，玫瑰长刺不是为了扎人，而是为了保护自己。晴雯却恰恰相反，她的美貌、才华、口才都没有转化为保护自己的武器。

晴雯最致命的问题正如判词所言："心比天高，身为下贱。"简言之，定位不准。她骄傲地把自己当成怡红院里的大小姐，享受着贵族的待遇，看不上比她地位高的领导，刻薄着地位比她低的下人，不肯有半点的妥协。

一个人，心可以比天高，但是一定要让自己先成为这个社会的强者。想一想晴雯离开贾府后在哥嫂家的命运就会明白：除了贾府，她真的没有容身之地。

不能清楚地认识自我和周边的环境，注定了晴雯即使有再多才华，也埋没在没有未来的路上。

# 袭人：这一生，她何曾做过自己？

## 01 卑微，命运给她的起点

《红楼梦》中总有一些熟悉的生活细节让人悄然泪垂。

就像元宵节的那个夜晚：袭人和鸳鸯——两个刚刚失去母亲的女子在众人喧哗之时，躲过繁华，面对面歪在地炕上，两个人聊着为父母送终的事儿，清清静静地说了一晚上的知心话。那一幕，既温暖，又凄凉。

良夜美好，那是属于别人的；灯光灿烂，那是属于外界的。于两个女孩子而言，丧母的悲伤，前途的未卜，人世的变幻，现实的悲欢都成了她们随意倾谈的内容，在你一声我一声的长叹里，终于有这么一个时刻，她们叩问起自己的人生。

人生中能有多少这样的夜晚，让人无所顾忌地畅谈一回？

然而，同在繁华的另一处，贾母对袭人的缺席当众严厉地表达了不满："袭人怎么不见？她如今也有些拿大了。单支使小女孩子出来。"

贾母是话里有话的。前几日，袭人母亲病逝，凤姐好好地给袭人打扮一番，让她以姨娘的身份回家祭母，当然，这是王夫人的意思，贾母并不知道。

然而，贾府的消息是在空中飞的。当时不知，事后怎能不清楚？在宝玉择人问题上，贾母和王夫人的审美眼光是一贯地不协调：王夫人欣赏袭人这样听话知礼的，贾母却嫌袭人木讷，说她是"没嘴的葫芦"；贾母喜欢聪明伶俐的，她评价晴雯："我的意思，这些丫头的模样爽利、言谈针线多不及她，将来只她还可给宝玉使唤。"王夫人对晴雯简直仇恨到家了，既看不上她"水蛇腰，削肩膀"的模样，又看不上晴雯骂丫鬟时的张狂。

两个当家人，又是婆媳关系，有着争个你高我低的微妙。贾母纵然以识大体的态度来装糊涂，然焉能没有意见？此刻，贾母严厉的话中，潜藏着对王夫人瞒天过海的质问。

接下来，王夫人和凤姐反复辩解为袭人开脱，贾母方把此事放下。若不如此，袭人的命运在贾母瞬息的喜怒间可能就会改变。

这一夜，袭人难得地做回了自己。可是，这一生，她又如何做得了自己？主子随随便便一句话都有可能决定她的命运，她该何去何从，才能抓住命运的绳索，不再随波逐流？她该如何忍让委屈，才能跨越卑微的出身，向上一个阶层努力靠拢？

## 02 梦想，承载家族的期待

或许，唯一的出路就是从丫鬟上位成姨娘。

很多人对袭人想成为姨娘的这个梦持鄙弃态度，视之为奴性。想想也是，若是像灰姑娘一样成为千宠百娇的王后也便罢了，偏是为了姨娘这一食之无味的鸡肋，值得孜孜不倦上下求索吗？

如果有一个时光机，回看一下袭人进贾府之前的经历，大概就会对她的选择多些理解！

在家里穷得没饭吃，父母快被饿死的时候，为了换几两银子，袭人才被卖到贾府做丫鬟的。经历过贫穷、经历过卑贱、经历过白眼冷遇的人会在对比中更懂得珍惜得来的不易。贾府固然也是一个江湖，然而袭人在这里，只要足够敬业本分，生存就能得到保障，主子对她也算得上尊重，和先前的生活比起来，已经是天上人间了。所以，当袭人第一次回家时，听说母兄要赎她回去，她说至死也不从。

或许一个人在家人面前，"争荣夸耀"的心思会格外强烈。因为在我们的文化里，一个人的荣耀是和改变家族命运结合在一起的，想当年项羽攻占咸阳，有人劝他定都关中，项羽冷眼看了一下秦宫的断壁残垣，甩出一句："富贵不归故乡，如衣锦夜行，谁知之者？"

袭人的母兄看袭人哭闹、不肯被赎出，已隐隐明白了些许内中事，也就是说，家人已经认为她是富贵爷宝玉的人了。他们对这个从天而降的美好未来充满想象，自是欢喜。袭人的哥哥忙去雇了轿子，亲送宝玉到贾府，将宝玉抱出轿来，方返回家中。

自此，袭人的梦想里又承载了一份家族的期待。

在有阶层的社会里，百折不挠攀爬高枝的姿态不应该被鄙弃。身为一个小人物，没有一步登天的能力，没有更多的人生道路可以选择，那么，在忍耐与妥协中缓慢前行，何尝不是一份坚韧呢？

于袭人而言，她不想再过饥寒交迫的日子了，不想随便配一个小厮过父母那样的人生了，做姨娘尽管也很不易，但起码改变了自己的命运，改变了下一代的命运，做一个这样的梦有什么可指责的呢？

## 03 结盟，向梦想更进一步

袭人的这个梦在渐渐地变为现实，这个过程涵盖了袭人的成长史，也让她和宝玉渐行渐远。

和贾宝玉云雨之后，袭人第一次把模糊的梦想转换成了做姨娘的具体目标。那时，宝玉处在荷尔蒙骤然爆发的青春期，这时期的男孩子大多对温柔成熟的女人有着向往，袭人恰好是他身边这样的一个女孩子，两人又是好奇又是羞涩，共同完成了人生的第一次。

肉体的交融是很容易转化为精神亲密的，云雨情之后，他们二人的关系自是与他人格外不同——宝玉对袭人这个柔媚娇俏的好姐姐充满了依恋。

宝玉渐渐长大，有了愈来愈多袭人所不能理解的古怪。但是，这份依恋依然未曾改变，袭人拿赎身之事故意试探宝玉，宝玉信以为真，泪痕满面，喊着袭人："好姐姐，好亲姐姐，别说两三件，就是两三百件我也依。只求你们同看着我，守着我，等我有一日化成了飞灰……"此时，两个人尽管想法上横隔着一条河，却做好了一生一世的打算。

袭人向姨娘目标越来越近是从与王夫人结盟开始。

故事发生在宝玉挨打之后，王夫人召唤一个跟宝玉的人，袭人"想了一想"，亲自来了。王夫人求证贾环是不是在老爷面前说了什么话，导致宝玉挨打。袭人直接否认："我倒没听见这话。"她始终守着丫鬟的职分，不肯搅入是非中。因为王夫人特别讨厌赵姨娘那样的是非之人，所以袭人的这种表现应该很符合王夫人的欣赏眼光。

但是，袭人有其他话要说，以显示奴婢的忠诚。并且这番话一定在袭人心中酝酿了许久，是深思熟虑之后，非常艺术地表达出来的。

袭人先做了一个铺垫，吊了一下王夫人的胃口："别的缘故，实在不知道了。我今儿在太太跟前大胆说句不知好歹的话。论理——"说了半截，忙又咽住。

袭人的意思是我要告诉你一个秘密，是重大秘密，但是超越了身份。王夫人一听，准！袭人的秘密一定关乎自己最亲爱的宝玉。

没想到袭人又杀了个回马枪，什么秘密也没说："论理，我们二爷也须得老爷教训两顿；若老爷再不管，将来不知做出什么事来呢。"这算什么事啊，就是表达一种对宝玉未来的担忧啊。但是，袭人的话触动了王夫人的情感，她合掌念声"阿弥陀佛！"由不得赶着袭人叫了一声："我的儿！亏了你也明白这话，和我的心一样……"

王夫人在袭人这里找到了知己感。偌大的荣国府，王夫人其实是个孤独的人，她的丈夫贾政和她是疏离的，宁可住在赵姨娘那里，也不和她住在一起；她的婆婆贾母打心眼里看不上她，说她"和木头似的，在公婆跟前就不大显好"；她的儿媳李纨和她似乎是陌生人，两人在前八十回没有说过一句话……他唯一的希望和依靠就是宝玉，但是宝玉又不朝着她想要的方向走。现在，有谁和她的心是一样的呢？袭人！

王夫人滚泪了，袭人陪着落泪，因为同样关怀着宝玉的成长，一下子，两个人情感的联系就加深了。氛围营造好了，袭人开始说重要的了："今儿太太提起这话来，我还记挂着一件事，每要来回太太，讨太太个主意；只是我怕太太疑心，不但我的话白说了，且连葬身之地都没了。"这句话的背后，点明了自己准备说一个非常严重的问题。

结果袭人居然轻描淡写地来了一句："我也没什么别的说，我只想着讨太太一个示下，怎么变个法儿，以后竟还叫二爷搬出园外来住就好了。"王夫人心中骤起惊涛骇浪：宝玉难道和谁作怪了不成？

王夫人为何如此敏感？她在内心已经开始怀疑宝玉和黛玉了。因为在宝玉挨打之前，宝黛二人因为砸玉风波，闹得天翻地覆，连贾母都流着泪叹息："我这老冤家是那世里孽障，偏生遇见了这么两个不省事的小冤家，没有一天不叫我操心。真是俗语说的：'不是冤家不聚头'……"对于宝黛私情，王夫人焉能无所察觉？她现在需要的就是求证，尤其是宝玉身边人的话。

且听袭人的回答："太太别多心，并没有这话。不过是我的小见识：如今二爷也大了，里头姑娘们也大了，况且林姑娘、宝姑娘又是两姨姑表姊妹，虽说是姊妹们，到底是男女之分，日夜一处起坐不方便，由不得叫人悬心……"

袭人很聪明，把林姑娘、宝姑娘放一起说，但是谁不知道宝姑娘是最端庄知礼的呢？袭人在含糊其辞，但是王夫人心如明镜，一切都得到了验证。

贾母说袭人是"没嘴的葫芦"，真的是看错了。袭人这说话的艺术，完全堪比外交家，她成功地控制了一场会谈：设置了悬念，表达了担忧，营造了氛围，倾吐了忠诚，既闪烁其词，又明确了问题。更重要的是，像葫芦爬上藤蔓一样，她攀援上了王夫人。她们像是两个熟悉的人突然有一天发现彼此是知音，对方有着自己从没看见的好；也像是上下级之间为了一个共同的目标，统一战线，同心协力。总之，两个人心灵靠近了，有了默契，有了合作，有了交换。

这段故事是袭人被诟病为"心机婊"的证据，但是，若站在袭人的角度来看，她只是忠心竭力地为主子谋虑，她忠心于王夫人，也忠心于宝玉，她自身就是忠义观念影响下的受害者。

## 04 成长，告别纯真的自我

与此同时，宝玉对袭人的依恋渐渐转淡了。袭人的温柔是一张网，困住了他。他想和黛玉诉说柔情，但害怕来自袭人的压力，便设法先让袭人往宝钗那里去借书，命晴雯去送手帕。

从性欲的本能中走出，向着精神的高度走近，宝玉的爱情给了和他心意相投的林妹妹。

接下来，王夫人很快兑现了"不辜负你"的承诺，给了袭人一个"准姨娘"的身份，袭人自然也要履行自己的责任，她从一个温柔的姐姐变成打着"为你好"行事的"娘"。因为王夫人的器重，她越自发尊重，也不与宝玉狎昵，至此，从肉体到精神上，她和宝玉都走向了疏远。

袭人第二次回娘家，被凤姐铺张成了"元春省亲"的阵势，凤姐不仅把自己的大红猩猩毡给了袭人穿，又派周瑞家带几个人跟着，要了两辆车，一辆坐媳妇们，一辆坐丫鬟们，连铺盖也从贾府里送去。

对于袭人而言，这真是交织着悲伤和荣耀的一次归家。凤姐是贴心的，让袭人以姨娘的身份看病危的母亲，给老人家心理上以宽慰；可是，穿着大红猩猩毡去辞别生命中最重要的亲人，是否也有点不合时宜呢？这一次袭人归家，宝玉并没有像前次那样腻歪，反倒和怡红院的丫鬟们玩得忘乎所以。

袭人在向姨娘的道路上艰难地攀爬着。既然是准姨娘，也可能是不准，鞋子不落下来的每一时刻，心都是悬着的。所以自始至终，袭人都是温柔和顺、谨慎小心的。

有人说是她害了晴雯、芳官、四儿等人，这或许是看宫廷戏太多了，袭人的心机只是一个小女孩面对复杂的江湖过早地成熟罢了，是让人心疼的，她何曾有过害人的心思？

作为一个处于贾府下层的丫鬟，她又有什么能力去害人？晴雯、芳官不被容都有自己个性的原因，四儿是王夫人抄检大观园运动的牺牲品。

袭人做过唯一一件绝情的事，就是在晴雯被赶出怡红院的当日，宝玉以海棠来比照晴雯的劫数，袭人道：

> "那晴雯是个什么东西，就费这样心思，比出这些正经人来！还有一说，她纵好，也灭不过我的次序去。便是这海棠，也该先来比我，也还轮不到她！"

唉！此话让人心生寒！一起长大的姐妹，朝朝暮暮地相处，一朝生离死别，岂能如此无情？不得不说，人是会变的，袭人在向姨娘靠近的历程中，渐渐地阉割了生命里如玉一样清澈透明的本真，从珍珠向鱼眼睛靠拢了。

## 05 放下，理想破灭后的遗憾

纵观红楼前八十回，袭人性格的底色是善良温厚。李嬷嬷嫉恨她，她替之隐瞒，没有恃宠而骄；晴雯挖苦嘲讽她，她跪下替晴雯求情，不要赶之出去；金钏投井了，也只有她想起素日之情，留下眼泪；香菱石榴裙弄脏了，她把自己崭新的送给她，没有二话；刘姥姥弄脏了宝二爷的床铺，她笑着说不碍事，宽慰这乡下老太太……

至于对宝玉，袭人更是尽职尽责的。尽管因为个性、见识的缘故，她无法走到和宝玉对等的层面，但从生活层面上言，宝玉成长中少不了这样一个陪伴的人。

宝玉对袭人的情感里有着很复杂的成分，是一种"不忍"之爱：

一方面是依恋，一方面是疏离；一方面想挣脱，一方面又怕伤害，像是一个青春期孩子对母亲的那份情感。

袭人的结局早在判词中写好：

> 枉自温柔和顺，空云似桂如兰。
> 堪羡优伶有福，谁知公子无缘。

"堪羡优伶有福"，暗指袭人最终嫁给了优伶蒋玉菡。高鹗续书里让她手拿剪刀、做好以死明志的准备，最后发现蒋玉菡是宝玉故人，袭人方才作罢。

其实，生活大概不用这么戏剧化。我们年少时以为的一生一世有多少成为现实？时光之水总是在洗涤人的情感，没有多少人带着一份执念不肯罢休的。

袭人在宝玉身上寄托了理想，她在"望夫成龙"。有一天，理想破灭了，那也就这样吧，只不过是有点遗憾，并非就不能活下去了。

黛玉、晴雯是执于情的人，这份情是以生命相许的，所以她们往往不能接纳生命中的失去。而像宝钗、袭人，务实地生活在世间，所以更能够平静地接受命运的安排。

回看袭人这一生，她的身上，有着主流社会培养出来的那种"好"：

小时候，她是父母眼里的乖乖女；上学后，她是听话懂事学习优异的好学生；步入社会，她是公司里敬业上进的好青年；有了家庭，她是贤妻良母。她也有着精致的利己主义，但那份利己亦是为了家人。

这一生，她可曾随心所欲地为自己活过？她的幸福永远建立在身边人幸福的基础之上，在我们身边，有多少这样的好女人？

网上流传一句话："愿你出走半生，归来依旧少年。"于大多数人而言，也只是一种理想罢了。人在旅途，身不由己。做自己，太难！

# 鸳鸯：扬眉女子，傲骨铮铮

《红楼梦》像是一部长长的黑白影片，从片头到片尾，就像每天的生活细碎。若是删去其中一段会怎样呢？比如第四十六回"鸳鸯女誓绝鸳鸯偶"，表面上看无关大雅，贵族生活还在继续，刘姥姥带来的狂欢还能延续。然而，闪光的东西减少了，震撼人心的力量也就没有了。

"鸳鸯抗婚"是曹公为丫鬟、为底层特意撰写的篇章。没了这一情节，便少了现实的真实。缺少了与命运的决绝抗争，鸳鸯这个人物就扁平化了，少了光彩耀人的一面。

鸳鸯，这个扬眉女子，用铮铮傲骨在读者心中点亮一盏自由明灯。

## 01 这个丫鬟不简单

鸳鸯是整部红楼中地位最高的丫鬟。

身为贾母的贴身秘书，因为主子至尊无上的地位，鸳鸯独享一份殊荣。

凤姐过生日，鸳鸯带着丫鬟们来敬酒。凤姐真不能喝了，忙央告：
"好姐姐们，饶了我罢，我明儿再喝吧。"鸳鸯毫不客气地回敬："真个
的，我们是没脸的了？就是我们在太太跟前，太太还赏着脸呢。往常
倒有些体面，今儿当着这些人，倒拿起主子的款儿来了。我原不该来。
不喝，我们就走。"说着，鸳鸯拔腿就走。急得凤姐急忙拉住笑说自己
要喝，然后满满地斟上一杯喝干。

　　自摆身份，逼人喝酒，这是酒场上常见损招。然而，放眼望去，
红楼当中有哪个丫鬟敢在凤姐前如此放肆？敢如此强硬地逼迫凤姐就
犯？唯鸳鸯一人而已！以至于凤姐说她"素习是个可恶的"。可见，鸳
鸯是丫鬟中的丫鬟，这个丫鬟不简单！

　　鸳鸯能够做到丫鬟中的天花板，首先和她跟对人有关。贾母代表
着贾府中的最高话语权，用凤姐的话说是"老封君"。一般而言，底层
到顶层的距离隔着万水千山。想一想刘姥姥想见王夫人的艰难，就知
道像"贾瑞家的"这样的中间人有多重要。但是，从"贾瑞家的"到
平儿、鸳鸯这样的高级中层，又是一重距离，所以，鸳鸯这个位置，
有着"四两拨千斤"之用，非但一般奴仆对其刮目相看，"见是她来，
便站立身待她进去"，就是贾府的爷儿们奶奶们也是赔着笑脸相待。

　　然而，并不是每个跟着贾母的丫鬟都能成为红人，能入贾母的眼
并且成为不可或缺的"拐杖"，说明鸳鸯本身有着优秀的综合素质。

　　一个有灵性的小姑娘遇上有趣慈祥的老太君，二者彼此温暖，彼
此成全。贾母给了鸳鸯地位、尊严、疼爱，无形中也影响了她的见识，
鸳鸯回报给贾母无微不至的贴身服务。因此，贾母如同鸳鸯的有力大
靠山，鸳鸯就像贾母的贴心小棉袄。在等级悬殊的贾府中，二人成为
忘年之交。

　　同样尽心尽孝服侍主子，鸳鸯和袭人生活的姿态有很大不同。袭

人是低眉顺眼，温柔和顺，对上对下，极尽低姿态，不肯得罪任何一个人；鸳鸯则舒展张扬，明媚阳光，没有因为生活在底层，就放弃自我的存在价值。

第四十回"金鸳鸯三宣牙牌令"，在那么一个"万众瞩目"的场合，鸳鸯俨然一个落落大方的主持人，在李纨和凤姐两位奶奶的席上坐下，她笑着说："酒令大如军令，不论尊卑，唯我是主。"刘姥姥刚要逃席，鸳鸯喝令小丫头们："拉上席去！"那一刻的鸳鸯，如同威震四方的"花木兰"，神采飞扬、明眸皓齿。看着这个从容不迫卓尔不群的小姑娘，真希望青春的花儿永远如此绽放。

自身素质的不凡，加上在贾母身边的久经历练，鸳鸯的见识胆略，远在众人之上；言谈举止，更是自信从容。这个青春灵动的女孩，活得轻松自由，活泼有趣。

## 02 贾赦看上鸳鸯背后的真相

曹公永远在旁观着生活的大喜大悲。一面是快乐的盛宴，从海棠诗社到螃蟹大宴，从刘姥姥逛大观园到凤姐生日大宴，生活充满了诗情画意，美满和乐；可是另一面也是悲伤的序曲，先是变生不测凤姐泼醋，接下来就是鸳鸯女誓绝鸳鸯偶了。悲喜交加，可不就是人生？

曹公没有忘记鸳鸯这个丫鬟的地位和命运，更没有简单肤浅地让这个姑娘成为贾母的影子，从"鸳鸯抗婚"这一浓笔抒写中，我们看到了一个丫鬟别样的灵魂。

鸳鸯是怎么走入赦老爷眼的呢？

鸳鸯的长相并不十分出众，透过邢夫人的眼，我们看到她"蜂腰削背，鸭蛋脸面，乌油头发，高高的鼻子，两边腮上微微的几点雀斑。"精细到"几点雀斑"的描写，可以看出这是一个相对普通的青春女孩，远不及晴雯之美。

当然，青春本身就是美的，加上鸳鸯落落大方的行事气度，鸳鸯的美不在相貌，在于神韵，是一种俊逸之美。

但让人怀疑的是，那个贾赦——一个上了年纪、胡子苍白、偏爱娶小老婆的腼腆老男人，能欣赏到鸳鸯的美吗？他娶的邢夫人可是对他极"贤"，只知顺着他，由着他性子来的，而鸳鸯，"素习是个可恶的"，又刚强，又傲气，志大心高，未必是贾赦能看上的类型。

我早些年读红楼时，也简单地以为如邢夫人所言，鸳鸯是模样行事比较优秀，所以入了贾赦的眼。然而，当历经世事后再读这些细节时，我有一种强烈的直觉：贾赦真正看上的，不是鸳鸯，而是贾母的万贯私财。

也就是说，进入赦老爷眼中的，是鸳鸯的特殊位置。处在这个位置上的人，对贾母的一切体己大小事宜了如指掌。

众所周知，贾母是有积蓄的，这积蓄多到什么程度，谁都不知道。贾母出生于"阿房宫，三百里，住不下金陵一个史"的史家，又经历贾府几世繁华，财物之多，只能在想象中。用凤姐的话说，"金的银的，圆的扁的，压塌了箱子底……"贾母随随便便一箱查不到的东西，都值千数两银子；一件国外进口的、能工巧匠都不认得的"凫靥裘"，她随手就给了毫无血缘关系的薛宝琴；宝玉和黛玉的婚嫁，她做好了数万两银子的准备。

这么多财产，难保不被惦记。而谁最清楚财产的位置和数目呢？鸳鸯。比如贾琏有一次就求着鸳鸯把老太太的金银家伙偷着运出一箱子来，并且成功了。当然，鸳鸯是回了老太太的，贾母睁只眼闭只眼装作不知道——她担心子孙们都找她要。

但这并不意味着贾母就对自己的财产放松了警惕。虽然大多数时候，贾母都是慈眉善目的，可当她知道贾赦要娶鸳鸯时，气得浑身发抖，口内说着："我通共剩了这么一个可靠的人，他们还要来算计！"看，贾母的第一反应不是贾赦的淫乱，而是自己被"算计"，紧接着，不顾薛姨妈这个亲戚在场，贾母连带着王夫人也骂："你们原来都是哄我的！外头孝敬，暗地里盘算我……弄开了她（鸳鸯），好摆弄我！"

贾母的敏感不是没有道理。豪门之中，因为财产，明争暗斗何曾休？头破血流或者反目成仇都很正常。鸳鸯管着贾母的体己大小事，贾赦要娶鸳鸯，内心怎么可能没有对贾母财产的关切？

此时的贾赦，官是不好好做的，偏偏还有一些癖好，比如收集扇子。鸳鸯抗婚才过一回，贾赦就为了二十把扇子把"石呆子"弄得坑家败业。人品如此卑劣之人，"孝"字只是摆在面上的幌子而已，贾母的"盘算"二字，实在是没说错这个儿子。再到后来，为了五千两银子，贾赦把亲生女儿迎春卖给了"中山狼"孙绍祖抵账，入不敷出的贾赦能不觊觎贾母的财产吗？

对于这个"烂泥糊不上墙"的大儿子，贾母心中明镜似的。但是她年龄大了，对于无力改变的事也早已放下，唯一能做的，就是不跟着大儿子贾赦生活，反跟着小儿子贾政一起过，同时把当家权交给二媳妇王夫人和孙媳妇王熙凤。住在小花园偏僻处的贾赦和邢夫人对这个"偏心"的老母亲能无怨乎？

直到小说的第七十五回元宵节讲笑话，贾赦说的笑话是：一个母亲病了，婆子来针灸，只针肋条，儿子慌问肋条离心远如何能治好，婆子道："你不知天下父母心偏的多呢。"这个笑话再明显不过地指向了贾母，贾母低头吃了半杯酒，半天来了一句："我也得这个婆子针一针就好了。"

越是觉得母亲偏心，越要想办法争取，贾赦要娶鸳鸯这一事，可不就谋算了许久？邢夫人说，"冷眼选了半年"，这半年中，贾赦一定对老母的财产浮想联翩。

及至贾母盛怒之后，贾赦无法得逞，便四处寻觅，用八百两银子买了十七岁的女孩嫣红收在屋里。彼时的贾赦，也只不过是掩人耳目罢了，他用嫣红向其他人证明：大老爷是真的想"一树梨花压海棠"。但这也从另一个侧面证明，鸳鸯并不是不可取代的，赦老爷是没必要步步紧逼的。换言之，在老太太身边的如果不是鸳鸯，而是袭人或者平儿等，同样逃不出贾赦的毒手。只是，红楼梦中所有的其他丫鬟，都活不出鸳鸯这般人间清醒。

## 03 难得的人间清醒

鸳鸯对自己的命运有着清醒的认识，首先在于她对贾赦之流不抱任何幻想。

鸳鸯为何看不上贾赦？赦老爷倒有点自知之明，自己恼羞成怒地推测："自古嫦娥爱少年，他必定嫌我老了。"这当然是一方面原因，更深层原因则是鸳鸯深知这个老男人的猥琐，对于他荒淫无耻的行径，内心深深憎恶轻蔑。

鸳鸯说："别说大老爷要我做小老婆，就是太太这会子死了，他三媒六聘地娶我去做大老婆，我也不能去！"简言之，鸳鸯就是鄙视贾赦这个人！强权奈何？富贵如何？

然而，在袭人遍地的时代，鸳鸯的价值观是另类。在丫鬟命如草

143

芥的社会里，鸳鸯是不该也不能拒绝大老爷"恩赐"的。

先来看为了满足丈夫淫欲，四处奔走的邢夫人，"你这一进去了，进门就开了脸，就封你姨娘，又体面，又尊贵。你又是个要强的人，俗话说的，'金子终得金子换'，谁知竟被老爷看重了你……跟了我回老太太去！"说完，邢夫人拉着鸳鸯的手就要走。

看邢夫人这架势，多么笃定！多么自信！被老爷看上是多么有脸的事啊！天底下还有放着体面尊重的姨娘不做的丫鬟？

邢夫人以居高临下的姿态赏赐着鸳鸯的幸福，因此，她敢强拉鸳鸯的手。但是，鸳鸯"夺手不行"，邢夫人惶恐了，"难道你不愿意不成？"她又以为鸳鸯因为太高兴而害臊，要把这天大好消息告诉给鸳鸯的父母。

在邢夫人面前，鸳鸯连续不语，用沉默表达着自己的愤懑和反抗。在平儿和袭人面前，鸳鸯干脆利索地说："家生女儿怎么样？牛不喝水强按头吗？我不愿意，难道杀我的父母不成？"

这就是鸳鸯的傲骨：宁为玉碎，不为瓦全！刚强自尊，宁折不弯！

即便是鸳鸯的嫂子，也把荣升姨娘当成"天大的喜事"，当她来劝说鸳鸯时，鸳鸯终于酣畅淋漓地痛骂开来："你快夹嘴离了这里，好多着呢！什么'好话'！宋徽宗的鹰、赵子昂的马，都是好画儿。什么'喜事'！状元痘儿灌的浆儿又满是喜事。怪道成日家羡慕人家女儿做了小老婆，一家子都仗着他横行霸道的，一家子都成了小老婆了！看的眼热了，也把我送在火坑里去。我若得脸呢，你们在外头横行霸道，自己就封自己是舅爷了。我若不得脸败了时，你们把五八脖子一缩，生死由我。"

真的忍不住为鸳鸯之骂叫声好！文雅两相宜，实在是骂人的绝版！鸳鸯之骂，蕴藏了世间许多女儿的命运：在父母兄弟那里，女儿只是一个工具，有利时则用，无利时则弃。正因为看明白了这点，鸳鸯清晰地和哥嫂做了切割——甭想让我变成牺牲品，为你们长脸，供你们牟利。

在那样的时代里，在长满"富贵眼"的贾府，从底层到上层，从路人到家人，都以为一个丫头最好的出路就是做姨娘，像袭人之流不就在孜孜不倦地追求吗？

鸳鸯偏不！这个有见识的姑娘是难得的人间清醒，早已看穿了做姨娘的真相：赵姨娘生了一双儿女，那又如何呢？连亲生女儿都嫌弃，教育孩子的权力都没有；周姨娘无儿无女，孤苦一人，活得像是影子，没半点存在感；平儿够周全了，在凤姐生日上还遭主子的双重"茶毒"；袭人低三下四，还在准姨娘的路上奔袭……

因此，鸳鸯对袭人和平儿说："你们自为都有结果了，将来都是做姨娘的。据我看，天下的事未都遂心如意。"这句话背后，又有着"世事无常"的远见。

## 04 一把剪刀震乾坤

邢夫人说合，鸳鸯沉默以对。

平儿、袭人问对策，鸳鸯爽利地搁下一句："我只不去就完了。"不去就是办法，哪有那么多曲曲弯弯？

鸳鸯嫂子去劝，鸳鸯一番痛骂，嫂子无趣，讪讪而退。

贾赦又要鸳鸯哥哥逼迫，碰壁而返。

贾赦怒了，利诱不行，威逼施出："叫她细想，凭她嫁到谁家去，也难出我的手心。除非她死了，或是终身不嫁男人，我就服了她。"

"也难逃出我的手心"，仔细想来，这句话绝不是虚言。在无边的黑暗中，有一双权势的大手翻云覆雨，紧紧捏着鸳鸯的性命。这个卑微的丫头，顶多像是石呆子的二十把扇子，赦老爷说声要，谁不帮他弄了来？

　　贾母代表着贾府的最高权威，但贾赦才是宗法制度下的当家人，毕竟他是贾母的长子，荣国公爵位的继承人。小丫鬟的不肯屈服，对赦老爷是极大的侮辱，真是敬酒不吃吃罚酒！此时的贾赦，恼羞成怒，凶相毕露，歹毒至极，断绝了一个女子所有的生路。

　　那又如何？将去的路，已经算好，当无路可走的时候，出家或者寻死，都可保全女儿的清白。无论你赦老爷多么有权势，在誓死不从面前，都无法夺去一个卑弱女儿的清白。

　　更何况，鸳鸯有着聪明女儿的沉静机智，她和晴雯一样，都是刚烈之人。然而，和晴雯不懂斗争策略相比，鸳鸯更有智慧。

　　鸳鸯假装回心转意，拉着嫂子，跪倒在贾母面前，一边哭，一边说，慷慨陈词。非但如此，鸳鸯还在袖子中藏了一把剪刀，边起誓边铰："若说我不是真心，暂且拿话来支吾，日后再图别的，天地鬼神，日头月亮照着嗓子，从嗓子里头长疔烂了出来，烂化成酱在这里！"

　　何谓浩然正气？何谓宁死不屈？这就是！简单又具体，一把剪刀，站在大厅之上，当众发誓。

　　有胆量！有谋略！刚烈自尊！凛不可犯！一把剪刀震乾坤！

　　鸳鸯的誓够毒，却悲壮得令人心疼，她还是个十六七岁的孩子啊，被逼到如此份上，让人的内心，怎能不涌起莫大的悲哀？

## 05 鸳鸯抗婚何以成功？

鸳鸯抗婚能够成功，在于贾母的深明大义吗？不！

听完鸳鸯的哭诉，贾母气得浑身发抖，但是这个老母亲，第一悲愤的不是儿子的荒淫无耻，而是对自己的算计，"我通共剩了这么一个可靠的人，他们还要来算计！"

至于儿子要娶小老婆之事，贾母轻轻松松地说："他要什么人，我这里有钱，叫他只管一万八千的买去，就只这个丫头不能。"

老太太财大气粗，言外之意是这个丫头我用着好，是我的眼，是我生活中不可或缺的。你爱买谁买谁，爱祸害谁祸害谁，要留下这个丫头伺候我，你们把鸳鸯留给我，就当你们尽孝了。

贾母留下鸳鸯，当然是有私心的，若非鸳鸯服务贾母做到了不可替代的程度，她岂肯会为一个小丫鬟震怒？当贾赦要把迎春许给孙绍祖的时候，老祖宗凭着敏锐的直觉，已经感觉不妥当，但是对于亲孙女可以预见的悲剧命运，贾母并没干涉。也就是说，只要不牵扯自己的利益，贾母乐于做一只鸵鸟，沉醉在大厦将倾前的享乐时光里。

鸳鸯嫁给贾赦是走入一个黑道，难道一直服务着贾母就走到天亮了？鸳鸯是一种鸟，是爱情的象征、代表着生死不离！可是鸳鸯这个姑娘，放出了终身不嫁的誓言，一生的情爱搁置在何处呢？待老太君度过有限残年，路不是又被拦腰截断了吗？

唉，又有什么办法呢？走一步算一步吧。

鸳鸯抗婚的成功，除了贾母和贾赦的私利之争外，最关键在于她孤注一掷的勇气与智慧。

如果鸳鸯能够确信贾母会来保护自己，她完全可以私下里偷偷告诉贾母这件事，让贾母委婉回绝，而鸳鸯为何必弄得人尽皆知，深深地得罪了贾赦和邢夫人呢？

事实上，鸳鸯也不敢肯定贾母能否替她撑腰。像邢夫人就对凤姐说："就是老太太心爱的丫头，这么胡子苍白了又做了官的一个大儿子，要了做房里人，也未必好驳回的。"

讨要鸳鸯，若没有几分把握，邢夫人也不张这个嘴，事情办不成是小，最重要的是大老爷的面子会落地。

所以，小说中有一个细节极其微妙：见到贾母房里聚着不少人，夫人、小姐、亲戚、管事的女仆、七七八八一大群。鸳鸯"喜之不尽"。

"喜之不尽"，为何？

越多的人知道越好！大堂之上，众目睽睽之下，鸳鸯把邢夫人怎么来说，院子里嫂子又如何说，今儿他哥哥又如何说，都哭诉出来："因为不依，方才大老爷索性说我'恋着宝玉'，不然，要等着往外聘，凭我到天上，这一辈子也跳不出他的手心去，终究要报仇。"

这一刻，贾母成了青天大老爷，王夫人等都是观众，鸳鸯等于拦轿诉冤。

看到了吗？这就是贾府，这就是讲究"仁义"的贾府！仗势欺人，霸道横行，强娶民女，断人生路！

这样，鸳鸯就跳出了世俗的价值观外，站到了另外的一个道德制高点——从古到今儒家讲究的"王道仁义"。鸳鸯就是要让在场的每个人都感受到，赦老爷如此逼迫，实在是有失贾府的贵族大家风范。

在鸳鸯的哭诉中，贾母保护弱小的怜悯之心被激发出来了，无论如何，她要为这个小丫鬟撑腰一次，不然，自己的权威置于何处？

此谓鸳鸯之"智"！

说完这一段，鸳鸯又来一句："就是老太太逼着我，我一刀子抹死了，也不能从命！"

此谓鸳鸯之"勇"！鸳鸯实际上是告诉贾母："如果你也不为我做主的话，我就死在你们面前！"这孤注一掷的决心，这破釜沉舟的决绝，逼得贾母已无其他选择。因为一旦鸳鸯自杀，贾母的手上就直接沾染上了鲜血，对于这个可预见的后果，无论如何，贾母也不会让其发生。

鸳鸯的智勇双绝，加上贾母私利的驱动，鸳鸯成功躲过一劫。但是，贾母这座山，是冰山，一个垂暮的老人，存活于世的时光并不多，一旦归西，鸳鸯就再也走不出无边的黑暗了。她还是那么年轻，想逃又无处可逃，想迎头痛击又脆弱无力，当暗夜来袭，想起无望的明天，该是何等的绝望和哀痛啊！

空留一声叹息！

## 06 零落成泥碾作尘

小说后四十回，鸳鸯果真用"还有一死"的办法，走向了人生终点。

贾母死了，鸳鸯的保护伞随风而逝。

她把"那年铰的一绺头发揣在怀里"，追随秦可卿的脚步悬梁自尽。

鸳鸯之死获得了至高无上的赞誉。

邢夫人说："我不料鸳鸯倒有这样志气，快叫人去告诉老爷。"

真是可笑至极！邢夫人难道不知道这事的前因后果吗？难道不知道是谁把鸳鸯逼上无路可走的地步吗？

鸳鸯是一个阳光明媚、自信张扬的女孩子，这样的女孩对生活饱含着热爱，若非被逼上绝路，怎会想不开，轻易结束自己的生命？

贾政嗟叹说："好孩子，不枉老太太疼他一场！"

这又是何等的愚忠思想！难道报答知遇之恩的最好方式就是以身殉主吗？把别人逼上了绝路，还要假装着糊涂，盛赞死亡，何等的残酷又虚伪？

连贾宝玉也为之喜欢，认为鸳鸯死得其所，欢笑起来，这样的宝玉实在是冷冰冰的大石头，混账之至！

鸳鸯的嫂子也喜欢："真真的我们姑娘是个有志气的，有造化的！又得了好名声，又得了好发送。"

盛名与物质的好处都得了，亲人的血迹便模糊了。

宝钗扶着莺儿来了，眼泪簌簌下落："他肯替咱们行孝，咱们也该托托他，好好地替咱们服侍老太太西去，也少尽一点子心哪！"

这话说得更没道理了，凭什么鸳鸯要替你们来行孝？生前做丫鬟伺候老太太还不够吗？死了还要继续做奴婢？

看来，鸳鸯是不得不死。不死，对不起所有"忠义仁孝"之人；死了，反是死得其所。红学家蒋和森先生对此有一句很经典的评价："用奴隶的血来涂饰庙堂上的彩绘，把血腥气化作道德的芳香，这正是一切黑暗统治者的杀人艺术。"

纵观鸳鸯一生，最流光溢彩的部分不在于她节烈殉主，而在于刚烈抗主。她如一盏自由神灯，光照人间，告诉我等凡夫俗子：当人格受到侮辱，当尊严受到侵犯，该如何保全尊严，该如何张扬生命。

小说到了最后，大观园里的女子一个个奔赴黄泉，她们的遭际命运非常相近，然而因为不同的个性和心胸定义了生命的不同价值。

鸳鸯这个丫鬟，不正是如此吗？卑若尘埃，傲骨铮铮，她的存在，让世间多少须眉男子，黯然失色。

# 平儿：灵魂芬芳，源于内心的善良

网上有部走红的书，名字叫做《灵魂有香气的女子》。第一次看到这个书名，我眼前晃过的就是《红楼梦》中的平儿。

平儿灵魂里的香气，源自内心深处的平和善良。身为读者，在穿越时空感受纸墨香的那一刻，我常常为平儿这样的女子心折：她的美丽和破碎，忍耐和坚守，成就了一个女子无可阻挡的魅力。在隐忍中，在妥协中，在挣扎中，在抗争中，她始终平和地微笑着，始终保持着善良的本色，以柔能克刚的力量，散发出馥郁的芬芳，恒久的光芒。

## 01 夹缝生存

平儿是凤姐的陪房丫鬟，贾琏的"通房大丫头"，凤姐的"管家总钥匙"。身为凤姐的"心腹"，平日里，平儿独享了凤姐权势带来的殊荣，在贾府中，有着举足轻重的地位。

然而，一场"变生不测"把平儿打回了原形，暴露了她薄命卑贱

一曲流水红颜窦：红楼梦中的多面人性

的身份，那表面"光鲜"的背后有着多少不为人知的心酸和苦楚！

那天，凤姐过生日，正风光无限，却不曾料到丈夫贾琏正在屋内和鲍二家的偷腥。凤姐回屋，刚好撞见，就贴到窗前偷听。

原来鲍二家的正在骂凤姐是阎王老婆，咒她早死。贾琏跟着说："她死了，再娶一个还这样咋办呢？"鲍二家的出主意道："她死了，你倒是把平儿扶了正，只怕还好些。"

凤姐听了气得浑身乱战，一个骄傲的女人，怎受得了如此侮辱？或许在凤姐这里，男人偷腥倒可忍，不能忍受的是自家男人和下流的女人一起诅咒自己，并且在诅咒中，还掺杂着对其他女人的好评。

于是，这么一个偶然的意外，让平儿成为风箱里的老鼠——两头受气。凤姐气急败坏，回身就打平儿。平儿有冤无处诉，气得干哭，又不敢和凤姐对抗，左右为难中，也和鲍二家的撕打开来。贾琏见状，又上来对平儿踢骂："好娼妇！你也动手打人！"平儿气怯，忙住了手。凤姐见平儿怕贾琏，又赶上来打平儿，急得平儿要找刀子寻死。

贾琏踢，凤姐打，平儿哭得哽咽难止。李纨把平儿拉入大观园进行抚慰，宝玉有了和平儿近距离接触的机会。

宝玉请平儿入了怡红院，先是给平儿赔不是，又命丫鬟舀洗脸水、烧熨斗、再亲自找茉莉花粉、剪花簪鬓，一番周到的服侍之后，宝玉沉思着感慨起平儿的命运：

> 忽又思及贾琏惟知以淫乐悦己，并不知作养脂粉。又思平儿并无父母兄弟姊妹，独自一人，供应贾琏夫妇二人，贾琏之俗，凤姐之威，他竟能周全妥帖，今日还遭荼毒，想来此人薄命，比黛玉犹甚。想到此间，便又伤感起来，不觉洒然泪下。因见袭人等不在房

中，尽力落了几点痛泪。

宝玉的痛泪为何而落？那是因为，他看到了一个女孩的美，她的身上明明有着春花灿烂的喜悦，却生活在冰冷漆黑的世界里。如同一块美玉，跌落在污浊的泥淖中，令人绝望又心碎。这是宝玉对一个底层女子深深的懂得和真切的关怀。

美玉落泥淖，这就是平儿的处境啊！贾琏之俗，凤姐之威，她在夹缝之中艰难生存。然而，她竟能同命运周旋得如此妥帖，凭借的是什么？

## 02. 平和之美

平儿的为人处事，展示着一种平和之美，"增之一分则太长，减之一分则太短"，那恰到好处的火候，在平儿身上体现得淋漓尽致。

平儿能摆正自己的位置。

在凤姐和贾琏夹缝中生存，需要掌握分寸。不能离贾琏太近，不能和凤姐太远。既要和凤姐贴着心，又要帮着二者维持关系，何其难也！贾琏这边，平儿帮掩饰"一绺青丝"的定情之物；凤姐那边，平儿又帮隐瞒"利钱银子"的收入，在离心离德的夫妻之间左右逢源，非人事练达不可。

跟着凤姐做事，必须把捏好一个度。既不能抬高自己，高了，不被凤姐所容；又不能太放低自己，低了，凤姐看不上。所以，虽然平儿偶尔也敢对凤姐摔帘子，大多时候，她都是忠实、平和、乖巧、懂事的。受了天大的委屈，平儿主动给凤姐赔不是："奶奶的千秋，我惹

了奶奶生气，是我该死。"即便摔帘子那次，她也是在用自己的愤怒告诉凤姐，她和贾琏是清白的。

细观一部红楼，不能摆正自己位置的人很多：焦大，沉醉在过去的辉煌里，被塞上满嘴的马粪；赵姨娘，愚昧粗鄙争抢名利，连自己的女儿都嫌弃她；晴雯，一厢情愿地认为怡红院就是自己的家，直到被赶走才悔不当初；葫芦僧，自作聪明地为贾雨村出谋划策，被找了个莫须有的理由发配边疆……摆正位置需要有世事洞明的智慧，尤其是对人心的把握，平儿能够做到"俏也不争春"，实在是一个聪明的女孩子。

平儿能摆平各种事端。

在长满了富贵眼的贾府中生存，单纯凭借善良退让是不够的，需眼观六路、耳听八方、审时度势、精明果决，平衡好各方面的关系。

探春理家，提出开源节流的主张，身为前老板凤姐的秘书，平儿该以什么的姿态面对新上任的领导呢？首先，她不能不夸赞探春的能干，同时，又不能损害自己主子的威望。于是，在赞成探春之外，她总要提一些现实的难处，来显示自己主子思虑周全。

无怪乎宝钗走过来摸着平儿的脸笑说："你张开嘴，我瞧瞧你的牙齿舌头是什么做的。从早起来到这会子，你说了这些话，一套一个样儿，也不奉承三姑娘；也没见你说奶奶才短想不到；也并没有三姑娘说一句，你就说一句是。横竖三姑娘一套说出，你就有一套话进去。总是三姑娘想得到的，你奶奶也想到了，只是必有个不可办的缘故……"

凤姐生病，大观园里的婆子丫鬟勾心斗角，一会玫瑰露，一会茯苓霜，种种是非，曲曲折折，乱成一团。平儿明察暗访，巧施计谋，洗清了柳五儿之冤，顾全了探春的脸面，安抚了玉钏，敲打了彩云，以体谅之心宽容之道，将一团乱麻一一理清，令各方心服口服。

能够摆正自己的位置，摆平事端，并不是一件容易的事，而平儿之所以能做得如此之好，一方面是源于生活阅历，跟着凤姐混江湖，世事洞明皆学问。平儿作为一个聪慧的女子，她看透了人性中的幽暗和贪婪，因此能在狭小的空间里找到一席之地。

另一方面，这也是平儿天性中的智慧，她清澈如泉水，远离心机；她和煦如春风，恬淡自然。她有着一颗平和之心，不争不抢，克服私欲，甘居人下，把"小我"连根拔起，跳脱出争名夺利之外，故能跳脱出无尽的纠缠。也正如此，平儿能够永远保持着不卑不亢的姿态，对上不卑，对下不威。权利在她这里，不是为了玩弄，只是为了做好事情。

李纨曾经调侃说，有个唐僧取经，就有个白马驮他；有个凤丫头，就有你个平儿。这是对平儿的赞誉。确实，平儿是凤姐极好的搭档。凤姐是狂风骤雨，平儿是和风细雨；凤姐是火，平儿是水；凤姐像太阳，平儿如月亮。不平等的位置，却散发出了同样的光彩。

## 03 善良本色

红楼中有一个小细节，我每次翻看都会哑然失笑。还是凤姐捉奸那一回，替贾琏看门的小丫鬟看到凤姐就跑，凤姐起了疑心，一巴掌打得小丫鬟两腮紫涨。

平儿忙劝道："奶奶仔细手疼！"

这就是平儿的善良聪慧，凤姐的刑讯逼供太厉害，平儿同情小丫鬟，又不能在凤姐气头上直劝，只有说，您要保重"凤体"啊。

整部红楼，只要平儿出场，处处见善良。天寒地冻，其他姑娘都穿着猩猩毡、羽缎羽纱的，唯有贫寒的邢岫烟穿着旧毡斗篷，拱肩缩背。平儿留意到了这一点，趁着给袭人衣服的机会，把凤姐的一件大红羽纱顺手送给岫烟姑娘。一方面关怀了岫烟，另一方面又为凤姐博得了宽厚的人设。

刘姥姥进大观园，临走之际，得了满炕的东西，平儿一一地告诉刘姥姥来龙去脉，完了，又悄悄地笑道："这两件袄儿和两条裙子，还有四块包头，一包绒线，可是我送姥姥的。那衣裳虽是旧的，我也没大很穿，你要弃嫌，我就不敢说了。"平儿的话真诚、暖心，情真意切，喜得刘姥姥念了几千句佛，又觉得拿的太多过意不去。这时，平儿又特地吩咐刘姥姥，待到庄稼收获时，把村子里的晒的干菜带来，贾府的人都爱吃。贾府中缺这些东西吗？当然不！平儿以刘姥姥能承担得起的索求，不露痕迹地施舍，若非有一颗善良的体贴之心，安能构建起如此平等温馨的亲友来往关系？

"情掩虾须镯"事件中，平儿明知镯子被怡红院的小丫头坠儿偷去，却没有大张旗鼓地声张。一方面她是体谅宝玉在女儿们身上的良苦用心，另一方面又何尝不是给坠儿一条生路呢？

若说平儿做这些事都是身在其位顺水推舟做的人情，那么尤二姐事件，则无可辩驳地彰显了平儿的善良本色。

尤二姐被凤姐弄入贾府，举目无亲，四顾茫茫，每日吃的都是不堪之物，别人都欺负尤二姐，唯有平儿看不过，自拿出钱给尤二姐弄菜做汤水，被凤姐知道后，骂平儿："人家养猫拿耗子，我的猫只倒咬鸡。"这段日子，是平儿和凤姐关系最疏离的时候。可是她宁可违拗了凤姐，也不愿辜负了自己心中的良善。

难道平儿不知道这么做的后果吗？凤姐可以整死尤二姐，就可以整死身边的丫鬟。在凤姐身边那么久，平儿绝不会像晴雯一样天真地认为大家可以在一起地久天长，她明白人生际遇随时可以起风云骤变，然而她始终坚守着善良的本色。

尤二姐临死的那一夜，平儿悄悄来劝她，边劝边滴泪，后悔把尤二姐的事情告诉了凤姐。漫漫的令人绝望的黑夜里，平儿是尤二姐心头唯一的温暖！

这是第一次，平儿背叛了凤姐。她的背叛，没有任何私心，只因同情，只有物伤其类。眼睁睁地看着一个美丽的柔弱的生命怀着孩子被折磨致死，让人如何不痛惜！

所以她不退缩，不明哲保身，她竭尽所能地想做一些什么。和那些精明的人相比，她身上有着纯真；和那些懦弱的人相比，她身上有着担当。这样的平儿，让人如何不爱怜？

## 04 带有锋芒

张爱玲："因为懂得，所以慈悲。"平儿身上，体现的就是这样的慈悲。她出身底层，孤苦一人，懂得在纷繁的世间，每个人都有自己的不容易，所以善良体贴，还劝凤姐得饶人处且饶人。

在这方面，她和宝玉是知己、是同类人，他们都有一颗慈悲之心，愿意以一己之力担负起世间苦难，心中没有尊卑界限，唯有对真善美的追求。

但是平儿比宝玉理性，比宝玉务实，宝玉的慈悲流于情怀层面，怡红院的丫鬟们被自己母亲赶出去，他屁都不敢放一下。金钏死、晴雯死，宝玉只有悔恨，而悔恨是一种徒然的没有出息的情绪，祭一抔土，洒一洒泪，写写诗词也就过去了。

平儿不一样，她却始终在务实地极尽所能做善事。

尤其难能可贵的是，平儿的善良不是无原则。她既体察生存不易，以宽厚之心待人，还懂得恶之人性不可助长，她的善良，始终带有锋芒。

玫瑰露事件，虽然为了赵姨娘和探春的面子，平儿和宝玉联手隐瞒过去，但对于真正的贼，平儿也要她有畏戒之心，她把彩云和玉钏儿喊过来，说了："现在二奶奶屋里，你问他什么应什么。我心里明知不是他偷的，可怜他害怕都承认。这里宝二爷不过意，要替他认一半。我待要说出来，但只是这做贼的，意思又是和我好的一个姊妹；窝主却是平常，里面又伤着一个好人的体面：因此为难，少不得央求宝二爷应了，大家无事。如今反要问你们两个还是怎样？若从此以后，大家小心存体面，这便求宝二爷应了；若不然，我就回了二奶奶，别冤屈了好人。"

这话里有四重意思：其一，我对案情了如指掌，这是冤假错案；其二，真正的贼是我的好姐妹；其三，现在已经有解决办法，可以平安无事；第四，做贼的还是要自己承认，不要冤枉好人。

果真，听了这段话，彩云红了脸，羞恶之心感发，自觉承认了错误。错而能改，善莫大焉！

平儿这场断案，是教育犯错少年的一个很好范例：训诫中，有对好姐妹的庇护之情，有敢作敢当的公正之理。看来，平儿的"大事化小"绝不是"烂好人""和稀泥"，而是顾全大局，是带着锋芒的善良。

这才是真正的善良啊！以细腻的情感换位思考人生的悲辛，以温和的态度给予他人春风般的温暖，以智慧的做法帮助他人度过生活的艰难。

一曲流水红颜宽：红楼梦中的多面人性

## 05 一路芬芳

平儿，就是这样一个灵魂有香气的女子。像王维《辛夷坞》中的芙蓉花一样，"涧户寂无人，纷纷开且落。"和风甘露中她那样开着，凛冽风雨中她那样站着，她不计较生活应该是怎样，也不抱怨命运的刻薄，更不随波逐流，有一种顺应自然的天然之美。

她如此聪慧善良。看穿了黑暗，内心又充溢光明；看透了人性，又能体贴人性。面对命运，她以一颗平常心对待，如山涧里的飞泉，坦然地接受上升和跌落。面对复杂的人际关系，她以一颗宽厚之心待人，故能跳脱出无尽的纠缠。

任何时候，她的心中都保存着善良，坦坦荡荡，问心无愧。人生到了最后，拼的都是人品，而善良就是最好的人品，只要一直善良下去，就能成为人生的赢家。

平儿不也正是如此吗？

当凤姐死去，巧姐被卖，平儿陪着巧姐躲过了一劫又一劫。贾琏回来，看到平儿，心里感激，眼里流泪，打算将平儿扶正。

于平儿而言，也算是苦尽甘来，贾琏身为纨绔子弟，虽然有诸多坏习气，然而他的本性还算是善良的，在历经磨难之后，相信他也能够辨明人间最珍贵的真情。两个善良的人在一起，彼此温暖，算是最好的结局吧。

上善若水，厚德载物。你若盛开，清风自来！

# 紫鹃：人生得此挚友，足也！

## 01 暖：偏生她和我极好

很喜欢白居易《问刘十九》这首小诗：

> 绿蚁新醅酒，红泥小火炉。
> 晚来天欲雪，能饮一杯无？

雪花纷飞的冬天，暮色苍茫的夜晚，粗拙小巧的火炉朴素温馨，有一种温暖的醉人之感。

每次读起这首诗，我就想起紫鹃在风雪之日为黛玉送去的那个小手炉。

那是紫鹃的第一次出场。在丫鬟雪雁口中，我们知道"紫鹃姐姐怕姑娘冷"，特地让雪雁来送暖手炉。在此之前，紫鹃是贾母的二等丫头，名唤"鹦哥"。

天寒地冻，一个手炉，是紫鹃给黛玉姑娘的温暖。从此，这份温暖一直驻扎在黛玉的心中。紫鹃倾心尽力地服侍她，殚精竭虑地为她谋划幸福，孤寒潇湘馆，紫鹃是她孤寂心灵的唯一慰藉。

宝玉挨打，黛玉立于花阴之下，向怡红院远远张望，看到一行人去探望宝玉，想起有父母的人的好处来，泪珠满面。紫鹃在身后轻轻喊道："姑娘吃药去吧，开水又冷了。"

黛玉抱怨道："你到底要怎么样？只是催，我吃不吃，管你什么相干！"

紫鹃不急不火，依然笑着说："咳嗽的才好了些，又不吃药了。如今虽然是五月里，天气热，到底也该还小心些。大清早起，在这个潮地方站了半日，也该回去歇息歇息了。"

黛玉方觉腿酸，扶着紫鹃，慢慢回潇湘馆了。

知冷知热寻常话，让人如何不泪垂？紫鹃如母亲一般，絮絮叨叨，却潜藏着无微不至的爱。明代作家归有光在《项脊轩志》中回忆自己母亲，"儿寒乎？欲食乎？"也是如此类关怀，尤其是阴阳两隔之后，再回忆起来，情动于中，惟有泪千行！

照顾娇弱敏感、性情孤傲的黛玉并不是很容易的事。黛玉有那么多化不开的愁，那么多流不完的泪，那些雨滴竹叶的漫漫长夜，除了紫鹃，还有谁能陪着她挨过呢？还有谁是她心头永恒的温暖呢？

小说五十七回，紫鹃向宝玉谈及她和黛玉的情感："你知道我并不是林家的人，我也和鸳鸯、袭人是一伙的。偏把我给了林姑娘使，偏生她又和我极好，比她苏州带来的好十倍。一时一刻，我们两个离不开。我如今心里却愁她倘或要去了，我必要跟了她去的。我是合家在这里。我若不去，辜负了我们素日的情肠；若去，又弃了本家。"

"她和我极好"，朴素的几个字，道尽了知己之情。她们相依为命，情同手足，一起分享快乐，一起分担痛苦，黛玉死后，紫鹃决绝出家。

知音难觅、知己难寻。在尊卑关系分明的荣宁二府，能有一个人心疼自己的伤口，呵护美好的情缘，是何等幸福的事啊！从这个角度来看，黛玉是富有的，因为她有紫鹃这个患难与共的好姐妹。

## 02 诤：倒来说我的不是

我们这一生，总会遇到不同的人。有些人，永远说吹捧的好听话，让人辨不清真假；有些人，以挑剔打击他人为乐，彰显自我的高贵。但还有一种人，你做对了，他真心为你欢喜；你做错了，他真诚指出问题。此谓诤友。

紫鹃之于黛玉，便有点类似这种诤友关系。封建社会，等级森严，丫鬟和小姐，本有着不可逾越的横沟，然而紫鹃和黛玉，亦婢亦友。

"金玉良缘"是林妹妹心中的一块心病，偏偏张道士又来提亲，于是宝黛两个小冤家在小说第二十九回上演一场砸玉风波：宝玉砸玉，黛玉剪穗，又哭又吐，闹得天翻地覆。

口角之后，紫鹃看黛玉日夜闷闷，乃劝道："若论前日之事，竟是姑娘太浮躁了些。"

劝人是件艺术活，尤其是劝黛玉这样的姑娘，她敏感孤傲，小性子，劝得不好，无疑是火上浇油。但是聪慧的紫鹃早已看出黛玉心中的懊悔，一针见血地指出黛玉的问题。

黛玉心下暗悔，口中却死不承认，"你倒来替人说我的不是，我怎么浮躁了？"紫鹃说，宝玉素日在姑娘身上很用心了，是姑娘太小心歪派他，才会如此。

爱情这种事，常常是"当局者迷，旁观者清"，黛玉因为心中太在乎，所以醋意太浓，而紫鹃能够站在黛玉立场上，劝谏黛玉，既明事理，又善解人意。

若非懂得黛玉的心意，若非一片真心为姑娘，焉能如此？

这边紫鹃刚说完黛玉的不是，那边宝玉就来叫门了。黛玉听了道："不许开门！"紫鹃又说了黛玉一通不是："姑娘又不是了。这么热天，毒日头底下晒坏了他，如何使得呢。"边说边自作主张地开了门。

若黛玉身边是一个听话的木头丫鬟，真的听黛玉的话不去开门，估计黛玉就更生气了。现实生活中，我们身边有许多这样"嘴硬心软"的"黛玉"，若恋爱对象是一个"钢铁直男"，肯定会被假象所迷惑：这个姑娘，怎么这么矫情多泪呢？幸好宝玉懂得这份痴情，一哄再哄；更幸好紫鹃懂得姑娘心思，把黛玉心心念念的宝玉迎了进来。

在小说第二十六回，也是宝玉来看黛玉，黛玉装睡。身边的婆子走过来对宝玉说："妹妹睡觉呢，等醒了再请来。"结果黛玉翻身坐起来："谁睡觉呢。"紫鹃进来了，宝玉说："紫鹃，把你们的好茶倒碗我吃。"黛玉说："别理他，你先给我舀水去吧。"

夹在宝黛之间，该听谁的呢？紫鹃笑道："他是客，自然先倒了茶来再舀水去。"说着，便去倒茶了。

不得不佩服曹公，一个小丫鬟，在这么一个小小细节里，居然没有变成只会说"是"或"非"的单薄影子，而是在和老婆子不懂黛玉的对比中，显得如此灵慧。

她像是黛玉的一个好朋友，你对了，我欢喜；你错了，我怼你。咱俩谁跟谁呢？果真，她做什么，黛玉都是口上不说，心里暗服的。

红楼女子中，情同好姐妹的不多，像王熙凤和尤氏，都是管家，年龄又相当，平日里两人经常调侃，如同好闺蜜。然而，风雨一来，友谊的小船说翻就翻，姐妹情瞬间变成塑料花情谊。因尤二姐一事，王熙凤大闹宁国府，对着尤氏又啐又哭又骂，把尤氏揉捏得像个面团似的。

再来看紫鹃和黛玉，动真情、吐真言、做诤友，两颗真心相碰，情谊的深厚不能不让人动容，林黛玉临死之前对紫鹃说："妹妹，你是我最知心的，虽是老太太派你服侍我这几年，我拿你就当作我的亲妹妹。"

## 03 侠：一片真心对姑娘

小说《边城》中的翠翠，父母去世，和祖父相依为命。为了翠翠的幸福婚姻，老祖父操心担忧，反复奔走，因为未能满足心愿，在风雨之夜凄凉地死去。

书中老祖父对幼雏细心呵护的舐犊之情非常令人动容。

红楼之中，也有一个姑娘，像老祖父关心翠翠一样，为了黛玉的幸福婚姻，细细筹划，一身孤胆，侠骨热肠，一片真心为姑娘！这个姑娘，就是紫鹃。

故事发生在"慧紫鹃情辞试忙玉"这一回。那日，宝玉到潇湘馆来看黛玉，摸着紫鹃衣服说穿得太单薄了，紫鹃警告宝玉不可动手动脚。宝玉本是孩子心性，但在那一刻，他突然意识到自己长大了，寂寞产生了，魂魄失守地呆坐了五六顿饭工夫。

紫鹃意识到试探宝玉真情的机会到了，她编撰出一套林妹妹要回苏州家去的谎言：

"我们姑娘来时，原是老太太心疼他年小，虽有叔伯，不如亲父母，故此接来住几年。大了该出阁时，自然要送还林家的。终不成林家的女儿在你贾家一世不成！林家虽贫到没饭吃，也是世代书宦之家，断不肯将他家的人丢在亲戚家，落人的耻笑。所以早则明年春天，迟则秋天，这里纵不送去，林家亦必有人来接的。前日夜里姑娘和我说了，叫我告诉你：将从前小时顽的东西，有他送你的，叫你都打点出来还他；他也将你送他的打叠了在那里呢。"

宝玉听了，头顶上如响焦雷一般，一头热汗，满脸紫胀，被晴雯拉倒了怡红院。回去之后，身体发热，眼珠直直，口角流津，竟死了大半个！

一石激起千层浪。袭人满脸急怒地来找紫鹃问罪，黛玉将腹中之药抖肠搜肺地呛出，贾母见了紫鹃，眼内出火，骂道："你这小蹄子，和他说了什么？"然后，拉着紫鹃让宝玉打。得知这病是由紫鹃说要回苏州的玩笑话引出后，贾母又满脸泪痕。

这一切，居然都没让紫鹃停下为黛玉进一步筹划的脚步，在宝玉刚刚转明白的时候，紫鹃又继续试探宝玉："你如今也大了，连亲也定下了，过二三年再娶了亲，你眼里还有谁了。""年里我听见老太太说，要定下琴姑娘呢。不然，那么疼他？"

宝玉恨得牙痒痒，赌咒发誓："活着，咱们一处活着；不活着，咱们一处化灰化烟。"

这一番试探，试出了宝玉的真情！紫鹃终于帮黛玉定下了多情宝二爷的心，也把宝玉对黛玉生死不渝的爱情暴露了出来，荣国府所有人都明白了一件事：宝黛二人是无法拆开的。那些想促成"金玉良缘"的上层领导也开始掂量把二人分开的后果。

然而，谁能为黛玉的婚事做主呢？在贾母"我当有什么要紧大事"避重就轻的话语里，在薛姨妈故意把爱情说成亲情的谎言里，紫鹃已经感受到了当家人的回避，她心里暗暗筹划促成好姻缘的良机。

待到薛姨妈来潇湘馆做客，说笑间谈及把黛玉定给宝玉，紫鹃感到时机来了，忙跑来笑道："姨太太既有这主意，为什么不和太太说去？"薛姨妈呵呵笑着调侃紫鹃："你这丫头急什么，想必催着你姑娘出阁，你早些寻小女婿？"

侠义如紫鹃，不放过任何一个促成宝黛良缘的机会，哪怕"一个丫鬟关心小姐婚事"是不合礼仪的行为，惹来嘲讽；聪慧如紫鹃，她对薛姨妈说"为什么不和太太说去？"说明紫鹃看穿了宝黛爱情受阻的问题所在，不在贾母，而在王夫人。然而，阅世不深的紫鹃又何曾看透薛姨妈的真正心思呢？薛姨妈若真心为黛玉着想，后来就该在太太、老太太前热心撮合啊。

紫鹃这次试探行动，让人又赞又叹！赞这个丫鬟聪敏勇敢、一颗热情侠义之心为小姐！叹那身不由己、被命运左右的无奈！

试探行动的背后，是懂得，是成全。聪慧的紫鹃懂得黛玉的哀愁，更懂得黛玉哀愁的源头，这源头在于对爱情的不确信，对无人做主婚姻大事的忧虑，所以她挺身而出，为之谋划、为之奔走、为之抗争、为之操劳，光明磊落，侠肝义胆，只为成全有情人终成眷属！

在对待宝黛爱情方面，紫鹃比袭人强多了。袭人虽然眼中只有一个宝玉，把宝玉的衣食住行服侍得妥妥贴贴，但是袭人不懂宝玉的内心，尤其不懂宝玉对黛玉的这份痴情。当袭人听到宝玉对黛玉的表白时，她视为不才之事，又惊又畏，后来又主动向王夫人提醒男女之分。而紫鹃恰恰相反，她不仅理解这份爱，更想成全好姻缘。紫鹃是在用心灵感受宝黛的痴情，袭人是用封建礼教判定宝黛的爱情，虽然她们都和自己主子朝夕相处，紫鹃和黛玉成为了知己，袭人和宝玉是熟悉的陌生人。

宝玉病好之后，紫鹃回到黛玉身边，那个晚上，她掏心掏肺地给黛玉说了一段话：

"我倒是一片真心为姑娘。替你愁了这几年了。无父母，无兄弟，谁是知疼着热的人。趁早儿老太太还明白硬朗的时节，作定了大事要紧……公子王孙虽多，那一个不是三房五妾，今儿朝东，明儿朝西。要一个天仙来，也不过三夜五夕，也丢在脖子后头了；甚至于为妾为丫头反目成仇的。若娘家有人有势的，还好些；若是姑娘这样的人，有老太太一日还好，若没了老太太，也只是凭人去欺负了。所以说拿主意要紧。姑娘是个明白人，岂不闻俗语说的'万两黄金容易得，知心一个也难求！'"

能说这话的是知心姐妹，哪里是主子丫鬟？观整个大观园，除了紫鹃，还有谁如此心疼黛玉呢？

## 04 忠：杜鹃啼血守终生

"热闹是别人的，我只有姑娘。"这句话大概可以算成紫鹃在大观园里的生活写照吧。

每一次热气腾腾的聚会，都没有紫鹃的影子。那些丫鬟们斗草簪花的游戏，她从不参与。虽说她和鸳鸯、袭人是一伙的，但也很少互动。她像是潇湘馆中的竹子，孤洁娴静，温柔地守着这方天地，打理着黛玉的日常生活，照料着鹦鹉燕子，无论岁月变迁。

因为这个美丽姑娘的守候，潇湘馆远离是非，独享一片诗意。有时我甚至会想，上天或许是看着黛玉无父无母，太孤苦了，所以才把紫鹃送到她的身边，也算是一种弥补吧。

老太太的爱，为了家族，思虑太多；宝玉的爱，花繁柳密，总没让人安心过；王夫人和薛姨妈的爱，面子工程，流于表面；只有紫鹃的爱，既有忠诚，又有赤诚，还有坦诚，她像是黛玉生活里的一枚月亮，温柔挂在心间，没有耀眼的光芒，却是永恒的牵挂。

可是，任紫鹃如何精心筹划，宝黛良缘，在家族利益面前，终被扼杀。紫鹃帮不了黛玉，也拯救不了自己。

"林黛玉焚稿断痴情"和"薛宝钗出闺成大礼"是合在一回写的，大悲和大喜的叠加，让痛者更痛。那时，黛玉已经病入膏肓，可是一个问的人都没有，睁开眼，只有紫鹃一人。

紫鹃又恨又悲又无助，在外间床上躺着，颜色青黄，闭了眼只管流泪，鼻涕眼泪把褥子弄湿了一大片。

看着最亲爱的姐妹奔赴黄泉，最疼的是紫鹃，最苦的是紫鹃，流泪最多的是紫鹃。及至林之孝家的来让紫鹃陪办喜事，硬生生地顶回去的还是紫鹃，越剧中紫鹃的这段唱词令人心碎：

宝二爷娶亲瞒不了谁，又何必人未断气把命催。

那边是一片喜气人如蚁，聪明能干一大堆。

你要我紫鹃有何用，这锦上添花我不会。

我紫鹃近日里，只愿听这病榻旁边断肠话，绝不捧那洞房宴上的合欢杯。

但等姑娘断了气，该把我粉身碎骨我也不皱眉！

这是紫鹃的控诉、抗争、心酸。为了黛玉，其他主子的命令可以不听，可以不从！

黛玉临终，紫鹃相陪；黛玉死了，紫鹃泪如雨下；黛玉死后，紫鹃把满腔的悲愤转移到宝玉身上，她恨宝玉，冷淡疏远宝玉，这又是在替林妹妹抒发不平之气。

紫鹃的名字是黛玉改的，意谓"杜鹃啼血"，杜鹃的一声声鸣啼，背后是大深情啊。"君埋泉下泥销骨，我寄人间雪满头。"黛玉死后，在绝望中承受痛苦的紫鹃选择了出家为尼之路。

从此，古庙青灯，木鱼声声，繁华三千若梦，弹指刹那芳华。

一曲流水红颜寞：红楼梦中的多面人性

# 香菱：世界太冰冷，诗书慰平生

## 01 孤苦漂泊的童年

整部《红楼梦》中，最让人心疼的女孩子就是香菱。

香菱，原名甄英莲（真应怜），是《红楼梦》中第一回出场的甄士隐的女儿。

甄士隐，真士隐也。爱花、爱酒、爱吟诗，他和妻子封氏年过半百，方有这一个粉妆玉琢的女儿，自是极其疼爱。

然而，英莲四岁那年的元宵节，家中下人霍启（祸起）带她去看花灯。夜中，霍启小解，将英莲放在一家的门槛上，回来时，英莲已经不见了。

一个四岁被拐走的孩子会遭受多少磨难？许多折磨是为人父母不敢想象的。一想起来，就会一夜白了头；一想起来，就无法驻足找寻的脚步；一想起来，就会在长夜里痛哭……因为父母知道，那个被拐走的孩子此生注定劫数重重，每个时间流逝的瞬间她都可能在痛苦的深渊里挣扎。

甄士隐夫妇看女儿一夜未归，四处寻觅，昼夜啼哭，几欲寻死。这个曾经幸福的家庭，因为英莲的失踪，陷入绝境。

接下来，甄士隐唱着《好了歌》，绝离红尘，游走四方；妻子封氏，失女又失夫，孤老终生；英莲自己，如微尘，在打骂中残存，如蓬草，在拐卖中飘零。她能顽强地生存下来，实在是命运的奇迹。

## 02 薄命女偏逢薄命郎

英莲再次出场，已是七八年之后的事了。

这么多年间，不知道这个小女孩经历过多少惨痛，只知道她被拐子打怕了，为求自保，哭着说拐子是自己亲爹。

十二三岁的英莲出脱得极为标致，拐子要把她卖掉。买主叫冯渊（逢冤），父母早亡，家有薄产，忽遇英莲，一见倾心，自此立下誓言，今生今世，只娶这一佳人。命运似乎从乌云的间隙隐隐透过一丝光亮，冯渊的出现，让英莲倾听到了幸福的脚步。

幸福就在咫尺，触手可及。转眼间，乌云蔽日，咫尺变成天涯。

原来拐子为了挣钱，又将英莲转卖给了薛家，也就是薛宝钗的哥哥"呆霸王"薛蟠。拐子拿了两家的钱，意欲卷走银子，逃往他乡。薛蟠岂是好欺的主？他任性尚气，使钱如粪土，收拾了拐子，又喝令下人将冯渊打个稀烂。冯渊被抬回家去，三日之后，人命呜呼。而英莲被薛蟠生拖死拽到了家中。

如一场梦境，"薄命女偏逢薄命郎"很快成了英莲生命里的传说，她被薛蟠抢走后，改名为香菱。

从英莲到香菱，名字演绎着她的命运：莲的质地高洁，这是她的本性。然而一离开莲座，就成为在水中飘零的菱花，沉陷于污泥里。就像梅艳芳唱的那首《女人花》：

> 女人花摇曳在红尘中
> 女人花随风轻轻摆动
> 女人如花花如梦
> ……

相对于"鸳鸯女誓绝鸳鸯偶"，香菱竟连拒绝薛霸王的机会都没有。她这短暂的人生，只能任人摆弄，只能逆来顺受，不如此的话，她早已死过千百回了。

## 03 把往事搁在风里

"陌生人，我也为你祝福"——这个世界上能像海子一样，有这种情怀的人实在太少。

别人尚不说，香菱父亲甄士隐是贾雨村的大恩人。在贾雨村彼时还是穷书生时，甄士隐当场封送其五十两白银并两套冬衣。从刘姥姥口里得知，二十两银子够庄稼人一年的生活费了。甄士隐对贾雨村的这份恩情不可谓不大。

巧的是，冯渊和薛蟠争夺香菱一案，青天大老爷就是贾雨村。这正好是报答恩人的好时机啊！

然而，贾雨村又有了新恩人贾政，"贾史王薛"四大家族彼此联姻，为了抱住贾家这棵大树，为了靠上王子腾的大山，为了能在官场上平步青云，贾雨村泯灭了良知，胡乱断了此案，待案件结束，立刻修书给贾政和王子腾，表白自己在薛蟠一案中的大功。

其实，以贾雨村所处的位置，逢恩人之女，伸手帮助香菱的方法有多种：

若是欲报知遇之恩，拼却乌纱帽不要，也要把香菱送回母亲封氏那里。如此，封氏晚年不孤独，香菱余生不惨痛。

若是舍不得乌纱帽，给香菱一点关怀也好。比如认香菱做义女，叮嘱薛家好生照料。若有他的关爱，香菱后来的命运也不会那么凄惨。

世情凉薄如此，又如何能期待香菱一路上遇到的那些陌生人给她关怀呢？

于香菱而言，苦难如空气，悲惨已经固化成她生命里的一种常态。在这种常态里，她已经不把苦难那么当回事。只有面对飞来横祸的人，才一下子接受不了苦难。

所以，当门子问及香菱的过去时，她哭了，只说："我不记得小时的事。"

她是真的不记得了吗？还是不敢记得？只要你是一个还想拥有明天的人，就要把往事搁在风里。那些难堪的、那些无法释怀的，都是行走途中沉重的压力，唯有放下，才能往前走；唯有放下，才不让自己自伤自叹，自我怜惜。

放下过去，也是放下自己。至少还能不失态不被可怜地活着，一辈子碎碎念，只能变成旁人无所谓的祥林嫂。香菱深知，面对不堪的过去，往事重提有什么意义？

## 04 不成疯便成魔

香菱嫁给了薛蟠做妾。妾，且也；在夹缝中得过且过，苟且偷生。

幸运的是，薛蟠有一个好妹妹薛宝钗。她对薛姨妈说："不如叫菱姐姐和我作伴儿去。我们园里又空，夜长了，我每夜做活，越多一个人，岂不越好？"这是宝钗的善良，她哪里是让香菱帮她做活？宝钗早看透了香菱对大观园的向往，有意成全她的梦。

在这里，香菱度过了一生中最美好的时光。她遇到了良师黛玉。黛玉本身就是一个诗人，又热情，又善于引导，在她的教诲下，香菱痴迷于学诗，在池边、在树下、在山石上，她失魂落魄；有时，蹲在地上抠土；有时，自皱眉头自含笑；有时，梦中喃喃作诗……

纵然苟且是生命的常态，也可以在某一时刻活出诗意。

学诗的岁月成就了香菱刹那年华，帮助她完成了心灵的救赎。宝玉说："我们成日叹说，可惜她这么个人，竟俗了，谁知到底有今日。可见天地至公。"

是啊，天地至公！命运无情，心灵依然可以自我救赎。香菱学诗，不为任何功业，不为讨好任何人，只是为了自我的发现，发现那么珍爱美、珍爱青春、珍爱生活的自己。在琐碎生活中彳亍前行的世人，在心灵荒芜无依之时，在压抑彷徨孤独之夜，读几本书，看几首诗，获得的慰藉大概就是沙漠里的甘泉。

香菱性格的主旋律是傻，但是"傻"女孩同样有一颗敏锐的心，"傻"只是敏感的一种掩饰。跟黛玉交流学诗感受时，她谈及自己对王维"大漠孤烟直，长河落日圆"这两句诗的感触：念在嘴里，倒像有几千斤重的一个橄榄……我们那年上京来，那日下晚便湾（挽）住船，岸上又没有人，只有几棵树，远远的几家人家做晚饭，那个烟竟是碧青，连云直上。

这品诗，极有高度，又形象又生动，更重要的是，融入了自己的经历和对生活的感悟，若没有一颗敏感的心，断然看不出诗中境界的。

敏感的背后是心灵的律动，不麻木，不苟且，追求美好，这是香菱惹人疼爱的原因。

一曲流水红颜寞：红楼梦中的多面人性

## 05 妒花风雨便相催

"寿怡红群芳开夜宴"那一回，每个女子掣了一根象征命运的诗签，轮到香菱，她掣了一根并蒂花，这和"英莲"名字中的"莲"字相映，并蒂莲花是花中珍品，集莲荷之精华于一身，如同香菱的绝世容颜和才华。

诗签上写着"连理枝头花正开"，这句诗的寓意特别美好，让人很难联想到香菱悲惨的命运上去。莫非香菱苦尽甘来，人生又有了新的开始？

不是的！曹公在这里给我们玩了一个文字游戏。"连理枝头花正开"这句诗出自宋词女词人朱淑真的《落花》一诗，诗的下句是"妒花风雨便相催"，这是香菱的命运之劫啊！风雨也嫉妒花的美好，催之枯萎，很快，香菱就落了个"水涸泥干，莲枯藕败"的处境。

一个女性的幸福与否，和遇到什么样的男人密切相关。香菱的男人薛蟠，就是香菱悲惨命运的重要推手。从冯渊手中抢夺这个女孩，夺走了香菱第一次转变命运的机会；"游艺"归来，又带回来了香菱命里的"凶神恶煞"！

"自从两地生孤木，致使香魂返故乡。"两地加上木，就是"桂"字，薛蟠在外游混期间，中意了一个叫夏金桂的女子，谁曾料到这夏家小姐不是善良之辈，外具花柳之姿，内秉风雷之性，爱自己尊若菩萨，窥他人秒若粪土。

可叹的是香菱盼望着"奶奶"过门比薛蟠还急十倍，她充满热望、充满期待、希望来一个有才有貌的佳人加入诗会，同时帮她收拾一下薛蟠。

宋代苏轼说过"眼前见天下无一不好人"，这句话也可以放在香菱身上。她太单纯善良，所有人在她眼中都是好人，在大观园那么久，尤二姐是怎么死的，香菱没看到吗？宝姐姐为什么搬出大观园，香菱没思考过吗？被保护得那么好的贾宝玉都意识到大观园不是世外桃源了，身世坎坷历尽悲辛的香菱就无感吗？

也可能这些她都想到了，但就像她对往事的忘却一样，她对人性的丑陋同样是一种回避的态度，她自欺欺人地幻想着能遇到的都是好人，都像宝姐姐林妹妹一样是人间仙女，她不愿意把人性往丑陋处想，也不愿意相信自己命运就那么惨，可是，越是逃避的，越就发生了，她的美好幻想终是抵不过悲惨现实。

嫉妒如毒蛇，磨牙吮血，向香菱扑来。过了门的太太夏金桂看香菱才貌俱全，便有了"卧榻之侧岂容他人鼾睡"之心，她在生活和精神上虐待香菱，又设计让香菱撞散了薛蟠与丫鬟宝蟾的云雨之事，唆使薛蟠踢打香菱，最终致使香菱酿成干血之症。八十回后不久，应该就是"香魂返故乡"之时。

## 06 悲剧生命的光芒

作为《红楼梦》中第一个出场的女性，香菱的命运曾被那癞头和尚预言过：

惯养娇生笑你痴，菱花空对雪澌澌。

好防佳节元宵后，便是烟消火灭时。

这是命运的暗示，一切都无可抵挡。

那么，曹公是不是在告诉我们：人类的一切挣扎都是徒劳的，毫无意义的呢？

当然不是。曹公的重点不在于写大惨痛，而在于传达在人力和命运的较量中，人类是如何面对命运浮沉的。

神话里的西西弗斯要永无止境地把滚石推上山顶，这是诸神认为最严厉的惩罚——让生命在绝望中消耗殆尽。

但是西西弗斯在孤独、荒诞、绝望中发现巨石碰撞时的力量和美感，在这一美妙的发现中，他挣脱了命运，在神面前展示了不屈的尊严。

回看香菱这个女孩子，在注定的命运面前她的心灵并没有死亡。现实越冷酷，她越向往温暖。大观园就是她心中的温暖，诗歌帮助她完成了救赎。那是一个迥异于现实的世界，姐妹们的关爱，文字里的悲欢，让她在现实里承受的悲苦得以释放。若没诗歌，她还必须在现实的泥淖里摸打滚爬。

和黛玉一起学诗的时光，该是香菱一生中最美的岁月。她茶饭无思、坐卧不定、挖心搜胆、耳不旁听、目不别视，成了众人眼中的诗魔。

不成疯便成魔是一种多么美好的境界啊。

虽然香菱这一生如此凄惨，但是，像出淤泥而不染的荷花一样，香菱身处污浊而追求美好，永远保持着对美、对诗歌、对生活的热爱，这份独立的精神世界，这种高邈的人生情怀，让一个悲剧生命熠熠闪光。

不必感伤！古罗马哲学家塞涅卡曾说："何必为部分生活而哭泣？君不见全部人生都催人泪下。"

第二辑　情天情海幻情深

# 尤二姐：梦里不知身是客，一晌贪欢

## 01 随波逐流

身若浮萍的人最容易随波逐流。

红楼梦里的尤二姐就是闭着眼睛走路的人。因为父亲早亡，她随母改嫁，靠继父度日，没想到继父又死了，只能依附于与自己没有任何血缘关系的姐姐尤氏生存。

在贾家，尤氏是一个尴尬的存在。她是靠填房升上去的，并不是贾蓉的生母。她的出身，她的平庸，让贾府里一双双富贵眼自上而下地打量她：凤姐是从不把她放在眼里的，惜春也敢当众羞辱她，一群丫鬟老妈子对她不以为然。

对于自己的丈夫贾珍，尤氏倒显出极大的宽宏大量，放任贾珍寻欢作乐，淫荡不堪。贾珍的淫乱，到了连下人都看不下去的程度，甚至连儿媳秦可卿都没放过，用柳湘莲的话说："你们东府里，除了那两个石头狮子干净，只怕连猫儿狗儿都不干净。"

尤氏对于贾珍唯一一次消极的抵抗，就是秦可卿死了之后称病不出，以避免贾珍兴师动众大肆操办儿媳的葬礼带给她羞辱。

如此环境里，尤氏这个姐姐怎能保护好两个如花妹妹？

贾珍这个色狼，又怎能放过两个金玉一样的尤物？

或许是为了生计，尤老娘并没有珍爱这一对女儿的心思。相反，她似乎心甘情愿以牺牲女儿的色相来换取短暂的安逸。也或许，这就是她的生存法则。

于是在姐姐的默许下，在尤老娘的放任下，在贾珍的引诱下，温柔美丽的尤二姐顺水推舟，和贾珍父子有了那层说不清道不明的关系。

然而，"她那时还太年轻，不知道所有命运赠送的礼物，早已在暗中标好了价格。"作家茨威格在《断头皇后》中的这句话，也可作为对尤二姐命运的叹息。随着宁国府的贾敬偷服丹药而死，尤二姐开始卷入一场灭顶之灾。

那一日，贾蓉和贾珍在星夜奔丧的路上，贾蓉听说两个姨娘来家了，和贾珍相视一笑。这一笑，醉翁之意尽在其中了。贾珍连说几声"妥当"，加鞭快走，店也不投，换马飞驰。到了家，贾蓉和两个姨娘肆意调笑，笑嘻嘻地对尤二姐说："二姨娘，你又来了，我们父亲正想你呢。"尤二姐顺手拿个熨斗来打，贾蓉抱着头滚到怀里告饶，尤二姐嚼了砂仁渣子吐贾蓉一脸，贾蓉反用舌头舔着吃了。种种不堪，连丫鬟都看不下去来劝说贾蓉，结果贾蓉抱着丫鬟亲嘴。

在贾蓉如此露骨轻薄的调笑间，我们可以看出，尤氏姐妹花早已成为贾珍父子手心里的玩物，在那样的男权社会，踏出这一步，已步入万劫不复。

那时的尤二姐尚在年少，美丽是原罪，自有贾珍之流诱惑她；出身是宿命，穷人家的姑娘想入豪门，难以登天；懦弱是本性，命运牵着软弱的她正一步步走向深渊。

对于堕落，尤二姐如梦中人，浑然不觉。

## 02 不问归路

直到遇上贾琏，尤二姐一头扎了进去，不问是劫还是缘。

她本就温柔贤惠，多年来寄人篱下，漂泊流离，只求一份安定，一个家的温暖。如同一只飞来飞去的蝴蝶，她心甘情愿抛弃那些荒唐岁月里的花花草草，洗尽铅华，金盆洗手，回到一个贤妻良母的路子上来。

贾琏向她伸出了接纳的怀抱。平心而论，贾府中除了宝玉怜香惜玉外，贾琏还算是一个有温度有良知的纨绔子弟。当贾赦逼着他去找石呆子要扇子时，贾琏始终不愿意巧取豪夺。当凤姐的陪房旺儿家的儿子看中王夫人的丫鬟彩霞，强行求婚时，贾琏气愤地斥责旺儿儿子的胡作非为，并劝凤姐不要管闲事，白糟蹋了人家女儿。

贾琏对尤二姐也是真心实意的，尽管是这份爱是从肉欲的艳羡开始。

却说贾琏素日既闻尤氏姐妹之名，恨无缘得见。近因贾敬停灵在家，每日与二姐三姐相认已熟，不禁动了垂涎之意。况知与贾珍、贾蓉等素有聚麀之诮，因而乘机百般撩拨，眉目传情。那三姐却只是淡淡相对，只有二姐也十分有意。但只是眼目众多，无从下手。贾琏又怕贾珍吃醋，不敢轻动，只好二人心领神会而已。

豪门少爷，对于女人，有着招之即来的魅力和手段，然而，在妻子王熙凤这里，贾琏很难找到存在感，"凤辣子"有风情万种的一面，更有阴狠毒辣的一面，她的瞬息万变，让公子哥贾琏不知所措。在能干强势的女人面前，贾琏从来都是低了一头的，自卑和怯懦是挥之不去的阴影。因为不能和凤姐旗鼓相当，贾琏与王熙凤这桩门当户对的婚姻发生了错位，他在放纵声色中去寻求心理的慰藉和满足。

尤二姐看到了贾琏的温情，却没看到贾琏的软弱。她以为找到了贾琏，就找到了一生一世的依靠。

贾琏对尤二姐百般撩拨，柔情蜜意，很快俘虏了尤二姐的心。在豪门寄居的尤二姐，见识了锦衣玉食，怎甘心退回寒门生活？她宁可做贾琏的小妾，也不愿意做贫寒人家张华的妻。更何况，和尤二姐指腹为婚的张华是终日嫖赌，极不成器之人，怎抵得上眼前玉树临风的贾二爷？

贾琏在荣宁二府后面买了一所房子，开始了"金屋藏娇"的生活。他把自己多年的私房钱，一并搬给尤二姐收着，又将凤姐素日之为人行事，枕边衾内尽情告诉了尤二姐。只等凤姐一死，便接她进去。

对于自己的过去，尤二姐深以为耻："我虽标致，却无品行。"偏贾琏说："你且放心，我不是那拈酸吃醋之辈。前事我已尽知，你也不必惊慌。"又说："谁人无错？知错必改就好。"这有情有义的话即使放到今天，在男性世界里也是难能可贵的。尤二姐深为感动，和贾琏发誓："我生是你的人，死是你的鬼，如今既做了夫妻，我终身靠你……"

两人如胶似漆，似水如鱼，一心一意，誓同生死。有那么一刻，他们的爱从肉身抵达到了灵魂。两人都像是漂泊已久的人找到了家的感觉。贾琏在二姐的温顺体贴里，不仅找回了男性的尊严，甚至找回了母性的温暖。这个爹不疼、娘不爱、妻子强势的男人躲在温柔乡里，甘之如饴。他是真心不在乎她的过去，只贪恋此刻的温柔。

若是一生一世就这样过下去也是可以的，偏偏欲望生出了枝枝丫丫，女人想要一个名分，男人守不住一份长情。

一曲流水红颜寞：红楼梦中的多面人性

## 03 侯门似海

尤二姐痴痴地对明天抱着渺茫的希望，她像是一个梦中人，总感觉四周一片平和，不愿直面兵荒马乱的冷酷现实。

她说要去见凤姐，兴儿告诉她："奶奶千万不要去。我告诉奶奶，一辈子别见她才好。嘴甜心苦，两面三刀，上头一脸笑，脚下使绊子；明是一盆火，暗是一把刀。"

尤二姐笑道："我只以礼待她，她敢怎么样？"

好像礼数是"芝麻开门"的万能密码，一切困难都能迎刃而解。尤二姐不知道，凤姐比她礼数还周全呢！豪门走出来的大家闺秀，哪一种礼数她不知晓？礼数是凤姐手里的屠龙刀，她是借此杀人的。

那一日，凤姐趁着贾琏外出办事，一身素颜来见尤二姐。她头上素白银器，身上月白缎袄，青缎披风，白绫素裙。此身打扮，和当初彩绣辉煌，恍若神仙妃子的凤姐判若两人！面对尤二姐，凤姐放下姿态，下座行礼，呜呜咽咽哭诉道："我今来求姐姐进去和我一样同居同处，同分同例，同侍公婆，同谏丈夫。喜则同喜，悲则同悲，情似姐妹，和比骨肉。……若姐姐不随奴去，奴亦情愿在此相陪。奴愿做妹子，每日服侍姐姐梳头洗面。只求姐姐在二爷跟前替我好言方便方便，容我一席之地安身，奴死也愿意。"

这是凤姐的日常姿态和语言吗？当然不是。事出反常必有妖，一个女人，怀着嫉妒、仇恨，对眼前的女人恨之入骨，偏偏冷静到了极点，甘心把自己放在最低的位置，其心机不可谓不深。更何况，凤姐早做好了打一场硬仗的准备，剑不出手便罢，一旦出手，必将封喉。

果真，凤姐这一番哭诉，立刻骗取了尤二姐的信任。这个涉世未深的女子，以己度人，天真地认为她和凤姐之间真的可以同居同处，情同姐妹，和比骨肉。她把凤姐当做极好的人，倾心吐胆，认为知己。

接下来，凤姐顺水推舟提及让二姐随自己搬回贾府中。此刻，若是尤三姐站在眼前，一把宝剑拦住姐姐赴死之路，命运或许还有翻盘的可能。

遗憾的是，唯一可能和凤姐对抗的尤三姐走了。此时的尤二姐，渴望谋求一个名分，这是她的七寸，因此前面就是刀山火海也阻止不了她此刻的义无反顾，却不曾想，跨出这一步，再回首已是阴阳两世了。

入了贾府的尤二姐等于被囚禁了起来：凤姐软禁她，用秋桐来"借刀杀人"；秋桐羞辱她，说她是"先奸后娶没汉子要的娼妇"；下人轻视她，端的饭菜皆是不堪之物；贾母被挑拨，说她是"争风吃醋的贱骨头"；众人践踏她，弄得她要死不能，要生不得。

在尤二姐被折磨的这段日子里，贾琏在做些什么呢？

他正在同秋桐如胶似漆。秋桐，老爹贾赦的丫鬟，素来与贾琏有旧，是他觊觎的猎物，如今烈火干柴，哪里分得开？十七岁的年轻女子，无知狂妄，仗着贾琏对她肉体的贪恋，伸出锋利的爪子，作践起尤二姐毫不留情，她那些上不了台面的污言秽语，从精神上彻底击垮了尤二姐。

贾琏心中，哪里还有尤二姐的位置？

## 04 红颜薄命

尤二姐的悲剧，自己要负主要责任。她短暂的一生，都是随波逐流，蒙着眼走路。

她没意识到自己暗度陈仓带给凤姐的伤害，更不清楚自己和凤姐之间是你死我活的情敌关系，她活在共享一夫的美梦幻想里，单纯软弱如不闻世事的山间小白兔。

她不仅不能睁大眼睛看清凤姐，也看不清贾琏——这个她以为能给她一生安稳的男人，只不过是懦弱、贪心的芸芸众生。

贾琏终不能长情。眠花宿柳是他的本性、朝秦暮楚是他的欲望，他的身边已经有了妖冶刺人的红玫瑰，也得了温柔动人的白玫瑰，他还眼巴眼望地盯着路边的花花草草。他爹贾赦赐了他一个不入流的丫鬟秋桐，素质极低，他来者不拒。这个对尤二姐没有做道德要求的男人，对自己道德要求更低，但凡是女人，都入得了他的眼，对他爹的那些姬妾丫鬟，他常怀不轨之心。

看到王熙凤能容下尤二姐和秋桐，这个男人还暗自得意。他一厢情愿地认为，几个女人同时爱着他，还能赤诚相待，多么好的事啊。存在感在女人们珠环玉绕中轻而易举地实现了。

他从没真正懂得身边的女人。

王熙凤和他生活时间最长，他只知道怕和躲。他还没有真正看清自己女人的手段，在这方面，连兴儿都比他强。自从得知尤二姐的存在，凤姐的心中就扎着一根刺；秋桐来了，又多了一根刺。纵然借刀杀人，王熙凤拔掉了这两根刺，但拔刺的过程焉能不痛？贾琏在尤二姐死后暗下决心为尤二姐报仇，他此时算是明白了凤姐的狠，但还是没看到她心中的痛。更看不到这痛源于爱，还有对自己婚姻的保卫。

尤二姐要的安全感他更是不能给予。自入荣国府，尤二姐的哪一步不是步步惊心？且不提凤姐的借刀杀人，贾琏自己又何曾做些什么来保护尤二姐呢？看到秋桐，他立刻把目光投向了更年轻的身体。

尤二姐不肯醒来，不肯睁大眼睛看周围，周围的人吃定了她的软弱，都欺凌她。凤姐紧逼、秋桐羞辱、下人轻视、物质上难以为继，她依旧忍辱残存。

直至尤三姐的魂魄走到她的梦里，她还是不肯放手一搏。

尤三姐说："姐姐！你一生为人心痴意软，终吃了这亏。休信那妒妇花言巧语，外作贤良，内藏奸狡。她发狠定要弄你一死方罢……你依我将此剑斩了那妒妇，一同归至警幻案下，听其发落。"

尤二姐泣道："妹妹……何必又生杀戮之冤？随我去忍耐。若天见怜，使我好了，岂不两全？"

此时，尤二姐还寄希望于天怜她。待到庸医用虎狼之药毒死胎中成形男孩之时，尤二姐终于绝望了。她放弃了无望忍耐的姿态，吞金而逝。

都说性格决定命运，尤二姐借用凄惨一生为这句话做了最好的注脚。

## 尤三姐：春梦酒醒，花落人亡

红楼中的尤三姐出场次数不多，却是一个光彩夺目的角色。尤其是她赴死时的决绝和刚烈，令人为之叹息，为之流泪。

那一日，柳湘莲来退亲，尤三姐摘下鸳鸯剑，泪如雨下，走出屋外。她左手将剑鞘送于柳湘莲，右手回肘往项上一横。可怜："揉碎桃花红满地，玉山倾倒难再扶。"如桃花一样美丽娇艳，血溅满地；如玉山一样高洁刚强，倾倒难扶。一代风华就此香消玉殒⋯⋯

少时读至此处，常常为尤三姐的痴情所感动，该有多深的爱，值得以死明志呢！长大后，回看尤三姐的故事，发现"殉情"两个字太过单薄，与其说她是死于痴情，不如说她是死于无路可走的绝望。

一场春梦酒醒时，花落人亡两茫茫！让我们逆流而上，回看尤三姐的起伏一生。

## 01 寒门女子，梦中贪欢

美丽又出身寒门的尤三姐被贾珍之流诱惑简直是不可避免的宿命。

父亲早逝，姐妹花随母改嫁。继父再逝，幸而姐姐尤氏攀上了豪门，借贾珍的接济才赖以度日。值得一提的是，尤氏和这娘仁没有任何血缘关系。尤老娘并非尤氏的亲生母亲，她是带着尤二姐、尤三姐嫁到尤家的。

贾府常打着怜老恤弱关爱穷人的口号，但能否落到实处，要看心情和机缘，比如刘姥姥丢下了脸面抖足了笑料才得到了赏银。一向不把尤氏放在眼里的贾珍何以如此照顾尤家？唯一的解释就是一对尤物姐妹花的缘故。

至于尤三姐是否失身之事，不同版本差别很大。从学术界公认的比较接近原稿的庚辰本来看，失身应该是板上钉钉的。且看原文：

> 当下四人一处吃酒。尤二姐知局，便邀他母亲说："我怪怕的，妈同我到那边走走来。"尤老也会意，便真个同她出来，只剩小丫头们。贾珍便和三姐挨肩擦脸，百般轻薄起来。小丫头子们看不过，也都躲了出去，凭他两个自在取乐，不知做些什么勾当。

这是第六十五回的故事，贾珍趁贾琏不在家，来花枝巷找尤氏姐妹。为了给贾珍、尤三姐方便，尤二姐带着老娘出去，为他们腾地方作乐。

同在这一回，尤三姐还劝姐姐："姐姐糊涂。咱们金玉一般的人，白叫这两个现世宝沾污了去，也算无能。"尤三姐死后，给二姐托梦时又说：“你我生前淫奔不才，使人家丧伦败行，故有此报。”

当然，也有人认为尤三姐不可能和贾珍有染，作家白先勇先生在《细说红楼梦》一书中谈到：“尤三姐绝对不可能跟贾珍先有染，有染以后，她后来怎么硬得起来，她怎么敢臭骂贾珍、贾琏他们两个人？自己已经先失足了，有什么立场再骂？”白先生认为人物性格要有一致性，刚烈的女子尤三姐不可能被贾珍玷污的。

但是，依我看来，这是在掩耳盗铃。在男性视角下，尤三姐应该是一朵出淤泥而不染的白莲花。可是人性是立体多面的啊，好姑娘被渣男坑骗的版本多了去了，面对贾珍的诱惑，尤三姐极有可能随波逐流，甚至主动迎击。

一曲流水红颜寞：红楼梦中的多面人性

贾珍是贾府中第一荒淫无耻之人，连他的酒肉哥们薛蟠都知道：“贾珍等是在女人身上做功夫的”，进而怕妹妹宝钗被其瞧见，怕小妾香菱被其轻薄，可以想象，贾珍如何肯放过这一对尤物姐妹花？美丽的尤氏姐妹早是贾珍诱饵上的两条美人鱼。

出身寒门的姑娘最容易受诱惑。她没见过这五光十色的花花世界，声色是难以抗拒的欲望。且不要说是虚荣使然，想一想刘姥姥初进大观园时受到的冲击力，就知道“白玉为堂金做马”的豪门对穷人家的孩子是多大的诱惑。男人被诱惑是野心，女人被诱惑就是虚荣了。

那时，贾珍是世袭三品爵威烈将军，这身份让他带自带光环。贾珍年龄介于三十到四十之间，正是一个男人金子般的年华。寒门女子第一次看到这么“光芒四射”的人，或低眉、或仰视，年少不知深浅啊！

尤二姐最先沦陷。她和贾珍、贾蓉、贾琏都有染，自认是无行之人。尤小妹并没有得到特殊呵护，老娘贪婪，姐姐软弱，在污浊的环境里，幼小的她在没有辨别力的情况下，只能随波逐流。

尤氏姐妹血脉相连，父亲早逝，流离失所的生活必将让这对姐妹的感情异常亲密。从尤三姐的眼里去看姐姐和贾珍父子的调情，就像青蛇去看白蛇和许仙的感情一样，不一定是爱，但难免会生出一点好奇，加之尤老娘的默许，女人天性里对刺激的向往就会被激发出来。

我在看电影《这个杀手不太冷》的时候，一下子被那个十二岁的妖冶的小女孩玛蒂尔达镇住了。那稚嫩的年龄和令人迷惑的魅力真是令我辈叹为观止。可是，思考一下，如果马蒂达遇到的不是里昂这样孩子气的情感笨拙的杀手，而是一个行走江湖阅人无数的老男人，她能得到那样的呵护吗？连幼女都侵犯的男人世界里，总是有恶之花开放的。

尤氏姐妹遇到的就是恶。

小女孩终有长大的时候。当有一天她意识到发生过什么的时候，立刻会对这个诱惑他的男人产生厌恶，同时痛恨那个经不住诱惑的自己。

人最怕的是梦醒了以后无路可走。

尤三姐唯一的资本是姿色。所以，她要借此报复。

## 02 放荡形骸，饮鸩止渴

很少有女人玩弄风月能像尤三姐一样老辣无畏。用曹公的话说："竟真是他嫖了男人，并非男人淫了他。"请看她：

> 松松挽着头发，大红袄子半掩半开，露着葱绿抹胸，一痕雪脯。底下绿裤红鞋，一对金莲或翘或并，没半刻斯文。

贾珍早看得酥软了，在他眼里，所见过的所有女子皆没有像尤三姐这样绰约风姿者。

尤三姐自己拿起酒壶斟了一杯，然后搂着贾琏的脖子就来灌。风

月场上游戏半生的贾珍、贾琏兄弟，面对如此"坦荡"的尤三姐，口中一句响亮话也没了，任由尤三姐嘲笑取乐。

因此，风情万种的尤三姐"做出许多万人不及的淫情浪态来，哄的男子们垂涎落魄，欲近不能，欲远不舍，迷离颠倒，她以为乐"。

这段文字写尽了一个女人的风流潇洒，风情万种。贾珍、贾琏、贾蓉这几个男人实在是太不堪了。除了一点雄性资本和出生豪门与生俱来的优势之外，看不到有任何出色之处。他们无耻、下作、庸俗，眼中只有色情，内在的生命猥琐又虚弱。在尤三姐这个英姿飒爽的女性面前，他们只有自卑怯弱，无一点男人的阳刚之气。

玩弄风情，也要旗鼓相当啊。

仔细透过文字的背后，你会看到这个女子是不快乐的。她的放纵里有着显而易见的桎梏、紧张、不甘、悲伤，所以才以如此偏执的方式来舒缓心中的抑郁。她作践了男人，岂不也弄脏了自己？

看似是豪爽放荡，其实心里早已是千疮百孔。

午夜难眠的时刻，前尘往事袭上心头，随着心绪的千回万转，难免失魂落魄。尤三姐一定无数次地审视自己：那个沉沦的自己、堕落的自己、流落风尘的自己、破坏人伦的自己。

愈审视，愈悲伤。她背负着沉重的过去，不知道如何过好今天，更清醒地预感到没有明天。

愈悲伤，愈不甘。自己也是金玉之身啊，不能白让这两个无耻之人玷污了去。所以她要报复，她万人不及的风情背后，实则是想在精神上战胜那些觊觎她美丽肉体的丑陋灵魂。

她已经输了过去，无耻的男人们羞辱了她，玩弄了她，她很想扳回一局。她想骄傲地宣告：我们女人，不是任由你们摆布的。所以，她"天天挑拣穿吃，打了银的，又要金的；有了珠子，又要宝石；吃着肥鹅，又宰肥鸭。或不称心，连桌一推；衣裳不如意，不论绫缎新整，便用剪刀剪碎，撕一条，骂一句"。她用饮鸩止渴的方式来暂时获取精神上的优越感，然而无论如何，她终是落败的。

从出生那一刻起，他们的性别、地位便决定了人生的巨大落差。贾珍之流，身后站着巨大的男权社会，那是一张天罗地网，即使是修炼千年的白娘子也能被镇到雷峰塔下，何况一个孤军奋战的尤三姐？

她逃不出，也斗不过他们。


### 03 痴情守候，终成幻影

中国有句古话，叫做"浪子回头金不换"，可是，若是女子回头呢？哪怕是彻彻底底，也很难得到原谅。

尤二姐嫁给贾琏后，尤三姐有了改过自新的念头，她对姐姐说："妹子不是那愚人，也不用絮絮叨叨提那从前丑事，我已尽知，说也无益。既如今姐姐也得了好处安身，妈也有了安身之处，我也要自寻归结去，方是正理。"

此时的尤三姐，一方面想忘记，与沉沦的自己握手言和；另一方面想新生，找到现世的安稳。谁能带给自己幸福呢？尤三姐去寻觅生命中温暖的瞬间。

暗夜里，一个名字浮上心头——柳湘莲。

五年前，他是舞台上的角，她是台下的观众。他风流倜傥，眉眼间透着侠客风流。尤三姐果真是好眼力，柳湘莲是红楼当中难得的好男人，他豪爽高洁，行侠仗义，颇像武侠小说里的独行剑客。可是，他们仅有一面之缘，如何找到萍踪浪迹的他呢？这份若有若无的爱情，实现的机会实在渺茫！

但是，尤三姐非常倔强，若是柳湘莲不来，她就准备吃斋念佛自虐地过一生，在无望的等待里坚守自持。

她说到做到，一个豪爽的人连转身都不拖泥带水的。

尤三姐和柳湘莲该是绝配。既懂万种风情又能痴心一片的情人最妙不可言。如果尤三姐能和柳湘莲走在一起，定会掀起一场轰轰烈烈雷雨一样的爱情风暴。

然而，一切都是一场梦。柳湘莲固然是好的，但怎知尤三姐的这份痴心？

曹公画了一轮月，一开始爱情的走向朝着皎洁的方向走。贾琏路上偶遇上了柳湘莲，说成了这场婚事，还拿回了定情宝剑。没想到，那是树上的一轮月，水中的一轮月，终成幻影。

这场情劫本就是从尤三姐的一见钟情开始的，柳湘莲并不知晓。他只是恰好需要一个妻子，并且像选美一样，点明了要绝色的。就好像在生活中，一个女子问一个男人："想找什么样妻子共度一生？"男人说："长得漂亮就行。"这回答，实则信不得。长得漂亮只是条件之一，更重要的标准，男人们怎么会摆到桌面上来说呢？就像柳湘莲，讲明了要绝色的，到了最后，读者才发现被他骗了，他比看重外表更看重的是德行，是清名。

柳湘莲不像贾琏，自己的道德底线低，对女人失贞也不在意。贾琏娶了贾珍、贾蓉玩过的尤二姐还视之为宝，真心不设双重标准。

柳湘莲呢？自己可以眠花卧柳，女人却必须守身如玉，保全贞操节守。这个道德感很强的人，越是面对婚姻，越是认真，越是对要成为自己妻子的女人要求苛刻。

可能柳湘莲也有点不自信，既然是绝色女子，好事如何落到他的头上？天上掉下的馅饼极可能是陷阱，他专门来到贾府，向好友贾宝玉求证。

宝玉笑道："大喜，大喜。难得这个标致人，果然是个古今绝色，

一曲流水红颜寞：红楼梦中的多面人性

堪配你之为人。"柳湘莲不信，问宝玉怎么知道对方漂亮，宝玉道："她是珍大嫂子的继母带来的两位小姨，我在那里和她们混了一个月，怎么不知？真真一对尤物。可巧她又姓尤。"

贾宝玉实在没有意识到这背后的严重性，他补充的信息越多，越让柳湘莲有受骗感。当柳湘莲说出那经典的一段话时，宝玉红了脸。

"这事不好，断乎做不得了！你们东府里，除了那两个石头狮子干净，只怕连猫儿狗儿都不干净。我不做这剩王八。"

柳湘莲继续向宝玉求证："你好歹告诉我，她品行如何？"

若宝玉能够极力证明尤三姐的清白，此时尚有回旋余地。可他笑着道："你既深知，又来问我做什么？"宝玉以轻松的态度对尤三姐判了死刑。

到了此时，冷心冷面郎君柳湘莲已经下定了决心。尤三姐与他素未平生，谈何感情？他宁可相信流言蜚语和自己心中的猜忌，也不愿给她一次赎罪的机会。

所以，当柳湘莲来索要聘礼退亲的时候，就阻断了尤三姐最后的路。尤三姐知道柳湘莲嫌弃她是淫奔无耻之流，不屑为妻，绝望又果敢地结束了自己的性命。

## 04 春梦酒醒，花落人亡

尤三姐的故事，像是一个深情版的传奇：一个自刎；一个遁入空门。

可是，她和柳湘莲之间能有多深的情呢？五年前的一面之缘而已。能让人生生死死的爱情，不会这么缘浅。

也有人说，尤三姐是以死来洗涤自己淫荡。你看，柳湘莲都册封她"刚烈贤妻，可敬！可敬！"这又是男性世界的价值观了。尤三姐要一个敬字有什么用呢？贾府里面已经有一个心如死灰的李纨，不缺三从四德的捍卫者。

尤三姐是死于绝望，死于看不到光明，死于这个密不透风的社会让人难以呼吸。她是一个聪明人，知道那样的男权社会容不了她这样的"淫荡"女子，她做不到陪着愚蠢人做愚蠢游戏自己还愚蠢开心着。聪明人往往有着凡人所不及的大悲哀。

所以，她不辩解，更不退缩，她用这种极端的方式照亮了浊眉男子柳湘莲的审美人生。柳湘莲看到了自己的盲目，自己的局限。尤三姐如一盏明灯，帮他情感的船儿驶向纯洁的归宿，但是这代价，太大了！

这世间有太多痴情女子像尤三姐一样，绝望着走向了决绝之路：比如跃入滔滔江水中的杜十娘，比如临死前发下毒誓要报复负心人的霍小玉……然而，真不是每个男子都像柳湘莲一样有自省精神。杜十娘死了，李甲也只是后悔没得到珠宝；霍小玉死了，李益又娶了三次妻。死亡，唯有让亲者痛，其余的人皆如故，宝钗不就说了吗？"如今已经死的死了，走的走了，依我说，只好由它罢了"。

尤三姐死后，性情软弱的尤二姐失去了最后的依靠，亦被折磨而死。失去两个女儿的尤老娘，命运也好不到哪里去。

今天的女子们，相比于尤三姐，选择的路多了千万条。遭遇人渣，依然可以转身；转身不成，就独立地活成一棵树的姿态，枝繁叶茂，顶天立地。

没有绝望的路，只有绝望的心。只要你愿意，总能于荆棘中，走出一条属于自己的路。

# 小红：谋生，亦谋爱

张爱玲曾说过："哪有现世安稳，不过谋生亦谋爱。"的确，人生是一场独自的修行，在险象迭生的社会中生存，谋生是一种基本技能。同时，在纷繁的世间，灵魂又要寻找相似的那一个，和爱的人一起看人间烟火，这又需要谋爱。

谋生与谋爱，孰先孰后？"君为女萝草，妾作菟丝花。"谋爱，若为谋生，总是依附于他人，幸福便如握在手心里的沙子，随着年华逝去，渐渐流空，无所凭借。

所以，在遇到爱之前，先经营好自己的人生；遇到爱之后，两人努力经营共同的未来，方是稳妥的幸福。

谋生不易，谋爱艰难。多少女子，在这条路上走得跌跌撞撞，狼狈不堪。红楼女子也不例外。其中，做得漂亮的，当属丫鬟中不起眼的"小红"。

一曲流水红颜宽：红楼梦中的多面人性

## 01 走出舒适圈

小红，原名林红玉，林之孝之女。因为名字重了宝玉和黛玉的名，为了避讳，改为小红。

许多人对小红的身份感到疑惑。她是荣国府财物总管林之孝的女儿，却只混到怡红院做三等丫鬟，连端茶递水的活儿都够不着。这是为何呢？

林之孝夫妇是聪明人。尽管在凤姐眼里，林之孝两口子一个天聋一个地哑，属于"三棍子打不出一个闷屁"的主，但是想想偌大一个荣国府，能够混到管家的位置上，肚子里没有什么货，单凭老实就能青云直上，是不是也不太现实？老实只是带给他人安全感的面具，智慧才是行走世间的法宝。

这世间，哪一个父母不想为儿女挣个好前景？但每个父母对好前景的定义是不一样的。就像有些父母希望儿女成为样样全通的学霸级天才，有些父母只希望儿女平平安安、健健康康就好。林之孝夫妇对女儿的期待大概就属于后者，既然女儿天生的命就是伺候主子做丫鬟，那就要思虑一下，到底做哪种丫鬟最舒服呢？

一等丫鬟，如袭人者，挣扎着爬向姨娘的位置；如平儿者，在凤姐贾琏之间周旋；如鸳鸯者，被老色鬼贾赦看中……她们都做到了丫鬟中的天花板，但身居此位也要辛苦很多，不仅要有过人的智慧，还要有超强的付出，更要有强大的抗压心态，这样的人生，真的就幸福了吗？

二等丫鬟，如辱骂小红的秋纹、碧痕，混得个打水倒茶，想爬到姨娘的位置已是隔了万重山，同时还要防止三等丫鬟爬上来抢了她们的位置，过得容易吗？

林之孝夫妻一直靠近权力的中心，和他们接触多了，就知道伴君如伴虎，知道与人打交道的艰辛，所以他们为小红谋了个怡红院的闲职。小红在怡红院里，浇花、喂鸟、烧茶水，又自由，又清闲，就这么一点活，还是几个丫鬟轮流着干。

清幽雅静的怡红院，不管下人的主子宝玉，这工作简直是大观园内最舒服的活儿了，父母为女儿做此安排也是煞费心机。

这是不是像我们身边的许多父母？把子女妥妥当当地安排好，有庇护，有疼爱，有帮扶，有温暖，相比于单枪匹马闯江湖，实在是美美的舒适圈。

父母的出发点总是好的，做儿女的却未必懂得。走过千山万水的林之孝夫妇只想图个安稳，却不料女儿不走寻常路——从小在贾府长大的小红正值年少，她有野心、有想法，想向上攀高。纵然高处不胜寒，但是没有爬到之前还是不太甘心，更何况，无限风光在险峰啊。

小红一出场，就是一个有野心的丫鬟，走出舒适圈，是她谋生的第一步。

## 02 穿越流言蜚语

一个微不足道的小人物，如何能在领导层找到一份存在感呢？

机会终于来了。那一日，宝玉回到怡红院，想吃茶，喊了几声，只来了一个老嬷嬷。在宝玉眼中，老嬷嬷都属于"鱼眼睛"，看着厌烦，就摇手赶走了老婆子。

这时，小红出现了，给宝玉递了一杯茶。宝玉还不认识小红，上下一打量：容长脸面、细巧身材，却十分俏丽干净。宝玉是个颜值控，把小红和刚才出现的老嬷嬷一对比，开心了，笑着问小红："你也是我屋里的人么？"小红说是的，宝玉就又问："我怎么不认得？"小红冷笑着回应说，"您是贵公子，不认识的人多了去了，哪只有我一个啊，我又没做过递茶递水的眼前事。"宝玉就问："你为什么不做那眼前的事？"这时的宝玉，就像是晋惠帝问贫穷百姓"何不食肉糜"一样，没有一点人情常识，他哪里知道，丫鬟之间也有江湖啊。小红懒得回答了，"这话我也难说"，一句话，切换了话题。

两人正说话间，秋纹和碧痕抬水回来了，小红连忙来接水。谁想，秋纹和碧痕放下水，东瞧西望，发现屋内没别人，只有小红和宝玉，便很不自在。

伺候完宝玉洗澡，两人专门来找小红，劈头盖脸质问她和宝玉说了什么。小红分辩说自己为宝二爷倒茶了，秋纹对着小红啐了一口，骂道："没脸的下流东西！正经叫你催水去，你说有事，倒叫我们去。你可等着做这个巧宗儿。一里一里的，这不上来了。难道我们倒跟不上你了。你也拿镜子照照，配递茶递水不配！"

碧痕跟着骂："明儿我说给他们，凡要茶要水送东送西的事咱们别动，只叫她去便是了。"

秋纹又骂："还不如我们散了，单让他在这屋里呢。"

两人你一句，我一句，冷嘲热讽，骂个不休。小红被这一番"枪林弹雨"气得无言以对，心中灰了一半。

丫鬟之间的比拼，无非就是争个在宝玉面前露脸的机会，有时挺让人困惑：无论是小红还是秋纹、碧痕，都属于同一阶层，都是下等小人物，江湖地位没有本质的区别。可是，小人物诋毁小人物，又是为什么呢?

究其原因,大概无非是两点:一是小人物之间存在着利益纷争,秋纹和碧痕说小红不配递茶递水,岂不是她们自己太在意在宝玉面前露脸了?诋毁别人什么,往往是自己心里更在意什么。第二点更可悲,即是小人物只有对小人物有诋毁的能力。离她远的,比她高的,她们都够不着,只能遥远仰视。而对于身边比自己地位更低的人,她们才有践踏的能力。

这难道不是鲁迅笔下的阿Q吗?能作践的只有小尼姑。在狼面前是羊,在羊面前是狼,如此而已。借诋毁别人来对抗自己对生活的无力感,大约是诋毁者取得心理平衡的一种手段。

值得欣赏的是,小红对这份诋毁体现出难得的视野和心胸。当佳惠小姑娘同情小红在怡红院遭受的不公正待遇时,小红并没因此记恨她人,她对佳惠说:"也不犯着气她们。俗语说的好,'千里搭长棚,没有个不散的宴席',谁守谁一辈子呢?不过三年五载,各人干各人的去了。那时谁还管谁呢?"

这是一份难得的见识,聪慧的人不会把别人的嫉恨放在心上,因为她更在乎的是实现自己的价值,他人的嫉妒只能化为自己前进的动力。人在江湖间,遭受闲言碎语冷枪暗弹都是难免的,和对方对着干吗?当然不!只要和对方纠缠,自己就已经输了。杀敌一千,自损八百。

正因为如此,小红才能从各种羁绊中侧身而过,从流言蜚语中穿出,放下他人对自己的伤害。

### 03 凭借才华吃饭

小红最终"攀上高枝"靠的还是才华。

小说第二十七回，凤姐临时有事，招呼小红去传话给平儿。小红回来的路上，遇见晴雯，晴雯先是骂小红疯玩儿，院子里花儿也不浇，雀儿也不喂，茶炉子也不烧，就在外头逛。小红口齿伶俐地辩说，今天不该自己值班，该做的事都已经做了，现在要去替凤姐办事儿。晴雯又冷嘲热讽道："怪道呢，原来爬上高枝儿去了，把我们不放在眼里。不知说了一句话半句话，名儿姓儿知道了不曾呢，就把他兴的这样。这一遭半遭儿的算不得什么，过了后儿还得听呵。有本事从今儿出了这园子，长长远远的在高枝儿上，才算得。"

晴雯这带刺的话确实有失领导风范，为她后面的悲剧命运也埋下了性格伏笔。小红忍着气，找到凤姐，向凤姐汇报刚才的传话工作。她汇报的那段话里，很像绕口令，涉及了四五门的奶奶们，有"舅奶奶""姑奶奶""五奶奶""这里的奶奶"……把李纨都听晕了，凤姐却极喜欢，当场激起了爱才之心，又是要认小红做干女儿，又让她跟着自己干。

离开宝玉，跟着凤姐干，这属于跳槽。跳槽是有风险的，跳得好步步高升，跳不好鸡飞蛋打。相比宝玉，凤姐这个新领导肯定要求更高。一般人对于突然的跳槽会措手不及，需要思量一番。但是，小红显然做好了打算，愿意冒这个险，放手一搏，她笑着回答凤姐的邀请："愿意不愿意，我们也不敢说。只是跟着奶奶，我们也学些眉高眼低，出入上下，大小的事也得见识见识。"

这回答极妙，既奉承了凤姐，又表明了态度，有礼有节。

　　能让凤姐服气的小红，确实有两下子：凤姐一招手叫，小红就弃了众人跑过来，这是身为下层的灵动和勇气；在做事过程中被晴雯指责，自己一条一条反驳，这是不卑不亢守尊严；听罢晴雯冷嘲热讽地说自己爬高枝，忍着气不分辩，这是气度；用"大珠小珠落玉盘"的话语出色传达完毕，这是好口才；随机应变地接受领导"跳槽"邀请，这是聪慧。如此有才华的小红，被同样聪明干练的凤姐所激赏，自在情理之中。

　　从谋生这一角度来谈，跟着凤姐一定能学到很多生存技能。凤姐代表着贾府里最高的管理层，有了这个平台，就可以更好地发展自己，学到待人处事之道。小红在书中后来章节中再出现时，已经成为凤姐的好帮手。当贾家落败，小红不仅自立门户，有了自己的生存空间，还有能力转身帮忙。与她相反，留在怡红院里的小丫鬟四儿，变了法地靠近宝玉，因为和宝玉说了同日生日就是夫妻的话，被人告密，抄检大观园时被王夫人当作狐狸精撵出去了。

　　小红的做法对今天的我们提供一个很好的示范。正所谓，此处不留爷，自有留爷处。身边的小人们，你不是嫉恨我吗？你不是嘲讽我吗？那我就跑得快快的，爬得高高的，让你的流言追不上我奔跑的速度。终有一天，你会发现我已经到了让你仰望的高度。当彼此不在一个平面时，任何诋毁，奈我若何？

第二辑　情天情海幻情深

## 04 谋爱中的智慧与勇气

她谋生，亦谋爱。

因为后四十回遗失的原因，小红和贾芸这对小人物最终的爱情归宿没有再提及。然而，从脂砚斋的评语中可得到这样的信息：贾府落败之际，小红和贾芸去探望宝玉和凤姐，给予他们故人的关怀。

有情人终成眷属。芸红配在《红楼梦》所有的爱情里，是难得幸福的一对。幸福的拥有，凭借的是识人的眼光和过人的勇气。

小说从二十四回到二十七回隐隐地勾勒出一场"痴女儿遗帕惹相思"的世俗爱情。故事从贾芸等待宝二爷会见开始，恰好遇到来传话的小红，小红知道了贾芸是本家爷们，下死眼盯着多看了几眼，情愫在眼神对望中产生了，春天来了。

想一想此时的贾芸，正处在无聊与失落之际，一方面是求职的艰辛，想面见一个宝二爷比见皇帝还难，怎让人不产生自卑和渺小感？另一方面因为贫穷、快二十岁了还没婚嫁，突然有一个漂亮的十五六岁的女孩子高看自己、爱慕自己，爱情的种子可不就这样种在心里？

接下来，小红无意中，也可能是有意，丢了手帕，然后做了一场春梦，梦里贾芸在隔窗喊自己，还自己手帕。再后来，因为宝玉被赵姨娘和马道婆设魔法大病一场，贾芸做更看守，慢慢地和宝玉的丫鬟们也都熟悉了，从丫鬟坠儿口中得知小红丢了手帕。贾芸把手帕还给坠儿，同时追要谢礼。接下来，在滴翠亭，小红答应坠儿"把我这个给他"，书中没说"这个"是什么东西，想必也是贴身物品。

这就是一个手帕引起的定情故事。爱情中的男女主人公都不再有主角光环，既不是补天的石头，也不是还泪的仙草，然而，这样的爱情才是人间大多数啊！虽然在当时那个社会，这种正常男女情愫被视为"奸淫狗盗"，然而从今天的视角看过去，小红在爱情中的表现可圈可点。

首先，小红在择人时，是理性的，她不慕虚荣，不贪富贵，选择了一个和自己门当户对的男人。贾芸也是贾家的爷们，但是家道中落，连自己亲舅舅都看不起他，不肯借他钱，为了谋生，贾芸四处奔波，找贾琏，求凤姐，终于谋得了一份种树的事。在一群纨绔子弟面前，贾芸显得卓尔不群，他穷、他卑微，但是谁人能欺少年穷呢？以贾芸的生存技能，到哪儿都是发光体。

其次，小红有着过人的勇气。小红和贾芸是一见钟情，四目相对时，两人产生了情谊。在封建社会，此为大逆不道。然而，小红在遇到心仪的人之后，立刻放手一搏，主动迎接这份爱情。她故意把手帕弄丢，来试探这份情感——试探对方懂不懂我的情，试探对方是不是聪明人。当情商智商相当时，两个人才能对上眼。贾芸果不负此心，捡到手帕后，他藏起来，把自己的手帕换了过去，这份默契，岂是爱情中的呆子能够懂得？确认了情愫之后，小红和贾芸并没有为爱生离死别，他们还是该干啥就干啥，以生存为先。

芸红二人，都是精通人情世故的红尘中人，他们一样来自底层，一样挣扎着向上，一样被异样的眼光冷观，一样充满着追逐凡世的热力和生命力，爱情的种子必将在他们务实的努力下蓬勃生长。

## 05 夹缝中的小花

这世间花有百媚千红，红楼中女儿个个不同。

小红这个女孩子，就像路边最普通的那种小红花，起着一个极大众的名字，卑微地在夹缝中生存。

红楼中的许多女子不喜欢小红，比如宝钗。在她眼里，小红眼空心大，是个头等刁钻古怪的丫头，这种观点代表了贾府上层的观点。于上层而言，对于竭力向上爬的小人物总是没有好感，他们唯恐小人物打破现有的秩序，分得他们的一杯羹。但是下层人也不喜欢周围向上爬的人，两个人本在一个起跑线上，一个人跑了，另外一个人就会眼红，凭什么你跑那么快呢？比如碧痕、晴雯之流。

红尘中，有多少小红这样的女子啊，艰难地谋生又谋爱。为了理想的燃烧，寻找着温暖的怀抱，一路沐风栉雨，风雨兼程。

纵是浅碧轻红色，又何妨是花中第一流呢？

# 娇杏：只因在人群中多看了他一眼

## 01 多看一眼的情缘

只因为在人群中多看了你一眼
再也没能忘掉你的容颜
梦想着偶然能有一天再相见
从此我开始孤单思念
……

用这首歌来形容《红楼梦》中贾雨村的爱情是再恰当不过了。他和恩人甄士隐家的丫鬟娇杏之间不过是多看一眼的情缘，却念念不忘，终成眷属。

华丽的开场，完美的谢幕。

我们一起回看下这场情缘起始：彼时，贾雨村还是寄居在葫芦庙里的穷书生，和住在庙旁的乡宦甄士隐有交往。那一日，甄士隐邀请贾雨村来自家书房聊天，刚谈三五句，不知从哪里冒出一个严老爷来拜访，甄士隐慌得忙起身，立刻辞别贾雨村去接见严老爷。

贾雨村此时会是什么感受呢？如果哪一日我们去拜访一个朋友，因为另外一个新朋友的到来，我们被偷藏在书屋里不能出来，那感觉一定是很尴尬的。并且，甄士隐留严老爷在家吃饭，也未给贾雨村打声招呼，更未邀请一起吃饭，害得这位穷书生只能从夹道中溜出门去。

想一想，此时的贾雨村该是何等落魄，以致于如此上不了台面！

也就是在书房等待的时刻，贾雨村看到里窗外甄家丫鬟娇杏正在摘花。十几岁的少女，正是含苞欲放时，花映人，人映花，自有一种动人之美。刹那间，雨村看呆了！

娇杏看到贾雨村，忙转身回避，在那样的时代背景下，这是一个女子的本分。但是对美的感知又是本能，贾雨村长得不俗，从娇杏的眼里看过去，"猛抬头见窗内有人，敝巾旧服虽是贫窘，然生得腰宽背厚，面阔口方，更兼剑眉星眼，直鼻权腮"。又想到主人甄士隐常说贾雨村非久困之人，这份欣赏加好奇让娇杏回头两次。

从后来的情节中，我们知道了贾雨村是一奸邪小人，传统小说中对这类人常常用"鼠耳鹰腮"来描述，然曹公没有落入俗套，出现在我们眼前的贾雨村是高大帅。现实中，这样道貌岸然的"君子"有很多，灵魂和外表可能大相径庭。

娇杏的二次回眸是主动姿态，是带着情感的回眸。因为言语的缺席，眼神更能传达出情感的层次。贾雨村恰到好处地接收了眼神中爱慕的一面，立时狂喜不禁，视娇杏为巨眼英豪、风尘知己。

为美驻足，因美生情，一见钟情，皆源于此吧。从古到今，红楼内外，男女之间多看一眼的情缘有很多，未必都修成正果：小红多看了贾芸两眼，成就了"芸红配"；潘金莲多看了西门庆一眼，成就了一段奸情。

一曲流水红颜寞：红楼梦中的多面人性

这一见钟情里有多少是自作多情的成分呢?

穷儒贾雨村,从来都是被人看不起的,即便在恩公甄士隐面前,也掩盖不了地位悬殊的卑微。然而在娇杏的两回首里,贾雨村感受到了尊重。这两回首给困顿不堪的他注入了强大的力量!爱情本来就是一枚可以包装的方糖,贾雨村为何就不可以为自己的爱情包上一层浪漫的色彩呢?

大文人苏东坡有一次在墙外行走时,听到墙内佳人的笑声,也起了多情之意,"笑渐不闻声渐悄。多情却被无情恼。"苏东坡摇摇头,笑着对自己自嘲了一番,化解了暗生的情愫。

贾雨村会像苏东坡那样一笑而过吗?不!他一定要把这一眼的情感落到实地,文人的孤高和寂寥成就了贾雨村的执念,贾雨村在心底暗下决心:苟富贵,定当娶之。

此时的贾雨村,书生意气,侠客风流,身上既有儒家弟子的乐观向上,又有道家弟子的通脱。像所有落拓的少年郎一样,他希望心爱的人看到自己发达后的样子,像《窗外》中唱的那样:

再见了亲爱的女孩

我将要去远方寻找未来

假如我有一天荣归故里

再到你窗外诉说情怀

果真,没过多久,贾雨村就骑着高头大马穿着乌帽猩袍荣归故里。念念不忘,可有回响?

## 02 醉翁之意不在酒

那天，新任太爷贾雨村上任，前呼后拥地在大街之上炫耀。甄家丫鬟娇杏正在门前买线，恰被雨村看见。至夜间，甄士隐的岳父封肃正要歇息，在一片声打和乱嚷中，被本府太爷差人带走了，家人都吓得目瞪口呆。

二更时，封肃回来了，欢天喜地。原来贾雨村还记得和甄士隐的旧交情，听封肃说完旧日恩人遭遇，颇多感慨，承诺一定帮忙把英莲探访回来。甄士隐的老婆封氏听了，心中伤感。封肃和女儿一喜一悲间，折射出了世态人情。封肃，实乃风俗也！

第二日一早，雨村又遣人送两封银子，四匹绸缎答谢甄家娘子。至此为止，贾雨村完成了对故人甄士隐的报恩历程。

但是，醉翁之意岂只在酒？以报恩为掩饰，贾雨村真正的目的在于娇杏啊。贾雨村在得到甄士隐资助后的当年就考中了进士，得了官职，而甄士隐从英莲丢失到出家归隐至少有几年间的时间，若为报恩，这几年间贾雨村为何不打听一下恩人的踪迹？若不是偶然在街头看到娇杏，勾起了他对过往情愫的追忆，他可能早忘了甄士隐这个人物。

若为报恩，怎可派官差在夜间耀武扬威地去敲门带人？以甄士隐对贾雨村的恩情，必定要亲自去探访才能显示诚意。

若为报恩，可否真的为找寻英莲做些努力？到了英莲被搅入公堂案件时，青天大人就是贾雨村啊！上天赐予了他报恩的机会，可他反端一脚，把英莲踢向虎狼之地。

以贾雨村现在的知府身份，是不好意思大张旗鼓地娶一个丫鬟的，所以他在打点封肃、答谢甄家娘子同时，又寄了一封密书给封肃，讨要娇杏做二房。封肃喜得屁滚尿流，乘夜送走了娇杏。雨村真正目的达到，好生欢喜，又封百金给封肃。

贾雨村这虚晃一枪，瞒天过海，一石三鸟：既报了恩，又娶回了娇杏，还找回了落魄时丢掉的尊严，充分展现了他在人情世故上的老练。


### 03 灰姑娘嫁给了王子

从此，娇杏的人生发生了逆转，一到雨村身边，只一年就生了儿子，母因子贵。再过半载，雨村的原配夫人染疾去世，娇杏就被扶正了。从低贱的丫鬟成为荣耀的贾夫人，连曹公都忍不住跳出故事之外，写诗感叹道：

偶因一着错，便为人上人。

"一着错"三个字定下了这份情感的曲调：回顾，本来就是越礼的行为，娇杏用越礼的错误谋取到了人上人的地位，其行为之大胆，虽然和私奔的卓文君、红拂女还相差一段距离，但也算是一个慧眼识英雄的好版本。

然而，娇杏，毕竟只是"侥幸"也！这是命运发给了她一手好牌。灰姑娘嫁给了王子，神话也就结束了。现实的人生却是：日子还要一天一天过。

因为贾雨村误会的柔情，又因为生了儿子，再恰逢贾雨村的正妻去世，娇杏获得了世人追慕的荣光，但这样的人生就一定幸福吗？

小说的第二回，贾雨村被革职之后，立刻将家眷安排回原籍，自己担风袖月、游览天下胜迹去了！站在贾雨村的角度来看，这是一个好看的姿态，于山水中寻找心灵的超脱，多么高逸不群！但站在娇杏的角度来看，丈夫说走就走，家里的千斤担子谁来挑？这和薛仁贵把王宝钏放置在寒窑十八载有何区别？可以想象，贾雨村并未在新婚的柔情里沉醉太久，窗前红玫瑰已经变成一抹蚊子血，娇杏的芳华只在那一回眸的瞬间。

像贾雨村这样的男人，真的是因为爱娇杏才娶她的吗？不！他爱的是自己，爱的是曾被仰慕的自己，爱的是衣锦还乡的荣耀，以此消解贫寒时的寒碜，凸显现实的成功。

其实，娶娇杏时的贾雨村还算得上是一个良善的读书人，若是到了后来，在官场文化的染缸里浸泡一段日月，贾雨村还会思恋自己的瞬间心动吗？他一定会阉割掉自己不合时宜的情怀，攀龙附凤，和权贵结亲，即使是娶贾府里的丫鬟也好。

品行是品鉴婚姻好坏的一面镜子，以贾雨村品性中的老奸巨猾、忘恩负义、心狠手辣来推算，娇杏未必在婚姻中就是幸福如意。加上卑贱的出身，怎会被贾雨村所看重呢？尤氏和邢夫人都是续弦，看看她们的地位，就可以想象到娇杏的处境。

所以，任何从天而降的侥幸都未必是好事。收获一份幸福婚姻，不能凭好运，也不能凭男人看错眼，要凭自己的实力。就像红楼中的另一个丫鬟小红一样，多看了贾芸一眼之后，继续寻找谋生之路，暗中观察贾芸的表现。两个独立的灵魂相撞，必将成就水到渠成的好姻缘。

命运无常是人世永恒的主题。贾雨村身在宦海之中，又何尝不是伴随着雨骤风狂呢？《好了歌》注中言："因嫌纱帽小，致使锁枷杠。"脂砚斋旁批："贾赦、雨村一干人。"可以想象八十回后，利欲熏心的贾雨村必落身陷囹圄的下场。在古代，犯了大罪的官员家属或被流放为奴为婢，或被发放到乐坊、妓院，甚至可能会被诛杀。到那时，流离失所的娇杏又能有什么好的命运呢？

## 04 活出自己的光芒

翻过娇杏这个一笔带过的倩影，我不禁想到红楼中另外一位平生遭遇令人嗟叹的姑娘：香菱。

曹公写这两个人是对应着来的：一个是甄士隐的爱女；一个是甄士隐家的丫鬟；一个从娇生惯养的大小姐沦落为漂泊无依的香魂；一个从低眉顺眼的丫鬟摇身变为官夫人；一个有命无运，一个无命有运。

命运的翻云覆雨，本来就毫无道理可讲。然而换个角度来看，娇杏和香菱都是一芥微尘，任命运的狂风洪流裹挟。香菱这一生如蓬草四处飘零，娇杏这一生的命运又何曾自己做得了主？

照这么说，人类是不是就应该屈从于命运了？

不！诚如电影《肖申克的救赎》中的那句台词："有些鸟儿是关不住的，他们的羽毛太鲜亮了！"总有一些优秀的人，突破外在的藩篱，向着心中的芳草地迈进。

如同香菱——在苦难中上下求索，把现实中的悲欢融入在学诗的痴念里。大观园里学诗的岁月灿烂了她青春的年华，不管命运的洪流把她卷向何方，在香菱这个姑娘身上，我们都能看到超越苦难的美好。

香菱的人生比别人更艰难一些，但艰难生活中的向上更有一种动人心魄的美，那是人类在上帝嘲弄前的自我的救赎。这就是为什么香菱除了让人觉得怜爱之外，更让人敬爱的原因。

在现实人生里，我们凡夫俗子中的大多数既不像娇杏那么有运气，又不像香菱那么命运凄苦，我们平平凡凡地生活着。正因如此，我们更有机会和能力把握自己的命运。处于顺境时，我们不能像娇杏一样把命运捆绑在男人的身上；处于逆境时，我们可以像香菱一样努力成长，实现自我救赎。

至于人群中多看那一眼，真不知是缘还是劫？那一眼过后，还是要活出自己的光芒。

# 金钏：花季少女，压倒她的最后一根稻草

## 01 绝望跳井

"前儿不知为什么撵她出去，在家里哭天哭地的，也都不理会她，谁知找她不见了。刚才打水的人在那东南角上井里打水，见一尸首，赶着叫人打捞起来，谁知是她。"

《红楼梦》第三十二回，就在贾宝玉诚切地向林妹妹诉肺腑话痴情之时，金钏跳井死了的消息从一个老婆子的口里面传了出来。

读至这一段时，正是夜静人初定。寒风透过窗缝吹动着窗纱，让人有心惊的感觉。

我把目光定在"哭天哭地的，都不理会她"这一行字上，仿佛看到金钏离开贾府回到家中最后的光阴。那个心性高傲的女孩子，痛彻心扉哭天哭地，濒于绝望的边缘。她的家人带着责备、带着怨气、带着厌烦冷冷地任由她一点点地沉下去，一点点地陷于冷寂的世界里，然后寂寞地走向更冷的井水中。

三天前，王夫人喊金钏的母亲白老媳妇把她从贾府中领了出去。白老媳妇再次出现在贾府时，金钏已经死了。王夫人赏了她几件簪环，她磕头谢了出去。

如此平静的笔墨。

磕头谢了。谢什么？谢王夫人慈悲？谢赏银厚重？

从这个母亲能把金钏玉钏两个女儿卖到贾府做丫鬟来看，女儿们在她眼里亦不过是挣钱工具而已。虽然也有可能像袭人家一样，是被贫困逼迫，然既便如此，骨肉亲情岂可一刀两断？像袭人偶一回家，得到的也是满溢的亲情。

如果金钏生在一个有少许温度的原生家庭里，被赶出贾府之后，能得到母亲的安慰：

"孩子，爹妈本来就想把你赎回来呢，这下好了，咱们全家团聚了。"

"孩子，过几天等王夫人气消了，咱们再去求求她，说不定还能回去呢！"

"孩子，娘给你找个好人家嫁了，比在贾府里还要强呢！"

……

或者，什么都不说，做上一碗热饭、静静地坐在她身边，用温柔的手抚摸她的长发，用慈爱的眼神包裹她的痛苦，让她伏在肩头痛哭。

如果这样，十六七岁的女孩金钏会走上绝路吗？

然而，金钏生命的最后，是灰蒙蒙的、湿淋淋的、冷冰冰的。家人不理会她，是嫌弃金钏丢了自家的脸，失去了挣钱的一个来源。贾府里，已没有金钏做奴才的一席之位；贾府外，亦没有自己的家，从父母把她卖到贾府那一刻起，生命便早已是几两银子的分量。

天大地大，何处是归程？

## 02 祸从口出

那是一个普通的夏日午后，王夫人在假寐，金钏在捶腿，两人都在半睡半醒间。富贵公子贾宝玉闲得无聊，四处溜达。来到王夫人处，开始撩妹：他把金钏耳朵上带的坠子摘掉。金钏睁开眼，抿嘴一笑让宝玉离开。宝玉恋恋不舍，放一枚润津丹到金钏口中，金钏不睁眼，嗑了。宝玉过来拉着金钏的手，说要讨要她，并且心情非常迫切，告诉金钏等母亲一醒来就讨。

金钏将宝玉推一边，说：

"你忙什么！'金簪子掉在井里头，有你的只是有你的'，连这句话语难道也不明白？我倒告诉你个巧宗儿，你往东小院子里拿环哥儿同彩云去。"

谁曾想，正是这句话，承担起一个花季少女生命的血痕。王夫人并未真的睡着，听到这句话，气上心头，恨上心头，翻身起来，照金钏脸上就打了一个嘴巴子，指着大骂，宝玉见王夫人起来，早一溜烟去了。

一向慈善的王夫人怒发冲天，一定要赶走金钏。金钏的脸被打得火热，哭着跪下求告："我再不敢了。太太要打骂，只管发落，别叫我出去，就是天恩了。我跟了太太十来年，这会子撵出去，我还见人不见人呢！"然而，王夫人心意已决，冷若冰山，唤金钏之母白老媳妇来，金钏只得含羞忍辱地离开了。

此后两三天，一个花季生命就陨落了。金簪真的掉到井里了！并且，永远地，不会回来。

一句话，一条命，金钏这句话真的"罪大恶极"吗？

"金簪子掉在井里头，有你的只是有你的"这句话是俗语，过去的女子头上带有金簪，去井边打水的时候会不小心掉进去，但是每过一段时候，就会有清理水井的人来，这时掉的井中的东西都会被发现。金钏的意思是，"命里有时终须有，命里无时莫强求"，我能不能成为你宝玉的人要看缘分，若被王夫人内定为姨娘，去怡红院是迟早之事；若没呢？就是缘分不到家，也强求不得。

其实金钏是个聪明活泼的姑娘，她这句话说得很幽默也很俏皮，既婉拒了宝玉，又给他留了遐想。言外之意是你这会别和我拉拉扯扯的，去干你的正经事吧。

但是怎么支走宝玉，让他去干别的事呢？金钏接下来说，"我倒告诉你个巧宗儿，你往东小院子里拿环哥儿同彩云去。"正是这句话触犯了大忌，因为她在教唆宝玉去看"戏"，那是贾环和彩云的床戏，暗指二人有了不正当的关系。

试想一下，女老板的第一贴身秘书，当着老板的面，教公子哥去看色情片，哪个母亲能忍受？哪个老板能不怒呢？

## 03 姐弟关系

金钏是王夫人身边的大丫头，能混到这个位置上说明她很聪明，服务到位，和王夫人关系也不错。书上说，王夫人素来是宽仁慈厚的人，从不打过丫头一下，就在前不久，贾母去清虚观打醮，王夫人还给金钏放假让她去玩，自己守在家里。

这样一个聪明丫头，为何会说这样不合时宜之言？

这和平日里金钏与宝玉相处的模式有关。公子哥宝玉有爱红的习性，看到丫鬟们涂了胭脂就要跑过去吃，贾府上下，人人皆知。连贾母都说："也从未见过这样的孩子，别的淘气都是应该的，只他这种和丫头们好却是难得……想必原是个丫头，错投了胎不成！"跟了太太十多年的金钏对宝玉这点特性太熟悉了，宝玉在从小长大的过程中，一定没少在金钏身边腻歪过，他们之间更像是一个娇俏小姐姐和调皮小弟弟的关系。

不是每个姐姐都像宝钗一样成熟稳重，也不是每个姐姐都像袭人一样精通职场规则，更不是每个姐姐都像平儿一样被调教过。金钏这个姑娘，很活泼，很阳光，大大咧咧，爱开玩笑。王夫人平日里也是听之任之。还记得有一次，当宝玉被贾政喊来训话时，宝玉紧张得一步挪不了三寸，蹭着走路。金钏故意拉着宝玉，奚落他："我这嘴上是才擦的香浸胭脂，你这会子可吃不吃了？"等到宝玉被贾政"断喝"，慢慢退出的时候，还不忘记对着金钏笑着伸伸舌头，一溜烟去了。

宝玉爱缠金钏这个小姐姐，金钏爱逗这个小弟弟，平日里，他们言语间透着亲切玩笑的味道，这已经是他俩习惯的语言模式，没有阶级之别，有种亲姐弟的感觉。

至于宝玉说把金钏讨要到怡红院，金钏是当玩笑话听的，并没当真，所以她才想赶紧支走宝玉。若小心翼翼地说："二爷，您走吧，我在给太太捶腿呢！"一定不会惹怒王夫人，但那不是金钏的语言风格，她是个灵动少女，懂点风情，说话有趣，怎么会说程序化的计算机语言呢？

那个午后，金钏在半睡半醒间，说了一句并没过脑的话。她以为像贾府的那些纨绔子弟一样，爱红的宝玉一定会对男女情事感兴趣。所以，她借用这个教唆赶宝玉离开。没想到，这句话为她招来了横祸！

## 04 雷霆之怒

再看一向慈眉善目的王夫人，是如何爆发雷霆之怒的。一个耳光扇过去，她指着金钏厉声骂道："下作小娼妇！好好的爷们，都叫你们教坏了。"

在王夫人眼中，美女都是妖精，儿子是完美的。儿子若是变坏，一定是美女祸害的，所以母亲要"斩妖除魔"，为儿子的健康成长杀出一条血路。

问题在于，宝玉真如她想象那般懵懂纯洁吗？

在此事之前，宝玉已经和袭人有过云雨之情。恐怕除了王夫人外，人尽皆知。

小说第十五回，秦钟抱着智能儿正在云雨。贾宝玉趁二人得趣之时，跑进来按住人家。搅散好戏之后，秦钟求他只要不告诉别人，要怎样都依。宝玉笑着说："这会子也不用说，等一会儿睡下，再细细的算账。"这时的宝玉纯洁吗？小说《白鹿原》中鹿子霖对田小娥一字一顿地说："这话嘛得、睡、下、说。"同理，睡下之后的故事都交给读者想象了。

宝玉拿"戏"还不止这一次。第十九回，当宝玉走到窗前闻得房内有呻吟之韵时，舔破窗纸，看到茗烟按着一个女孩子也干那警幻所训之事。宝玉禁不住大叫"了不得！"一脚踹进门去，将那两个吓开了，抖衣而颤。

大约这些"坏"，比金钏的一句挑唆有过之而无不及吧？不管金钏有没有挑唆，宝玉都已经走向了他母亲想要的反方向。可恨宝玉看她母亲起来，早一溜烟去了。什么爷们呢？一点担当都没有，典型的一个妈宝男。金钏之死，贾宝玉难逃其咎。

宝玉爱沾染丫鬟的习性也不是一天两天了，若说金钏一句话就把"好好的一个爷们"教坏实在是冤枉！王夫人大约也是心里有数的。

因此她对金钏之死心中歉疚，她心下难过坐着垂泪也并非伪装。毕竟金钏跟了她十几年，因为自己的原因突然死掉了，那种带来的震撼和冲击力太大了！王夫人内心的良知在苏醒，她还不是冷到骨子里的人。可是王夫人后悔吗？不！如果给她一次重新来过的机会，她还是要把金钏赶走。宝玉是多好的孩子，怎么突然能有这么色情的邪念？都是这群妖媚女孩子的缘故啊！王夫人深恶痛绝，她认为自己的宝玉已经沉溺到了红颜祸水里，她拼了命也要把宝玉拉到自己身边来。

王夫人若是后悔，在后来抄检大观园时，她也不会赶走毫无过错的晴雯、四儿、芳官等丫鬟。这些美丽的女子永远是王夫人心头的刺，会把她的宝玉带坏的。所以吃斋念佛的王夫人别的事可以不做，赶走女孩子最卖力。

纵观王夫人的人生：做妻子，整日敲着她的木鱼，端着大家闺秀的架子，空守着婚姻的外壳，连赵姨娘这样的女人都比她在丈夫面前有魅力；做母亲，终日纵容溺爱宝玉，把所有的错误都推向身边人，终使得贾宝玉缺少担当，缺少男儿的血性；做儿媳，只知道顺从二字，在贾母眼里木头一般，讨不得欢心；做领导，因无能和慵懒主动让权，发生事情时仅凭喜好处事，分不清轻重缓急，分不出亲近远疏，从抄检大观园一事可见一斑。

这是一个无趣、无远见、无品味的木头女人，她的恶也不是出自内心，而是源于无知无能。就像鲁迅笔下吃革命者带血馒头的华小栓一样，是无知者之恶。

体现在处理金钏这件事情上，对跟了自己十几年的丫鬟说撵走就撵走，除了无情冷漠之外，足见她审美能力和调教能力都有问题：既然厌烦金钏这样轻薄下作的，何以让金钏跟着自己十多年还堪称女儿一般？平日里不加教导，问题一出来，就是一个字："滚！"

在生活里，有许多像王夫人这样自以为是的老好人，心存善心却总是制造悲剧，好人的恶有时也是很致命的。

## 05 捍卫尊严

那么，金钏被赶出去之后是不是非死不可呢？

出了贾府，见过世面的金钏应该比乡村野姑更有见识，为什么不能生存得更好呢？远嫁一个平凡人家过平凡日子难道不是生存选择吗？

我在为金钏痛惜的同时，也思考着这个生命有没有更多的选择，但很遗憾地都被否定了！我们不能站在今人的角度去看书中人，她们身在那个时代里，身处那个环境中，有无法超越的局限性。

还记得鲁迅笔下的祥林嫂是怎么死的吗？礼教杀人！礼教把她逼上了无路可走的地步。几千年的封建社会，礼教不知道杀死了多少鲜活的生命！

金钏被赶出，注定只有死路一条。王夫人已经把金钏定位为下作小娼妇，做了无耻之事。若不是因为如此"大罪"，她也不会赶走金钏。蒋勋先生在讲红楼中谈到："大家都不去探究金钏到底是什么样的人，只凭她被主人赶出来这一条就说她是淫妇。"

在那个社会里，被贴标签定位为"淫妇"是件非常恐怖的事，尤其是对于一个自尊心极强的花季少女。金钏在哭着求王夫人时是这么说的，"我跟了太太十来年，这会子撵出去，我还见人不见人呢！"无脸见人，就是金钏的感觉。但是，无论金钏如何哭求，王夫人终不肯留。金钏最终"含羞忍辱"地出去了，那一刻，想死的感觉就已经有了！

旁人从王夫人的愤怒里应该也感受到了什么。按说这是保密的事情，可是接下来贾环是怎么告密的？"我母亲告诉我说，宝玉哥哥前日在太太屋里，拉着太太的丫头金钏儿强奸不遂，打了一顿，那金钏儿便赌气投井死了。"这话未必是贾环临时编造出来的，赵姨娘八卦出这样的话很正常。既然王夫人这边的事都已经传到赵姨娘那里了，那些下人们能不在背后对金钏指指点点吗？

王夫人把金钏赶出去，明显是把事态扩大化了。她一方面含糊其事，另一方面又展示主子的威严，这对金钏的杀伤力极大。

金钏冤屈！她哪曾想到自己很随意地回应宝玉挑逗的一句话，竟然让她背负着"淫妇"的道德罪名，被赶出贾府！她到底做错了什么呢？她悲痛！她愤恨！她绝望！还有什么出路呢？唯有一死而已！于是，她跑到贾府东南角的井里跳水自尽，来证明自己的清白！

一个天真烂漫的少女就这样离开了！

一个年轻如花的生命死于非命，在旁观者眼里，大抵是伤逝于美好生命的逝去，叹息于命运的无常。贾府里的人都说不上是旁观者，他们和这个如花的生命曾经有过无数次的交集，在一天天的时光里他

221

们变成熟悉的身边人。

但也不过如此。如鲁迅先生所言："以时间的流驶，来洗涤旧迹，仅使留下淡红的血色和微漠的悲哀！"

袭人听说了，想素日同气之情，不觉流下泪来。这已属难得的情分了。

宝钗听说，"十分过不去，不过多赏他几两银子发送他，也就尽主仆之情了"。站在主子对奴才的角度来权衡金钏生命的轻重——这种观点，应该属于人群中的大多数。

宝玉听说了，心中早已五内摧伤，无可回说。这是他种下的孽，本也该如此。

很快，金钏就会被遗忘。除了罪魁祸首贾宝玉在她生日的时候祭奠了一次外，除了妹妹玉钏想起来掉眼泪外，生命就这样如落叶般飘过，轻轻地，没有分量。

# 第三辑　江湖秋水波浪多

如果我不曾真切地感受过这热热闹闹的世间，如果我没有哭过爱过笑过恨过，我怎甘心让生命在佛光中沉寂？即便是那充满灵性的三生河畔的绛珠仙草，也要还尽自己一生的泪；即使是那大荒山的石头也凡心所动，对繁华世间心切慕之。更何况我本凡人，生在天地间。

# 做人当学刘姥姥，该折腰时就折腰

### 01. 贫贱家庭百事哀

每当为生活折腰的时候，我就会想起刘姥姥。

这个七十五岁高龄的农村老太太，为了生存，堆砌起笑容，卑微地去叩荣国府的大门。

故事源于贫贱家庭百事哀。因为没钱，刘姥姥的女婿狗儿心中烦虑，耍酒疯，寻女人气。像狗儿这等无能的、自私的、无事生非的男人在现实中特别多，本事不大，脾气不小，在外蹦跶不起来，跑回家"狂叫"。

狗儿老婆不敢吭声，老娘刘姥姥看不下去了，义正言辞、掷地有声地说出这么一段话：

姑爷，你别嗔着我多嘴。咱们村庄人，那一个不是老老诚诚的，守多大碗儿吃多大的饭。你皆因年小的时候，托着你那老家之福，吃喝惯了，如今所以把持不住。有了钱就顾头不顾尾，没了钱就瞎生气，成个什么男子汉大丈夫呢……谋事在人，成事在天。咱们谋到了，看菩萨的保佑，有些机会，也未可知。我倒替你们想出一个机会来。当日你们原是和金陵王家连过宗的，二十年前，他们看承你们还好；如今自然是你们拉硬屎，不肯去亲近他，故疏远起来。

忍不住为刘姥姥这段话叫声好！一个没有文化的老太太教训女婿，有礼有理更有力，有做人大道亦有做事方法，层次分明地传达了四层意思：其一，做人一定要踏实；其二，真正的男人都是脾气小本事大；其三，要积极乐观地去做事；其四，可以向豪门求助。

狗儿一听，被第四点打动了。"好啊好啊！姥姥您明天去王家走一趟吧？"这个狗儿，喝酒斗气挺在行，脸面二字大于天，自己把脸当回事，老人的脸随便蹭。

谁不知道求乞的路是拼脸呢？赤裸裸地把卑贱摆在人家面前，要把姿态放得够低，要把境遇说得够凄凉，在被上下打量的过程中，忐忑地计算着如何能叩开对方的恻隐之心。人心是坚冰，融冰为水，需要有把自己放在火中锻烧的耐力。这还不一定是胜算，有时脸面掉了一地，还被别人指指点点，狼狈得像一条落水狗。

可怜刘姥姥一个七十五岁的饱经风霜的老人家，思虑着儿女的生存，带着尚未谙世事的六岁小孙儿，以一老一少的经典叫花子搭配，踏上了求乞之路。

这一行真是山路十八弯，曲曲折折的心路起伏里潜藏着身处底层的卑微和心酸。是夜，当狗儿和媳妇睐着眼摸那白花花的银两之时，刘姥姥的满足里是否会掠过这一天历经的步步惊心呢？

## 02 求乞之路潜悲辛

星未落，天未明，刘姥姥梳洗之后带着板儿来到宁荣街。

弹弹衣服，蹭到角门，堆起笑容，向荣国府几个挺胸叠肚指手划脚的三等奴才问周瑞家在何处，几人将姥姥自上而下打量一番，待理不理地说："等着吧！一会就出来了。"刘姥姥兜兜转转找到了一群戏耍的孩子，一个孩子很热情，跳跳窜窜地领着刘姥姥来到周大娘家。

一边是狗眼看人低的看门奴才，一边是纯真热情的孩子，让人不得不感叹：有时候，人类是逆生长的，总是有一些奴才能用最小的权力发挥出最大的功效。

想见大人物总是需要中间人的，中间人心情好坏决定了小人物是否能有迈出下一步的机缘。刘姥姥找的中间人是周瑞家的，王夫人的陪房。

幸好，周瑞家的念着狗儿曾经帮他家争田地的旧情，今日又在刘姥姥毕恭毕敬的吹捧里飘飘不知何所以，特别想显弄自己的体面，也因确实在王夫人面前能说上话，所以夸下海口："姥姥您放心！大远的诚心诚意地来了，岂有个不教您见个真佛去的呢！"

喜得刘姥姥赶紧念佛，取经的路十万八千里，见到见不到真佛是未知数，但是佛光已经遥遥可见了。

趁着吃饭的间隙，周瑞家的领刘姥姥到王熙凤宅上，先偷见平儿，再把姥姥藏在东边屋内，敛声屏息等王熙凤吃完一餐饭。在这个过程中，板儿偷看到肉，吵着要肉吃，刘姥姥一巴掌打下去。

这一巴掌打得好心酸！打在孩子身上，疼在祖母心里。可是，又有什么办法呢？想必宝玉每日吃那山珍海味早是腻歪了的，人家是街着玉出生的，而板儿是泥土地里钻出来的。人，生而不平等。

终于等凤姐吃完饭，接见刘姥姥了。七十多岁的老人在地上拜了又拜，连声问姑奶奶安。凤姐倒也客气，忙欲起身犹未起身，满面春风地问好。这"欲起身犹未起身"的姿态特别形象，和平日里杵在老祖宗身边不坐下形成了大反差。

千难万难就是开口乞讨时，刘姥姥未语脸先飞红，欲待不说，今日又所为何来？只得忍耻说道："论理，今儿初次见姑奶奶，却不该说，只是大远地奔了你老这里来，也少不的说了。"

聪明如凤姐，没有让刘姥姥陷入尴尬太久，笑止道："不必说了。"然后传了一桌菜招待刘姥姥。那时，刘姥姥和板儿连早饭都没吃，已经挨过了吃午饭的时候。

刘姥姥吃饭的当时，去向王夫人汇报的周瑞家已经回来了。王夫人的态度很明确：刘姥姥不是正经亲戚，自己懒得见，多少给一点，凤姐看着办。慈眉善目吃斋念佛的王夫人在佛前殷勤，在穷人前傲慢。

有了王夫人的态度，待吃过饭，刘姥姥舔唇抹嘴感谢的时候，凤姐发话了，先讲礼节疏忽，再诉家道艰难，最后的最后拿出二十两银子。那刘姥姥先听见告艰难，心里突突的；再听到给她二十两，喜的浑身发痒。

从突突到发痒，刘姥姥历经了天上人间，几世几年。

### 03 心存善念多情怀

我在最初读刘姥姥一进荣国府时，总有一个疑惑：凤姐并不是一个善良有情怀的人，小道士挡住了她的路，她伸手就是一耳光，为何那一日如此厚爱这个半点墨水也没有的乡间穷苦老婆子呢?

并且,当刘姥姥听到有钱时,喜得眉开眼笑,粗话张口就来:"瘦死的骆驼比马大""你老拔根汗毛比我们的腰还粗呢。"这毫不掩饰的粗鄙乡间俚语,充分暴露着内心的欲望,连杀富济贫的味道都有了。若是恩主看不上这言论,心情陡地一转,脸色猛地一沉,一天的努力就前功尽弃了。难怪周瑞家的老在一旁给刘姥姥使眼色。

可是,凤姐笑而不语,让平儿给刘姥姥在二十两银子外,又拿了一串坐车钱。和二十两银子的施舍相比,这一串钱显得格外有温度。

或许是凤姐心情好,刚刚打趣过贾蓉?也或许是因为刘姥姥是王家的亲戚,不可在贾府丢了王家的脸?还可能是一向目无下尘的凤姐虚荣心作怪,在刘姥姥新颖又有泥土味的吹捧中优越感骤增⋯⋯

读红楼的遍数多了,我隐隐有种感觉:凤姐对刘姥姥是有一点点亲近感的,那是属于同类人的亲近。

尽管她们之间横亘着阶层的鸿沟,但当刘姥姥说出那些鲜活生动的语言时,凤姐洞见了她的真实幽默,没什么文化的凤姐其实是活得很敞亮很接地气的人,她清楚自己的欲望,为了达到目的她百折不挠。在这点上,凤姐和刘姥姥是不是很相像?

就是这么一个可有可无的善意,成全了刘姥姥,也成全了凤姐爱女巧姐的人生。这人生,可不就是你方唱罢我登场?当贾府沦落到衰草枯杨时,刘姥姥这个已是耄耋之年的老太太,救了巧姐。巧姐的判词说得很明白:留馀庆,忽遇恩人;幸娘亲,积得阴功。

这是不是告诉世人:拯救别人就是拯救自己?身处高层时,莫要长着一双富贵眼,要心存善念,多点悲悯情怀,俗话说,三十年河东三十年河西,或许因果来得就是那么快。

## 04 中间人的小抱怨

当千恩万谢的刘姥姥长吁一口气，拿着银子随周瑞家出来的时候，周瑞家抱怨她说："我的娘啊！你见了她，怎么倒不会说了？开口就是你侄儿。我说句不怕你恼的话，便是亲侄儿，也要说和软些。那蓉大爷才是他的正经侄儿呢。他怎么又跑出这么个侄儿来了。"

脑补一下画风：满口粗话的刘姥姥站在恍若仙妃的凤姐面前，牵着鼻涕横流的六岁娃，一口一个"你侄儿"，确实显得太亲昵些，毕竟贫富有别。但是，再仔细想想，人家凤姐都没把刘姥姥这话太当回事，周瑞家的一个奴才来挑刺，是不是刘姥姥的话让她心理上不舒服呢？在刘姥姥和凤姐拉关系攀援的那一瞬间，周瑞家的可能会掠过这样的一丝不快：你刘姥姥和凤姐算啥关系，还不是通过我周瑞家的才攀上的？怎么瞬间你们就达到越过中间人的亲昵程度呢？

大家千万别忽视了中间人的这点不快，如果你第一次办事时把中间人置于一边，下次再办事就未必行得通了。中间人说不定会脸一转，眉一扬："她不是你侄儿吗？找我干吗？"

心胸豁达的刘姥姥深知抱怨的背后是炫耀，对方确是帮了自己大忙。此刻，她只有感恩的心，真心实意地说："我的嫂子我见了她，心眼里爱还爱不过来，哪里还说的上话来了。"边说边留下一块银给周瑞家的儿女买果子吃。一两银子，周瑞家的压根就没有看在眼里，但却体现刘姥姥的真情和处事智慧。第二次进荣国府，刘姥姥不还是先找到周瑞家的？不过，下一次是来报恩的，路也顺畅了许多。

## 05 乐观坚强大智慧

人生路上坎坎坷坷，谁能保证永远一帆风顺呢？低头，不代表没有尊严，相反，很多时候传达的是一种积极向上的态度。

像狗儿这种"死要面子活受罪""拉臭屎"的人，现实生活中有很多：他们自卑，所以没有迈开大步前行的勇气；他们悲观，所以先预想自己会遭冷眼；他们虚荣，所以不愿意低头。

我们都想在人生中尽量少一些求人的时刻，尽量把腰杆挺得笔直，可是，为了让生活更美好些，谁来撑起家庭的重负呢？

无疑，是那个愿意低头的人。如果一个家庭里没有刘姥姥这样的负重前行者，单单指望狗儿这样无能脾气又大的男人撑家，恐怕早就过得狼狈不堪了吧！

刘姥姥是目的主义者，为了达到了理想，过程的千辛万苦都不算什么，她本来就是苦了一辈子的人，低了无数次的腰，再多一次又如何？

书中说，她是久经世代的老寡妇，只靠两亩薄田地度日。"久经世代"说明了她的见识，"老寡妇"道尽了她一世的辛苦。"两亩薄田"暗含了她生活艰难。在农村里，寡妇是一个最难生存的群体。"寡妇门前是非多"，不仅是指男女关系那一层，在愚钝的农人面前，寡妇还是受人歧视的绝户头。

但是刘姥姥坚强乐观，心态极好，书上说她生来有见识，可是不经历世态炎凉又如何磨砺出这样的大智慧、大心胸？

刘姥姥不是没有尊严的人，从她整理衣服入贾府，未语先红的脸，忍耻说出的话可以看出这个老人踏踏实实生活的尊严，但是刘姥姥是经历过困难生活的人，她经历过饥荒岁月，知道生存高于一切。所以，她不愿"死要面子活受罪"，她不愿意"拉硬屎"摆虚荣，为了生活，她甘愿折腰。她是无私的，因为她的折腰不是为了自己，更是为了子女生活幸福。

今天，我在人群中看到为生活低头的"刘姥姥"时，总会莫名生出一份敬意。

身处底层并不是可怕，像刘姥姥一样的，有无数生活在华夏大地底层的人，他们被艰难的生活碾压过，被岁月的风霜侵蚀过，像田野里的麦穗，都有折腰的时候。

然而，他们折腰的背后，是不屈服于命运的勇气，是对苦痛的直面与担当，值得我辈尊敬、佩服。

有时候，为生活折下腰，有何不可呢？

# 穷达自有命，都是千年狐狸精

## 01 穷达自有命

红楼中有两个修炼千年的人精：一个是贾母，另一个是刘姥姥。

两位老人，都有着丰富的阅历、过人的睿智、浓厚的人情味、人情世故上的炉火纯青。年龄带给她们的，是更宽阔的自己。

"泻水置平地，各自东西南北流。"人生在世，穷达有命。她们之间，有穷富之别，却无高下之分。

《礼记》中有一则著名的"廉者不受嗟来之食"的典故，说的是富人趾高气昂地施舍乞丐，乞丐是一个有骨气之人，宁死不肯吃带侮辱性的恩赐，结果饿死了。

在现实生活里，富人一定是趾高气昂地施舍吗？穷人一定真的饿死也不接受帮助吗？穷人和富人的情感一定是走向两个极端吗？

见多了生活，就知道感情的世界里有太多中间地带。哪里有什么非此即彼？爱得死去活来，恨得掘地三尺，都不是正常的情感模式，大多数时候，爱与恨都不是对立着来的。

曹公写《红楼梦》，写的是现实人生，从来不会挥舞道德的大旗做价值评判。

懂得了这些，再看刘姥姥二进荣国府，才会对人情世故有更多的体察。那种恨恨地认为贾府富贵眼或者说刘姥姥没骨气的说法都是站不住脚的。我们会发现，穷人并不一定装硬，富人也并不一定骄奢；刘姥姥会为了生活主动低下姿态，贾母的优越感里也确有关爱。

刘姥姥来自乡间，裹着泥土的芬芳；贾母来自庙堂，带着奢华的色彩——当她们在《红楼梦》里最欢愉的第四十回相会，你会看到刘姥姥奔着谋生而去，也谋到了尊重；贾母带着怜悯而来，却获得了前所未有的快乐。这一场宾主尽欢是彼此成全，两个世界的人，在这一刻心意相投，都在对方生活里看到了诗与远方。

如果生活有输赢之说，她们都是这个现实世界里的赢家。

## 02 大观园的远方

如果说刘姥姥第一次来荣国府是因为打秋风而提心吊胆，那么第二次则是本着报恩之心完全放下了压力。

这是一个明事理的乡间老太太，得了别人的好，她总记在心头。所以，当庄稼多打了两石粮食，瓜果菜蔬也丰盛的时候，刘姥姥把头一起摘下的，不舍得卖的，留着尖的最好的食物用口袋背过来了。她说这是她的穷心，也是她能拿出来的最好的东西。生活中的我们，如果恰好有一天，遇到穷亲戚带着家乡土特产跋山涉水送过来，千万别嫌弃，这世间最珍贵的是人心。

刘姥姥把瓜果蔬菜倒好后，往窗外看天气，急着赶回去。她并未想从贾府再捞点东西回去，她把心放这里了，就完成了此一行的使命。

偏偏凤姐怜惜刘姥姥扛着沉东西大老远跑来，让她住一夜再回；又偏偏贾母听到这是一个年龄和她相仿的积古老人，很想和她聊聊天，刘姥姥就被留下了。

一个人年龄大了，总想和同龄人聊天，这是人情。岁月流逝成河，处于河水下流的老人们想逆流而上追回时光。若有一天我们突然很想和少年时的朋友聊天，那说明我们在追忆往事，不再随生活顺流从之了。

两个老人见面，先聊些什么呢？健康。对于老人，没有什么比这更重要的了。贾母说你七十五了，比我大几岁，还这么健壮。刘姥姥笑道："我们生来是受苦的人，老太太生来是享福的。"

刘姥姥的话里虽说是恭维，却藏着乐天知命的哲学，富人有富人的命，穷人有穷人的命，无论贫富，都是上天给我的礼物，在这份命里都要开开心心健康地活着。贫，而不仇富；富，而不鄙贫，都是知天命之理。

接下来的那个晚上，刘姥姥和贾母屈膝坐在榻上，讲一些乡间趣闻，爱八卦是小孩子的天性，那些姐儿们、哥儿们都围坐一旁聚精会神地听着。刘姥姥是编故事的天才，张嘴就来，还很符合大众的审美，谁不爱听？

刘姥姥的日常，变成了大观园的远方。

宝玉被十七八岁的小姑娘雪地里抽柴草的故事打动了，信以为真，第二日还派茗烟寻刘姥姥故事里的破庙；贾母和王夫人被信佛的老奶奶又生了聪明伶俐的孙儿打动了，愈觉得宝玉这小儿就是上天赐予的。

这真是一个美好的夜晚，星光在天，刘姥姥的故事在梦里。

一曲流水红颜宽：红楼梦中的多面人性

## 03 扮丑角的快乐

大观园一日游是整部红楼里最快乐的一天。

贾母带刘姥姥看大观园，固然有炫耀的成分，但却不是暴发户在穷亲戚面前的那份耀武扬威。贾母和刘姥姥的生活本来就是天上人间，不在一个阶层里，没有可比性，贾母更多是想让刘姥姥长长见识，就好像警幻仙子带贾宝玉看太虚幻境一样。

一大早，给贾母鬓上插花的时候，凤姐拉过刘姥姥横三竖四地给她插了一头，这画风让众人笑得不得了。这是我们熟悉的一个画面，许多小丫头们总喜欢在长辈头发上做文章，扎几个小辫子，大家都乐得哈哈大笑。凤姐此刻又何尝不是孩子调皮心性呢，难得的是刘姥姥放低身段，笑着连声说自己喜欢，"我虽老了，年轻时也风流，爱个花儿粉儿的，今儿老风流才好。"

凤姐的孩子心性得到大家的认可后，她愈发感受到了创造快乐的愉悦。她和鸳鸯都发现了刘姥姥有趣的天赋，两个人串起伙来，导演了一出又一出的快乐，在这出戏里面，主角是刘姥姥，观众是贾母、宝玉和大观园里的姐妹们。

接下来就有了大观园里最经典的快乐桥段：

"老刘，老刘，食量大似牛，吃一个老母猪不抬头。"自己却鼓着腮不语。众人先是发怔，后来一听，上上下下都哈哈地大笑起来。史湘云掌不住，一口饭都喷了出来。林黛玉笑岔了气，伏着桌子嗳哟。宝玉早滚到贾母怀里，贾母笑的搂着宝玉叫"心肝"。王夫人笑的用手指着凤姐儿，只说不出话来。薛姨妈也掌不住，口里茶喷了探春一裙子。探春手里的饭碗都合在迎春身上。惜春离了座位，拉着他奶母，叫揉一揉肠子。地下的无一个不弯腰屈背，也有躲出去蹲着笑去的，也有忍着笑上来替他姊妹换衣裳的。

在这出戏里，刘姥姥扮的是丑角，她不露声色地配合着大家来表演，演出了一个土里土气的乡村老太太本色，以此来博取大家的快乐。扮丑角的刘姥姥失去尊严了吗？并没有。心明如镜的刘姥姥一开始就明白，大家是串起伙来哄老太太开心，所以极力配合。她甘心放低身段不是因为她穷她卑微，而是因为她喜欢看到她们的快乐，她们快乐她也快乐。

当演出落幕，凤姐和鸳鸯给刘姥姥道歉时，刘姥姥说："姑娘说那里话，咱们哄着老太太开个心儿，可有什么恼的！你先嘱咐我，我就明白了，不过大家取个笑儿。我要心里恼，也就不说了。"

这段话一出，一个老年人的智慧心胸气度全部摆在那里了，凤姐和鸳鸯这两个贾府的精英，也不得不发自心底的敬服。她们俩后来送给刘姥姥的礼物里都带有许多人情味的体贴，也是发自内心对刘姥姥欣赏、敬爱。

## 04 修炼千年的"狐狸精"

在我们这个国度，有许多刘姥姥这样的草根老人，一生都在为生存东奔西走。

懂世故而不世故是网上流传的关于做人境界的箴言，刘姥姥即是如此。七十五年的世事人生，察言观色，体察人心这些生存技能她早练得炉火纯青，但是她身上依然保持着农民本色：淳朴、真诚、亲切、积极、知恩图报。

与刘姥姥相反，贾母这一生，从来不缺物质的丰富性，从年轻时的富贵奢华到年老时的雍容华贵，她是掉在福窝里的老太太。

在贾母身上，既有泰山压顶的气度，又有雍容华贵的风度，她是一个真正的贵族。

小时候看红楼，电视上的贾母总在一张榻上歪着，身边珠围翠绕、花枝招展，美人丫鬟捶腿说笑，简直是乱花渐欲迷人眼，此乐何极！

岁月如流，多年后再看红楼，才发现并不是谁都能如贾母一样驾驭物欲的汪洋大海，这世间有太多人如一叶孤舟，淹没在欲望的海洋里，能如贾母一般担得起这份富贵的竟是凤毛麟角！

在理政上，她从容老辣。在贾府上上下下，她立威立理又有情。当她知道大观园婆子们聚众赌博，她一番推断细密周全，若非有丰富的理家经验，岂能有如此见识？

在识人上，她独具慧眼。她疼爱的元春、宝玉、黛玉、探春都是人中龙凤，她选拔出的丫鬟鸳鸯、晴雯、袭人都忠心耿耿，她的得力干将凤姐更是虎虎生威。

在家族命运上，她洞若观火。贾府的衰败她早有知觉，只是年岁渐高，难以力挽狂澜，男人的腐败如同泥沙俱下，浊流滚滚，以八十高龄的羸弱之躯，何以抵挡？

当岁月静好时，贾母懂得拥抱生活的美好。"大宴三六九，小宴天天有"，每天都有节日的仪式感，每次宴欢都是和谐的天伦之乐。

那年元宵，当火树银花灿烂星空，贾母搂着她心爱的黛玉，以温暖的姿势让这个孤女感受到曾经被外祖母深深爱过。星漫天，花漫飞，难得的是亲情。

中秋之夜，皓月当空，白发如银的老太太领着众姐妹隔着水音赏笛。溶溶月，淡淡风，难得的是情怀。大观园的姐妹们正是有了贾母的引领和疼爱，才有了青春岁月里永不褪色的记忆。

当贾府颓败时，贾母懂得接纳痛苦。贾府被抄家之时，所有人都张皇失措，唯有贾母，如中流砥柱，迎击家族凋零的残酷。她拿出自己所有的银钱，接济各方；她表现出无畏的担当和气魄，鼓励晚辈们振作。

这个一辈子被福气赶得气喘吁吁的老人，在福气被突然抽空的时候，再次展示了人性中的乐观与豁达，不屈与坚强。她如经历风雨的大树，愈老愈苍翠，为后辈子孙展示了真正的贵族气质——面对跌宕起伏，淡定从容，开阔如大江大河。

在红楼男一号贾宝玉眼里，女人是以年龄来划分美丑的。"女孩儿未出嫁时是颗无价的宝珠；出了嫁，不知怎么就变出许多的不好的毛病来，虽是颗珠子，却没有光彩宝色，是颗死珠了；再老了，更变的不是珠子，竟是鱼眼睛了"。可是，像贾母和刘姥姥这样的老人，一辈子都年轻，一辈子都赖在青春里，他们自己充满着活力和对生活的热爱，又给予身边人春风般温暖。

她们，都是修炼千年的"狐狸精"。

## 05 知天命的智慧

几千年前，鲍照在《拟行路难》中呼喊："人生亦有命，安能行叹复坐愁？"

是的，人生自有天命，如同贾母和刘姥姥的贫富之别。

丫鬟们拿来几种小点心时，贾母皱着眉头说："这油腻腻的，谁吃这个！"刘姥姥笑道："我又爱吃，又舍不得吃，包些家去给他们做花样子去倒好。"

在物质面前，一边是欲望的过度满足，一边是追逐欲望的向往，这人生啊，可不就是围绕欲望奔乎西东？

如何权衡欲望，最考量一个人的生存智慧。有人富贵后变得无聊，有人贫贱时变得无助。人们习惯在自己命运之河里顺流而下，放弃自身的努力。而贾母和刘姥姥一直在逆流而上，贾母一直在和无聊做抗争，寻找高境界的生活方式。刘姥姥一直在和无助做斗争，力争使家人在生存层面上更好一些。可见，"知天命"不是听天由命的无所作为，而是谋事在人、成事在天的努力作为。

有些人，即便拥有贾母的富贵，也把日子过得鸡飞狗跳。上天给了他一副好牌，他打得稀巴烂。比如汉武帝的阿娇皇后，出身何等尊贵，背景何等强大，却因为自己的骄横刁蛮，终处长门冷宫。

更不用说处在刘姥姥位置上的人，有多少能像她一样在生活的污流中跌打滚爬过依然保持真纯的品性？妙玉姑娘是看不起刘姥姥的，嫌弃她用过的杯子脏，可是若在生活的污水中蹚过，一个杯子干净与否早已无关轻重，一切的皮囊都是表象，唯有心灵才能到达洁净的远方。

刘姥姥扎扎实实地深入到泥土里面，摒弃了外界的虚华做作。在贾府落败之际，她凭着一腔孤勇，毫不顾虑地去拯救孤女巧姐，这种高尚的人格魅力实在让人钦佩！想一想红楼梦第一回出场的读书人贾雨村，对恩人甄士隐爱女毫无怜惜，反而把香菱推向更深的火坑。真可谓：仗义每多屠狗辈，负心多为读书人。

穷达自有命，行在路上，心在远方。

一曲流水红颜寞：红楼梦中的多面人性

# 王熙凤：聪明要有大智慧

整部红楼，凤姐是最光彩耀人的角色。

凤姐出场，如龙现江湖，虎啸山林，豹出平川，鹤立九皋，先声夺人，气势非凡。她是黑暗世界里的一只金凤凰，为周围平添万道亮光，平庸的生活因为她而散发出勃勃生机。

书里书外，她都是那个最受争议的人物。贾母昵称她为"凤辣子"；兴儿说她"明是一盆火，暗是一把刀"；她美丽外表蛇蝎心肠；她是"女曹操""胭脂虎"；是"彩绣辉煌，恍若神仙妃子"的少妇；又是势焰十足老辣歹毒的政客……

她是正与邪的交织，魔力与魅力的并存，是我们心中那个可亲可近酣畅淋漓的身边人。

从"我来迟了，不曾迎接远客！"盈盈笑语开始，她以不可抵挡的气势驻扎在红楼里，从此，热热闹闹轰轰烈烈的故事展开了。

## 01 做事果决，少敬畏

工作上，凤姐能干又精明。

小说第十三回，凤姐受命于危乱之际协理宁国府，大事小事，千头万绪，凤姐理清头绪，抓住弊端，对症下药，责任到人，赏罚分明，身体力行，严查过失，杀一儆百。一番整肃，人人兢兢业业，事事井井有条，合族上下无不称叹。

头一件是人口混杂，遗失东西；第二件，事无专执，临期推委；第三件，需用过费，滥支冒领；第四件，任无大小，苦乐不均；第五件，家人豪纵，有脸者不服钤束，无脸者不能上进。

曹公评价："金紫万千谁治国，裙钗一二可齐家。"的确如此，家国本一体，管理一个家族，如同指挥一支军队，凤姐在杀伐决断中展示出的管理能力，令人敬服！若领导者们都能像凤姐这样愿意担当，不避锋芒，不怕结怨树敌，秉持一颗公心来做事，岂止家庭，国家大治亦不难。

然而，凤姐的能力在更多场合中表现为逞威弄权，心狠毒辣。红楼梦中有几条人命都与凤姐有关：贾瑞、金哥夫妇、鲍二媳妇、尤二姐，不管这些人是否当死，也不管凤姐是否自觉置之死地，她怎能心安理得地没有一丝一毫的恻隐之心？

小说第十五回，铁槛寺老尼为了金哥与守备公子退亲的事求凤姐，凤姐心头痒痒的，但装着说："我也不等银子使，也不做这样的事。"

老尼失望着叹息："如今不管这事，张家不知道没工夫管这事，不稀罕他的谢礼，倒像府里连这点子手段也没有的一般。"一句话激起了凤姐的兴头："你是素日知道我的，从来不信什么是阴司地狱报应的，凭是什么事，我说要行就行。你叫他拿三千两银子来，我就替他出这口气。"

听凤姐之言，颇有一夫当关鬼神难挡之势，为了一饱私欲，她勾结官府，倚仗权势，假贾琏之名，修书一封到长安。然而人算不如天算，有情有义的金哥并不赞成父母退亲的事，和守备公子双双自杀，张李两家人财两空，而凤姐却轻松地挣了三千两银子。自此之后，王熙凤的胆子愈加的大了，敛财的脚步也放大了。

此时的凤姐，眼中没有国法王法，更没有对生命的尊重，只有自己权欲的肆虐。她一方面在尽力地干着，另一方面在用力地贪着，于是贾家这个大厦也越来越快地倒着。敬天命，本是我们国人骨子里的信仰，给自己一个敬畏的标杆，才会小心翼翼，不疏忽、不傲慢、不亵渎、不张狂。一个人天不怕地不怕的时候，就会失去一切道义的、法律的约束，无法无天，这不仅是做人智慧的问题，更是道德问题。

生命的洪流中，每个人都应该在天命前保持一颗谦逊的态度，命运常常介于有常无常之间，遵循良知的呼唤，敬畏那些命中的注定，也是对自己的尊重，毕竟天道会轮回。

## 02 八面玲珑，结怨多

处理人际关系上，凤姐八面玲珑。周瑞家的介绍凤姐，说她"少说些有一万个心眼子"。她的聪明灵透，得到所有人的认可，尤其是贾母。

林黛玉进贾府这一回，凤姐有一句经典的台词：

况且这通身的气派，竟不像老祖母的外孙女儿，竟真是个嫡亲的孙女。

一句话，恭维了黛玉，讨好了贾母，也未冷落旁边坐的三姐妹。一石三鸟，真是让人拍案叫绝！接下来，提到黛玉的母亲贾敏，凤姐料到贾母定会因此而伤心，于是用帕拭泪，抢先说："只可怜我这妹妹这样命苦，怎么姑妈偏就去世了。"贾母笑道说"快再休提前话。"王熙凤一听，忙"转悲为喜"，悲喜之间变换之快，何等地驾轻就熟！

凤姐像是学过心理学一样，能看透人的内心，她的嫂子李纨也不得不赞叹："真真你是个水晶心肝玻璃人。"

"俏平儿软语救贾琏"那一回，贾琏和"多浑虫"淫浪，不曾想漏了一绺青丝在枕套中被平儿发现，凤姐见了贾琏，便问平儿"可少了什么不少"，"可多什么没有"，平儿笑说："不少就罢了，怎么还有得多出来？"凤姐笑着说："这半个月难保干净，或者有相厚的丢失下的东西：戒指、汗巾、香袋儿，再至于头发、指甲，都是东西。"

这一席话，吓得贾琏脸都黄了，似乎凤姐有一双穿透的眼睛，抓到了他把柄似的。

在那些春风化雨细水长流的日子里，凤姐的"精"是一种正面的精明，利人利己，属于高情商的表现。

然而，凤姐的人际关系中也有一个漏洞，就是"爱憎分明"。

对于最高权威贾母——这个睿智的老太太，凤姐万般讨好，事事妥帖周到，不见媚顺，唯见孝顺。

对于刘姥姥、邢岫烟这样的弱势群体，她也能给予帮助。她喜欢刘姥姥的聪明世故接地气，也欣赏岫烟姑娘安于贫贱出淤泥而不染之气质。

但对于赵姨娘，她心狠手辣，一点也不掩饰自己的厌恶，令其苦不堪言。

对于丫鬟小厮，她随意揉捏，当发现为贾琏望风的丫鬟，她喝命"拿绳子鞭子，把那眼睛里没有主子的小蹄子打烂了"，威胁用烧红的烙铁烙嘴，用刀子割肉，扬起巴掌打得丫鬟两腮紫胀起来，用簪子往丫头嘴上乱戳。

于是，势焰最足的凤姐也结怨最多。如同第五回画中所展示的，一只凤凰高居于冰山之上，一方面卓然独立，另一方面又极其危险，凤姐在激流的漩涡里。

凤姐知道自己得罪了许多人，因而说出"不信阴司报应"，却依然不改自己的行事风格。她太自信，自信自己的才华，自信自己的家族，自信老太太的宠爱。她不掩饰，不顾忌，把一切招数都亮在明处。小说第三十六回，凤姐从王夫人房中出来，把袖子挽了挽，趿着角门的门槛，冷笑道："我从今以后倒要干几样克毒事了。抱怨给太太听，我也不怕。糊涂油蒙了心，烂了舌头，不得好死的下作东西，别作娘的春梦！明儿一裹脑子扣的日子还有呢。"

在这方面，宝钗比她老练多了，遇到难缠的夏金桂，是"暗以言语弹压其志"；黛玉也知道"那起子小人"不好惹，但凤姐的风格就是心狠手辣，赶尽杀绝。于是，邢夫人说她"遮天蔽日"，赵姨娘暗中施术；鲍二媳妇咒她"阎王老婆"；小厮说她"两面三刀"；在奴仆的眼中，凤姐就是恶魔，是阎王婆、夜叉星，咒她死。

别小看群小的力量，这是一群不能成事只能坏事之人。当凤姐高高在上时，许多人是敢怒不敢言；当凤姐失势之时，却是"墙倒众人推"。

小说第八十回老太太过生日，凤姐绑了得罪尤氏的两个老婆婆，婆婆邢夫人当众赔笑向凤姐求情，故意羞辱她不懂大体，不善待下人。凤姐又羞又气，憋得脸紫胀，解释说是替嫂子尤氏出气，尤氏笑着说不知情反怪凤姐多事。王夫人也站在邢夫人一边，指责凤姐。

那一刻，凤姐百口莫辩，只能接下所有脏水。可是，若不是凤姐和邢夫人的结怨已久，若不是因为尤二姐之事她羞辱尤氏，又何致会有今日呢？

### 03 水满则溢，聪明累

从八十回开始，贾府的各种颓势已凸显，凤姐的命运也随之下坠。丈夫离心，婆婆嫌弃，一身病痛，声名狼藉，宠爱自己的贾母生命快到尽头，唯一的女儿无人可托，包揽官司放高利贷的后患无穷，娘家当权者王子腾已逝，哥哥王仁又是"忘仁"之人，凤姐的功业，终随着贾府的颓败而烟消云散。

凤姐这一生，可爱也好，可恨也罢，在二十五岁的青春年华不甘离世，终是可怜人一个，留给世人一声叹息！

她聪明有能力，活得恣意自我，然而月满则亏，水满则溢，太强势太用力的姿态，终是一场悲剧！

她的悲剧有社会原因，那个时代，女性想实现自我受着种种限制，纵观红楼中女子的命运，就会发现：女人想活出自我，实在太难。凤姐能够借封建礼教的魔杖挥洒人生，已是人中之凤了。然而，她身上亦有致命的缺点，归根起来，是少德和智。

她少慈悲之心。到清虚观里看戏，一个小道士慌不择路，撞到了凤姐，王熙凤连想也不想，抬手就给了这小道士一个耳光，把这小道士打了个筋斗，嘴里还骂着小道士。"反观贾母，富贵窝里滚过之人，依然秉持善心，忙说"小门小户的孩子""可怜见的"，又让珍哥给小道士钱买果子吃。在这方面，凤姐实在和贾母的修行相差甚远！

她少做人的大智慧。可能读书太少，凤姐有能力没文化，她的聪明停留在精明之上，争强斗胜，眼光短浅，不懂得韬光养晦。因为不知保养，一个几个月的胎儿小产了，血崩之症已经形成，她还强自挣扎。她唆使张华状告自家丈夫，去衙门打点，闹得满城风雨，家宅不宁，她怎么就不想想，自己翻云覆雨的手段再高，岂可大过国法王法？只有后患无穷罢了。她那意悬悬的半世心到底是为谁辛苦为谁忙？

一曲"聪明累"道尽了凤姐的一生：

机关算尽太聪明，反算了卿卿性命！
生前心已碎，死后性空灵。家富人宁，终有个，家亡人散各奔腾。
枉费了意悬悬半世心，好一似荡悠悠三更梦。
忽喇喇似大厦倾，昏惨惨似灯将尽。
呀！一场欢喜忽悲辛。叹人世，终难定！

# 那一夜酒后，命运各纷飞

## 01 良夜共饮

《红楼梦》中第一场酒发生在中秋之夜，是甄士隐（真事隐）和贾雨村（假语存）两个男人之间的豪饮。

那一夜，家家箫管，户户弦歌，当头明月，飞彩凝辉。甄士隐家宴之后，另备一席于书房，踱之葫芦庙中，邀雨村共饮。

月明风清的良夜，一个禀性恬淡以酌酒饮食为乐的乡宦，和家人散场之后，莫名地就滋生出一些寂寞。能化解这寂寞的知己在何处？落魄寄居在葫芦庙的穷儒贾雨村也。

此情此景，和苏东坡《记承天寺夜游》那一晚颇有点类似：

月色入户，欣然起行，念无与为乐者，遂至承天寺寻张怀民。

贾雨村等待这场酒久矣！此时贾雨村的处境，用一个字来说，就是"穷"。"自前岁来此，又淹蹇住了，暂寄庙中安身，每日卖字作文为生。"寺庙是免费吃住的收纳地，不穷困到极点，谁肯住在寺庙里长达一两年之久？入住时间之长，连庙里的小沙弥在若干年后都记得曾经有一个穷书生贾雨村在此混吃混喝。

这场酒之前，还有一场一笔带过的酒宴，发生在甄士隐和严老爷之间。

彼时，甄士隐正在和贾雨村交谈，不知何方江湖来历的严老爷一到，甄士隐慌忙丢下贾雨村去会客了，待和严老爷吃过饭后，才发现贾雨村从夹道中自便出门了。

此时的贾雨村，是甄家拿不到台面上来的客人。连甄家的丫环娇杏都心里暗想：

这人生得这样雄壮，却又这样褴褛，想他定是我家主人常说的什么贾雨村了，每有意帮助周济，只是无甚机会。我家并无这样贫窘亲友，想定是此人无疑了。怪道又说他必非久困之人。

是夜，甄爷来请的时候，贾雨村正在唉声叹气。具体而言，就是仰天望月，他放声高吟出一五言律诗：

未卜三生愿，频添一段愁。

闷来时敛额，行去几回头。

自顾风前影，谁堪月下俦？

蟾光如有意，先上玉人楼。

接着，贾雨村又想到自己的抱负和现状，又高吟出一联：

玉在椟中求善价，钗于奁内待时飞。

通过这些诗歌，分别直白地倾诉了他的情欲和官欲。

此时，贾雨村寂寞、失意、无助、野心勃勃，甄士隐的邀请正合他意。

## 02 赠银助飞

二人觥筹交错，酒到杯干。豪兴之下，贾雨村借着七八分酒意，狂性不禁，立时口占一绝：

时逢三五便团圆，

满把晴光护玉栏。

天上一轮才捧出，

人间万姓仰头看。

酒的烈性唤起了文人的野性。在酒精的刺激下，一个温文尔雅的儒生展示了狂放不羁的男儿本色。士隐听了，大叫："妙哉！"

"雨村兄弟，过不几日，你定当金榜题名飞黄腾达，来啊，先干了这杯酒为你庆贺！"甄士隐亲斟一斗，为贾雨村敬上。

雨村也不客气，一饮而尽，酒杯一放，开始叹息："士隐大哥，不瞒您说，我真不是那沽名钓誉之徒，想要金榜题名也是小菜一碟，但是……唉，没钱啊，去京城的路费……"

"兄弟你早说啊！我早就想帮你了，担心你不接受，小童过来，速速拿来五十两白银，再加两套冬衣！"

脑补一下画面：两个喝得醉醺醺的男人，一个豪气展抱负，一个鼓掌助飞腾；一个叹气诉穷苦，一个恩义赠银两。

那一刻，两个人一定是酒逢知己、惺惺相惜。你一杯，我一杯，"再来一杯"的交杯声和高呼声让这段友谊瞬间从 15 度上升到 150 度。他们从萍水相逢的过客，成为了莫逆之交的好兄弟。

男人之间的交情很多时候是从一杯酒开始，酒可以迅速粉碎陌生人之间的距离感。酒后好说事，酒后好办事，好事也酒场，坏事也酒场，酒场交友，酒场签约，酒场相亲，酒场阅人，关羽温酒斩华雄，太祖酒后释兵权，酒后风花雪月写浪漫，难怪我泱泱中华酒文化传承不息！

这场宴会不知是从晚上几点开始的，反正散场已是三更之时。

对于甄士隐和贾雨村而言，这场酒不仅让友谊得到了升华，更重要的是彼此成全：对于贾雨村自不用多言，无疑雪中送炭；对甄士隐而言，也满足了自己乐善好施的优越感。

## 03 假装清高

那一夜，甄士隐现场送贾雨村五十两白银，并两套冬衣。

五十两银子是什么概念？刘姥姥进大观园时说，二十两银子够我们庄稼人一年的生活了。折算到今天，恐怕三五万还是有的吧！

对于穷困潦倒之人，此不可不谓大恩也，应该千恩万谢吧？

但是，真是奇怪了：

雨村收了银衣，不过略谢一语，并不介意，仍是吃酒谈笑。

我把"并不介意"四个字看过来看过去，然后挖掉，恍然大悟，曹公的真实用意竟是这四个字：我太在意！

若说君子之交淡如水，那一定是在没有利益来往的情形下，再好的交情，有了金钱的叩击，都不会平湖不惊。

若说贾雨村洒脱豪放，那他一定是情谊至上，视功名利禄如粪土之人，看看他后来的所作所为，是这样的人吗？

唯一合理点的解释是酒后失态。男人酒后太容易成为知己之交，不分彼此。

我们在生活中，见识过很多的酒后狂言：

"我的车给你用，钥匙，拿走！"

"需要多少钱？兄弟开口说一句，明天立马给你送去！"

"用得着兄弟的时候，一句话！"

……

既然是不分彼此的兄弟了，那么钱这事，太小意思了，一掷千金才能显出兄弟情义。大哥帮兄弟，理所当然；小弟接受大哥帮忙，自然坦然。醉酒之后，帮与被帮都是水到渠成，毫无压力感。

再看看这个"并不在意"的贾雨村在酒宴散场之后的行为：第二日，甄士隐睡到日上三竿方醒，想写封荐书让贾雨村带着，没想到，回话的家人说，贾爷早上五更已进京去了。

三更散场，五更启程，一个醉酒之人，对于这五十两银子，真的是"并不介意"吗？

中间只有两个时辰，在收拾行李打包上路那一刻，贾雨村心中一定是波澜起伏、激情澎湃，锦绣前程如星光大道在眼前缓缓铺开。

掀开贾雨村"并不在意"的面纱，你会看到一个清高虚伪的读书人酸臭的面目：他的人生很大一部分是不真实的，是"装"出来的，装着清高，装着不在意，装着视金钱如粪土，这样的读书人，今天还少吗？

并且，"装"是贾雨村一贯的姿态，雨村进京之后，果然中了进士，升任知府，但因初入官场，愣头青一样的他不懂潜规则，得罪了达官显贵，很快又被贬官。当他被贬之后，"心中虽十分惭恨，却面上全无一点怨色，仍是嘻笑自若"。这又是一种"装"了。当然，此时不装也没办法，纵使摆出苦大仇深的样子，也无人同情。

## 04 忘恩负义

人生中，有那么一个月白风清的良夜，两人对饮，是多么温暖人心的记忆啊！

"桃李春风一杯酒，江湖夜雨十年灯"，若有岁月可回首，混迹官场的雨村一定会想起那一夜甄士隐的热忱、赤诚。

然而，贾雨村非常人之心也！他太希望忘掉这一晚的记忆，一并忘掉他穷苦的出身。对于我等普通人而言，对饮一夜的纯粹真情必定刻骨铭心。对于贾雨村而言，好像从来没有和甄士隐认识过，莫非他忘了命运的转机？

直到了小说第四回，贾雨村补授了应天府的官职，遇到故人小葫芦僧。这小葫芦僧如今已成为衙门里的门子，帮他回忆起过往，贾雨村才如雷震一惊，方想起往事。原来每个发达的人都在潜意识里想抹掉自己不堪回首的过往，因为那里面包含着曾经的屈辱、自卑、低贱、不甘。

但是，我纵然理解贾雨村这类人在官场上的身不由己，对他忘恩负义这一点却始终耿耿于怀。

他和甄士隐那夜一别之后，两个人命运各纷飞：甄士隐被噩运击中，失女、失家、跌入老病交加的暮年，最后随和尚道士了却尘缘；

贾雨村考取功名、娶了娇杏，做官亦有起伏，然最终攀上贾家大树，步步高升。

两条平行线在遇到被拐卖的英莲那一刻又有了交集。

英莲，甄士隐的唯一女儿，四岁那年走失后，被拐子拐卖 N 次，终于遇到一个叫冯渊的买主，对英莲一见深情。谁想"呆霸王"薛蟠，也看上了英莲，拐子为了多挣钱，又将英莲卖给薛蟠。薛蟠下令将冯渊打死，将英莲生拖死拽到家中，自己像没事人一样，竟自带着家眷去京了。

这一案件，青天大人就是贾雨村。

贾雨村虽然在门子的提示下认出了英莲是甄士隐女儿，却忘记了自己和甄士隐喝酒那一夜的豪谈，成为英莲悲剧命运中推波助澜重要的一环。他胡乱地断决了此案，然后急忙修书给贾政和王子腾表功。当然，贾雨村一定有说服自己的理由：甄士隐是多年前助自己考试的旧恩人，贾政、王子腾是帮自己重入官场的新恩人，世间若无两全法，负了旧恩念新恩！

他终不肯对英莲有一点故人的关怀，那个甄士隐早已消失在他的记忆里。

暗夜醒来，回首往事，不知道他是否会有些许的不安和歉意？

现实中，我们太容易被贾雨村这样的人所蒙蔽。因为他仪表不俗，谈吐非凡，像是成大事之人，我们唯独忽略了他的狼心狗肺。

当他失意的时候，你帮他一把；当你失意的时候，他反踢你一脚。东郭先生与狼的故事、农夫与蛇的故事时时都在上演。

一场本来可以温暖生命的酒宴，就这么因为命运的东南西北而被遗忘。

一曲流水红颜寞：红楼梦中的多面人性

# 贾政：迂腐的"鸵鸟男"

《红楼梦》中谈及贾政，是不吝溢美之词的：

> 自幼酷喜读书，祖、父最疼。
>
> 其为人谦恭厚道，大有祖父遗风，非膏粱轻薄仕宦之流。
>
> 这贾政最喜读书人，礼贤下士，济弱扶危，大有祖风。
>
> 贾政训子有方，治家有法。
>
> 身自端方，体自坚硬。

然而，在曹公虚晃一枪的背后，你会发现：贾政——"假正经"这个名字还真是名至实归。

他压根就不是鲁迅笔下"中国脊梁"的一份子，更不是传统儒家弘毅之士。恰恰相反，他是虚伪、退缩、失败的芸芸众生中渺小的一个。他的人生哲学就是逃避，"鸵鸟法则"是他安身立命之根。

## 01 为夫：无趣无爱

为夫，他是无趣无爱的。

家里的贾政，终日摆着"端方"的架子，端得生活兴味索然。偏偏王夫人也是一个大家闺秀的样板，两个迂腐的人在一起，一句"老爷"，一句"夫人"，如同一个屋檐下熟悉的陌生人，貌似相敬如宾，实则有着令人恐怖的漠视和冷淡。从王夫人整日吃斋念佛和对漂亮女孩子的嫉恨上看，可以想象到夫妻生活情趣的贫瘠。这样的生活，实令人窒息！

但奇怪的是，这个迂腐的老男人居然在中秋夜宴上讲了一个段子：一个怕老婆的男人，喝醉酒回家迟了，给老婆赔罪。老婆正在洗脚，让他给舔舔脚方饶了他。这个男人果真舔了，却恶心得要吐。老婆恼了，要打。男人赶紧跪下求饶，讨好说不是嫌奶奶脚脏，是喝醉酒了胃里不舒服。

这个低级的段子和贾老爷平日里的做派真是大相径庭，或许他是想调节气氛，或许这就是他的本性，但也可见贾老爷的幽默也就只到这个层面。由此看来，贾政喜欢赵姨娘倒也在情理之中了。赵姨娘固然粗鄙，素质低下，缺少教养，在趣味方面应该和政老爷是一致的。

他的无趣，还不仅体现在夫妻关系上，家中的每个人都因为他的存在而有压抑感。

林黛玉远道而来，千里投奔，初进贾府，舅舅贾政居然跑到庙里斋戒去了，怎让这个孤女不产生寄人篱下之感？

第二十二回，一家人一起猜灯谜，因为贾政在场，宝玉缄口禁言，黛玉不肯多语，宝钗亦不妄言轻动，他像是学校中那个黑脸的德育处主任，百米之内都是他的气场。

明代文学家张岱在《陶庵梦忆》中写道："人无癖不可与交，以其无深情也。人无疵不可与交，以其无真气也。"贾政就属于这种无癖无疵之人，以传统道德来衡量，他谦恭孝顺端方正直，但是，和这样的人在一个屋檐下生活是要窒息的，因为他实在太无趣了！

## 02 为父：怒骂灰心

为父，他是不称职的。

对于贾宝玉这样的"不肖儿孙"，呵斥、怒责、谩骂、嘲讽已成了教育常态。这就有点像鲁迅先生在《我们今天怎样做父亲》中写到的那样：

> 中国的圣人之徒，他们以为父对于子，有绝对的权力和威严，若是老子说话，当然无所不可。儿子有话，却在未说之前早已错了。

贾宝玉抓周时抓了脂粉，贾政就下断言："将来酒色之徒耳！"从而"不大喜悦"。

因为宝玉和他追求的"光宗耀祖"相距甚远，他就将其视为"逆子"，考他功课，逼他读书，结交贾雨村之流。

贾政对宝玉功课关心的背后折射出他对科举功名的热衷，他说："什么《诗经》古文一概不用虚应故事，只是先把《四书》一气讲明背熟是最要紧的。"这个政老爹，就这样一棍子把《诗经》归入"流言混语"之类，认为从中只不过学了些"精致的淘气"而已。

不能通过科考求取功名，这是贾政人生一大遗憾。他本来是个好读书的，想凭借个人努力实现抱负，结果皇帝直接保送他入了官场，消解了他十几年寒窗苦读的努力。自己未完成的梦想须由儿女来实现，贾政在宝玉身上寄托了自己热切的厚望。问题在于，戴着金玉出生的青春期少年宝玉，怎么可能认同老爹的这份价值追求？

所以说，贾政这样的老子，永远看不到儿子身上的灵性，也不懂饱读诗书对性灵的滋养，他只识得贾雨村那样的须眉浊物，不晓得纯真的心灵多么难能可贵。

想一想，我们周围多少孩子是在父母这样的断言下成长的？在"不成器"的怒骂声里，孩子对未来那点美好向往都化为风中的一片羽毛，悄无影踪。自暴自弃者有之，漠然麻木者有之，奋然前行者亦有之，不过已然如煤碳的形成，在地下酝酿千年才只有一点点光。即便偶生怜爱之情，贾政也是一声断喝："作孽的畜生！""无知的孽障！"不知道贾宝玉会不会在心中回应一声："我是畜生，你又是什么？"

最后怒到极点，贾政暴打宝玉，当真是朝死里打。

这可真是合了儒家的"三纲"，老子对儿子有着绝对的权威，只是这种教育方式的效果，微乎其微。贾宝玉被打得半死躺在床上奄奄一息的时候，对着抽抽噎噎的黛玉说："你放心，别说这样话。就便为这些人死了，也是情愿的！"

到了后来，贾政看宝玉死不悔改，就灰了心，干脆不管了。

至于对庶出的小儿子贾环，贾政从来没看到眼里。贾府无论是谁，亲宝玉、远贾环皆可，就是你这个亲生父亲不应该，手心手背都是肉啊！

关于贾宝玉和贾环的神采气质，书中有这么一段描写：

贾政一举目，见宝玉站在跟前，神采飘逸，秀色夺人；看看贾环人物委琐，举止荒疏。

贾环举止猥琐的气质和家庭教育是分不开的，一个被看到的孩子才能身心健康地成长，相对于"众星捧月"的贾宝玉，贾环生出些许嫉妒不平衡也在情理之中吧？一个缺席的父亲，一个被鄙弃的母亲，导致了贾环最后长成那样不争气的样子，对此，贾政这个父亲难道不该负责任吗？


## 03 治家：无心无力

治家，他是无心无力，任其没落。

按照族制，贾赦身为长子，应该是贾府的合法继承人。然而，贾母经过权衡，把这个家交给了二儿子贾政。荒淫无耻不务正业的贾赦自然是不可能治理好这个家的，那么规规矩矩忠厚老实的贾政为这个家尽到责任了吗？

《红楼梦》开篇第四回，薛蟠入驻荣国府后，"凡是那些纨绔气习者，莫不喜与他来往。今日会酒，明日赏花，甚至聚赌嫖娼，渐渐无所不至，引诱的薛蟠比当日更坏了十倍"。

而贾政对此是什么态度呢？不管不问、放任自流。原因有三：一是族大人多，管不到这些；二是现任族长是贾珍，自有他掌管；三是公私冗杂，素性潇洒，不以俗物为要。

家有千口，主事一人。贾政身为家中一个德高望重的长者，对于家门子弟，不引领、不劝诫、不规范、不担当，可以想象，贾家的江河日下也势在必然。

刘禹锡曾有诗言："旧时王谢堂前燕，飞入寻常百姓家。"这里提到的谢家，就是东晋时期以谢安为代表的谢氏一族。谢家特别重教育，谢安出生名门，儒雅风流，不求功名利禄，但愿山水之间。谢家的子弟均由他亲自教育，《世说新语》有记载："谢太傅寒雪日内集，与儿女讲论文义。"在这样的家风和长辈的言传身教之下，谢家芝兰玉树满庭。

一个家族乃至一个民族，其生死存亡都依赖于青年。如果贾政能够做一个像谢安那样的长辈，或许还能伸手挡住贾家的下颓之势。遗憾的是，贾府青年一代缺少好的家风教育，贾府亦如江河日下，离败亡不远矣！

再看元妃省亲，修建大观园，这是何等大事！当家人贾政却因不惯于俗务，做了撒手掌柜，从园子的设计布局到内部的装饰陈设，一任贾赦、贾珍、贾琏等人安插摆布。

小说第十七回大观园试才，贾珍先来回贾政："园内工程俱已告竣，大老爷已瞧过了，只等老爷瞧了，或有不妥之处，再行改造，好题匾额对联的。"

贾珍的意思是大观园工程建好了，请贾政来验收。然而贾政听了，沉思一回，重点落到"匾额对联"上了，带着他那群众清客和宝玉来参观大观园。游至潇湘馆，贾政突然想起帐幔帘子玩器古董之事，就问贾珍这些东西是怎么配的。这是很可笑的问话，身为当家大老爷，对于这些一概不知情，真是糊涂之至了。

下人把贾琏传唤过来，问有几种，得几种，欠几种。这是极不专业的一个问题，毕竟数字的虚实很难考证。贾琏是办事认真之人，随身从靴筒里拿出纸折详细地一一上报，可能贾琏上报的信息量之大把政老爷弄懵了，当贾琏报到几百株杏花树时，勾起了贾政的雅致，他要去杏花村休息一下。

这段文字，寥寥几笔，让我们看到了贾政的治家能力。一项浩浩荡荡的大工程，园林设计、工程进度、装修摆设、耗资情况，贾政一无所知，由着两个侄子处理一切事务，对事务没有预设、没有勾画、没有安排，脑袋一拍，想出一出是一出，这种务虚不务实的作风，如何能治理好家政？难怪这个家族千疮百孔走向没落。

贾老爷子的人生要务是看书下棋喝茶清谈。雅倒是雅了，但是谁为这份雅致买单呢？

## 04 为官：庸政误国

为官，他是无能无为，庸政误国。

贾政的官职是祖上给的，这是出身好的优势。相对于寒门士子步入官场的艰难，贾政得益于天时。同时，他的大舅哥王子腾是九省都检点、内阁大学士，权倾天下；他的女儿贾元春是当今皇妃，皇帝是他的女婿。身为国丈的贾政，这个官做得怎么样呢？

他抱守"从五品"的小官十几年，连侄子贾琏捐的官都是"正五品"，足见他在官场上的无为。然而，贾政也有"作为"的时候，"葫芦僧乱判葫芦案"中的主角贾雨村不就是因为贾政高升的吗？妹夫林如海向他写信推荐了贾雨村，他便竭力相助，"题奏之日，轻轻谋了一个复职候缺。不上两个月，金陵应天府缺出，便谋补了此缺。"官场中弄权，何等神通广大！

小说九十九回贾政外任江西粮道，虽一开始想做好官，但在官场中受挫后，放纵下属贪污，后来，因"不谙吏治，被属员蒙蔽"的罪名被参回京。看来，贾政的鸵鸟处世法则已经延伸到了为官领域。

被下属官员蒙蔽是无能的表现。君不见，多少下属的犯罪是在上司半清醒半糊涂的掩饰下完成的？这很像电视剧《人民的名义》中高育良和祁同伟的关系：

省委书记高育良和公安厅厅长祁同伟是师生关系，高育良虽然隐隐约约地对祁同伟的所作所为有所耳闻，或者以他天性中狐狸的敏感，早已嗅到了非同寻常的味道，但他装作让自己相信：他的学生还是昔日令他骄傲的那一个。他认为，只要自己不趟这浑水，他就还在坚守着底线，还是清官。

事实上，官场之中，若没有像市长李达康那样不近人情的冷漠，若没有与对方进行黑白为界的划分，如何能做到百花丛中过、片叶不沾身呢？浊对清的污染，从来不是泼墨而入的，而是像落在宣纸上的一个墨点一样，慢慢地晕染开来，不知不觉地就从一个小点渗成一大片。

就这样，贾政在官场上也不自觉地完成了从平庸的清官向平庸的贪官过渡的历程。

## 05 无可奈何花落去

官场上平庸，家里面无为，贾政成为一个找不到自己位置的人。很多时候，贾政像是躲在贾府花园深处的树影，微风过处，轻轻叹息。

小说第二十二回，贾家还在繁花着锦之时，贾政已有不祥之预感，看着子女们做的词句，他翻来覆去，伤悲感慨，竟难成寐！若非对家族命运有休戚与共的情感，安能有如此彻悟？

小说第三十三回，当王夫人哭贾珠时，贾政听了，那泪珠更似滚瓜一般滚了下来。若非心中有着隐痛和创伤，安能如此动情？

看来，贾政也有真性情的一面。只是他这一生，理想和现实相差太远！因为迂腐古板，周围的亲人都和他疏远，他对子女最真诚的爱和期待找不到落脚点；因为志大才疏，眼睁睁地看着贾府子弟荒淫无赖，家族走向末路；因为不谙世事，做官被蒙蔽，弄得四处碰壁声名狼藉……

他的处世哲学慢慢地向道家过渡，躲在书斋里读读书，虽然学问还做得平平；喝喝茶，和北静王爷这种没落贵族一起发发牢骚；和贾雨村这样阿谀奉承的官员吹吹水，刷一下存在感。

若是这辈子就这样安安稳稳地随波逐流地活着他也认了。偏偏风雨来了，贾家落败了，他无措以对，连贾母的丧事都不敢大肆操办了。

贾政这样儒家的教徒，本应该端方地成为贾家的顶梁柱。就像《白鹿原》中的白嘉轩一样，身上是有一点迂腐的成分，却也顶天立地地活一次，受人敬爱。而贾政呢？不仅被人厌，甚至自己都厌自己。那么，贾政身上致命的弱点是什么呢？

他太缺乏儒家精神里高扬着的担当意识和责任意识了！他的精神躲在壳里面，退缩着，偶有前行的时候，一旦遇到障碍，就马上心灰意懒，退回壳里面。他以正人君子的模样掩饰自己内在的慌张和怯懦，虽然他也敏感地感受到山雨欲来风满楼，但总是缺乏抗击的精神和能力。

这样的人，乍一看，你还以为他真是人才；定眼看下去，你就知道他是庸物。曹公以假正经来影射，实乃别有用意！

# 焦大：生命，不能永远活在高光时刻

焦大，骄大也，骄傲自大之人。

他是宁国府的老仆，是一个老功臣。

焦大从小跟宁国公贾演出过三四回兵，曾从死人堆里把奄奄一息的主子背出来。没有饭吃，他饿着肚子去偷东西给主子吃；没有水喝，他自己喝马尿，把得来的半碗水给主子喝。

这么一个有恩于贾家的三朝元老级人物，却混到干牛马活，吃糟糠食，受窝囊气的下场，何以至此？

究其原因，和焦大的居功自傲有关。

居功自傲的人，不肯走出过去的辉煌，不愿面对现实的惨淡，只能越混越差，徒增笑料而已。

## 01 焦大醉骂

"焦大醉骂"是红楼中令人拍案叫绝的一幕插曲，短短一段花絮，让我们再也忘不掉这个喝醉了酒的糟老头。

故事从宝玉第一次会见秦可卿的弟弟秦钟说起。两个玉树临风的少年，一见如故，相谈甚欢，玩得忘记了时光。晚饭过后，天黑了，管家赖二派焦大送秦钟回家。焦大恰好喝醉了酒，对赖二派他送人这事很气愤。

深夜，一个年迈的喝醉了酒的老翁，去送一个十几岁的少年，这个安排，确实有点不公！连尤氏秦氏听了，都皱眉道："偏又派他作什么！放着这些小子们，哪一个派不得。偏要惹他去。"

"偏要惹他！"管家赖二一定素日里和焦大有积怨，所以存心而为之，让焦大骄横的一面充分暴露出来。没准，赖二心里还盘算着：我整不了你，看主子咋收拾你？

果真，被激怒的焦大开骂了，骂赖二不公道，欺软怕硬，是没良心的王八羔子。

小主子贾蓉忍不住了，让人将焦大"捆起来"，矛盾升级，焦大的枪口直接指向贾蓉：

"蓉哥儿，你别在焦大跟前使主子性儿。别说你这样儿的，就是你爹、你爷爷，也不敢和焦大挺腰子呢。不是焦大一个人，你们就做官儿，享荣华，受富贵！你祖宗九死一生挣下这个家业，到如今不报我的恩，反和我充起主子来了。不和我说别的还可；若再说别的，咱们红刀子进去，白刀子出来。"

焦大说的是实情，这家业是谁九死一生挣来的？是焦大爷啊！是他，从死人堆里背出老太爷；是他，挨着饿偷了东西给主子吃；是他，得了半碗水给主子喝，自己喝马尿。

没有这样的功勋，焦大岂有如此的豪气胆气高声开骂？

但是，焦大实在是喝醉酒了，他的骂越来越不着边调，让所有人都听得心惊肉跳，吓得魂飞魄丧：

"我要往祠堂里哭太爷去。哪里承望到如今生下这些畜生来！每日家偷狗戏鸡，爬灰的爬灰，养小叔子的养小叔子，我什么不知道？咱们'胳膊折了往袖子里藏'！"

有意思的是，还是孩子的宝玉听着焦大的醉骂，感觉好有趣，追问凤姐何谓"爬灰"。凤姐连忙立眉瞋目，厉声喝道："少胡说，那是醉汉嘴里胡说呢！"凤姐在掩宝玉耳目，同时也是在自欺欺人：宁国府发生了什么肮脏的事，早已人尽皆知。

这些穿着皇帝新装的贵族们，依然在掩耳盗铃。唯有焦大，在醉骂中，变成了揭穿皇帝新装的那个孩子！


## 02 人生定位

在战场上立下汗马功劳的焦大，是一个战士，他人生最高光的舞台就是在战场，凭着一腔孤勇，一颗忠心，他出生入死，报效主子。

如果能够战死沙场，马革裹尸，那会是焦大人生最完美的结局，"了却君王天下事，赢得生前身后名"，他将像庄子笔下的神龟一样，被宁国府府世世代代供奉在庙堂之上。

　　可是，战争结束了，焦大的人生使命也完成了。他幸存了下来，如果此时还想做神龟，他就必须成为一个隐者——隐者神龟，像范蠡一样扁舟于江湖；像张良一样学道赤松子；像李白所言：事了拂衣去，深藏功与名……这种人生选择叫做"功成身退"。

　　所以，活着的焦大，后半生最好的选择是主动照看宁国公的陵园，做一个幽灵一样的隐形人，日日夜夜陪着他死去的主子，忠诚、沉默。

　　但是焦大是大字不识的鲁莽武夫啊，他怎么知道政客的花花肠子？他怎么懂得人性的幽暗心理？飞鸟尽，良弓藏；狡兔死，走狗烹。封建社会，主奴之间，可共患难，不可同欢。

　　焦大依然高调地宣扬着自己的神勇，活在过去的高光里，不肯面对阶层横沟，不肯面对主仆有别，他以为立了功就要被感恩戴德，就可以不把小主子放在眼里，殊不知自己只是棋盘中的一枚小卒，随时可以被丢弃的。

　　从焦大的醉骂中，我们再来听听他的狂傲：

　　焦大太爷跷跷脚，比你的头还高呢。

　　二十年头里的焦大太爷眼里有谁？

　　蓉哥儿，你别在焦大跟前使主子性儿。别说你这样儿的，就是你爹，你爷爷，也不敢和焦大挺腰子！

　　……

　　战争早结束了，宁国公已去世 N 年，沧海都快变成桑田了，战场上的小兵也已白发苍苍，焦大还依旧沉浸在辉煌的梦里。

于是，焦大这只神龟，因为摇曳着尾巴四处张扬，被赶下神坛，在烂泥沟里苟且偷生。

## 03 如鱼在哽

这个世界上，最难读懂的是人心，最难找准的是自己的位置。

有一种潜意识的人性心理是这样的：宁愿施恩，不愿欠恩。如果这种恩情无以回报时，就会变成一把沉甸甸的正义之剑，悬在头顶上方。因为欠恩者要时时刻刻把恩公举到头顶，把恩情挂在嘴边，久而久之，谁不厌烦呢？

焦大在贾府中，一开始一定是被善待的。因为功臣焦大是占据了道德制高点的，他是贾府中活着的忠义牌坊。对恩公不义，就是忘恩负义，所以宁国府的人，谁都不敢不把焦大太爷当回事。

对于焦大，宁国府的第一代宁国公是敬着的姿态，主子有功勋，仆人有忠心，彼此成全；第二代贾代化是捧着的姿态，这是贾府的忠孝美名，要沿袭下去；第三代贾敬是端着的姿态，但已经无所谓了，贾敬自己进了道观炼丹药，和儒家思想早背道而驰了；到了第四代贾珍、第五代贾蓉当家时，他们自己都不顾礼义廉耻，还会顾及一个过了时的焦大？于是，焦大就掉到泥巴坑里了。

若能看透人心变化，又不想归隐江湖，焦大应该在宁国公在位时，就借势扶摇而上，以焦大的功劳，若能积极进取，向宁国公要一个安身立命之所，再要一个女子成家立业，应该不难。

这样的话，于贾府而言，施恩于焦大，从心理上讲互不亏欠；于焦大而言，又怎至于孤独终生，穷困潦倒，受小厮凌辱？

进，可以借力向上；退，可以明哲保身。焦大的人生，应该有多种选择，但是焦大偏不要世俗的幸福，他就活在战场上那一刻的辉煌里，把宁国府当成自己唯一的家。

就这样，焦大成了宁国府咽喉内的一根鱼刺，吞不下去，吐不出来，总觉恶心。


## 04 贾府"屈原"

当然，焦大还有另外一种被安置的方式：像王熙凤提到的那样，远远地打发到庄园里，最好去黑山村的乌庄头，来一趟京城要个把月。这不就是楚王流放屈原的方式吗？

鲁迅先生曾说过："这焦大实在是贾府的屈原，假使他能做文章，恐怕也会有一篇《离骚》之类。"

的确如此，所谓爱之深，骂之切，"哀其不幸，怒其不争"大概就是焦大的心情：以打江山的功臣自居，这是他悲痛的源头；自己是元老，不被认可，反被赖二这样的小人作践，他痛苦；打下的江山被后代们糟蹋，眼见家族如江河日下，他更痛苦；家族子孙们没有一个像样的，丧失天伦的事都做得出来，他还痛苦……

悲愤到了极点，他就借酒浇愁：在酒精的麻醉中，他似乎又回到了血雨腥风的战争岁月，自己白刀子进去，红刀子出来，何等英勇！

自己打下的江山，自己深爱的家族，自己的血肉灵魂，都给了这个家族啊！可是睁眼看看，这些不争气的后代们是怎么糟蹋祖宗们打下的江山？

270

一曲流水红颜寞：红楼梦中的多面人性

这是一个黑白颠倒的世界啊！"红刀子进去，白刀子出来。"醉酒的焦大偏偏反着说，因为世道颠倒了。

世道真的颠倒了吗？想当年，自己喝马尿救了主子；看今日，焦大爷反被糊了满嘴的马粪。这是多大的反讽啊！

越想念过去的辉煌，越凸显现实的苍凉。

酒上心头，悲上心头。

无论如何，被糊了马粪的焦大终于闭上了嘴巴。

# 薛蟠：狂欢之后，冲动的罪与罚

## 01 博爱之心

红楼第二十五回，凤姐被马道婆做法，突然发疯，拿着一把明晃晃的钢刀砍进园来，见鸡杀鸡，见狗杀狗，见人就要杀人，众人都忙乱成一团。

唯有薛蟠，比大家都忙：他又恐薛姨妈被人挤倒，又恐薛宝钗被人瞧见，又恐香菱被人臊皮——知道贾珍等是在女人身上做功夫的——因此忙的不堪；忽一眼瞥见了林黛玉，风流婉转，已酥倒在那里。

这三个"恐"字，写尽了一个男儿身为儿子、哥哥、丈夫的怜爱之心，谁说红楼中博爱者只有宝玉？薛大公子不也如此吗？

特别是最后那回眸一瞥，酥倒之神，更让人会意一笑：这个薛大爷啊，就是一西门庆，永远都瘫倒在欲望的泥沼里。

不得不说，这一刻的薛蟠，是很有读者缘的，即便是那欲望的一瞥，也只是反衬了林妹妹的风流妩媚。

## 02 可爱真人

红楼里的场景太日常化了，所以读红楼久了，常常不自觉产生代入感，就像看自家人，或者生活中的熟人。

早些年读红楼的很长一段时间里，我都蛮喜欢这个天真烂漫的薛大爷，原因只有一个：真！我喜欢"真"人！我喜欢没有花花肠子的"真"人！但凡有真性情者，哪怕有再多缺点，我也觉其可爱。

有两个桥段，可以印证其"真"：

宝玉挨打之后，薛蟠因为触犯了宝钗的自尊，惹得妹妹哭了一夜。第二天酒后，经过一夜反省，薛蟠有了一番披心沥血的表白：

"我若再和他们一处逛，妹妹听见了，只管啐我，再叫我畜生，不是人，如何？何苦来，为我一个人，娘儿两个天天操心，妈为我生气还有可恕，若只管叫妹妹为我操心，我更不是人了。如今父亲没了，我不能多孝顺妈，多疼妹妹，反叫娘生气，妹妹烦恼，真连个畜生也不如了。"

薛蟠一边说，一边禁不起滚下泪来。

这份悔过尽管直白，但是何其真诚！

再如他和柳湘莲的交往，薛蟠误以为柳湘莲是风月子弟，调戏人家，结果被反抽了一顿。薛蟠又恨又愧，但是当薛蟠路遇强盗，柳湘莲拔刀相助之后，两人居然又结为生死之交。到后来，因为尤三姐自尽，柳湘莲遁世随疯道士飘然而去，带着小厮四处寻找为之洒泪的正是薛蟠。

相比宝钗并不在意的反应，薛蟠有的是一份热心肠！

大观园太雅了，里面的女子个个都如仙女，遥远得不食人间烟火。唯有薛蟠，因其真，因其俗，反而像《西游记》中的猪八戒，透露出几分可爱。

## 03 罪不可赦

的确，这个直来直去没有花花肠子的薛大爷，在某些时候某些场合，是有几分可爱的。

然而，随着年龄的增长，见多了社会真相，我越来越觉得，薛蟠就是一人渣，就是社会毒瘤。

因为我们看一个人，不仅要看其小节，更要看其大节。

难道因为他有几分可爱，就可以掩蔽他一切的罪行吗？打死冯冤，霸占香菱，霍乱家学，纨绔风流，这些无耻之事都可以一笔勾销了吗？

绝不可以！一"真"可以遮百丑，但是"真"遮不掉恶！

薛蟠身上背负两条人命：

第一次是十五岁上，因为拐子将英莲卖给了乡宦之子冯渊，后又卖给了薛蟠，两家都争夺英莲，薛蟠不肯让人，喝令将乡宦之子冯渊打个稀烂，把英莲生死拽回家。

第二次是几年后，在酒馆里，薛蟠和戏子蒋玉涵喝酒，一个叫张三的跑堂多看了蒋玉涵一眼，薛蟠便故意生事，一个酒碗扣出去，将张三打死。

冯渊何罪之有？张三罪该至死？他们都是何其无辜！

然而，灾难泼天而来！冯渊还是乡宦之子，尚遭此厄运，更底层的百姓岂不更惨？冯渊死了，无兄无弟，自然也无人替他说话了。

死了的张三，有一个寡母，张三的大哥二哥都死了，他是寡母唯一的儿子，当这个儿子也死于横祸，寡母的余生和祥林嫂又有什么区别呢？

### 04 唯我独尊

值得深思的是，为什么薛蟠可以肆无忌惮地做坏事？

咱们先读一个小桥段，源自小说第二十八回：

那是一场纨绔子弟的酒宴，到场的有冯紫英、薛蟠、贾宝玉、戏子蒋玉涵和妓女云儿。席间，几人以女儿"悲喜愁"来行酒令，薛蟠处处插科打诨地爆粗口，如此放肆，仅仅因为他没文化、粗俗吗？

无所顾忌地爆粗口，看似是文化上的鄙陋，实则是灵魂中的肮脏。

说薛蟠写文章没文采，谁都信。但是说正经话，总会吧？说白了，古人们再不怎么爱学习，读过几年圣贤书，都有一点诗词上的肤浅功夫。而薛蟠之所以敢如此爆粗口，是有优越感在里面的，作家王蒙先生说："薛大爷是通过下半身表达自己的特权，唯我独尊，拔份，想说什么就说什么，想干什么就干什么。"

深以为然！一个权势者是有着宽广话语权的，不信，大家去酒席桌上看一看。也就是说，薛大爷觉得今天这个卡拉 OK 是他的场，他是大哥大，语言越粗俗，越能凸显大哥的身份。大哥之气场，就在于敢说别人不敢说的话。

有了这份优越感打底，还有什么薛蟠不敢做的事？再回头看他犯的人命案，不也正是源于这份唯我独尊之气势吗？薛大爷是老大，是天王老子，大爷想要的女人，你怎么可以争？大爷的男人，你怎么可以多看两眼？

之所以肆无忌惮，是因为他不屑于装，也没必要装啊！第四回上，他打死了冯渊，便"没事人"一般，干吗要逃走呢？这不是"些微小事"吗？花几个钱不就了事了吗？

## 05 集体作恶

是谁给了薛蟠这样的优越感？让他以为自己是呼风唤雨的王？又是谁给了薛蟠视人命为儿戏的资本？让他能够践踏法律，蹂躏公平？

这里面有集体作恶的结果。

薛姨妈的溺爱首当其冲，因薛蟠父亲早亡，寡母可怜他是独苗，纵容娇惯，用没有底线的爱饲养着儿子的欲望、冲动、任性。在母亲的溺爱之下，薛蟠养成了"凡是我想要的都一定要得到"的心性。"自古慈母多败儿"在薛姨妈这里，又一次得到印证。

污浊的环境也在推波助澜，薛蟠本来就有纨绔习气，来到贾府之后，今日会酒，明日观花，甚至聚赌嫖娼，无所不至，引诱的薛蟠比当日更坏了十倍。谁引诱了他？自然是贾珍之流。可以说，来到贾府，才知道什么叫做"没有最坏，只有更坏"。和贾府里别的男人相比，薛蟠似乎坏得还不够彻底，他比贾蔷直率，他比贾琏有品，他比贾环坦荡，他比贾蓉真诚……然而，薛蟠就是控制不了欲望，在这条污浊的河流里，控制不住本性的人最容易随波逐流。

最重要的是，薛蟠的靠山足够硬。表姐元妃是皇帝身边人，舅舅王子腾升了九省统制，姨夫贾政借贾雨村之手早帮他摆平了官司。权力啊，在作恶者这里，真是一把遮天大伞，能让黑白颠倒。君请看，无论薛蟠做了什么坏事，从家里到社会，都有人帮他兜着，他能不横吗？

所以，即便薛"蟠"是条虫，因为有了错综复杂的关系，也能翻云覆雨，活得像条龙。

一曲流水红颜寞：红楼梦中的多面人性

## 06 家败人亡

狂欢之后，必然是罪与罚。

薛蟠的恶影响极大，后果很严重。

从小的方面讲，毁灭家族。古谚云："君子之泽，五世而斩。"今人也有"富不过三代"之说。一个家族中，只要有一个薛大公子这样的败家子，家族的没落都是必然的。就像探春痛心的感叹："可知这样大族人家，若从外头杀来，一时是杀不死的。这是古人曾说的：'百足之虫，死而不僵。'必须先从家里自杀自灭起来，才能一败涂地呢。"内部动摇，是撼动家族的根本。

小说到了后四十回，贾政托人，薛姨妈打点，几千两白花花银子出去，都没能了结薛蟠的案件，为什么？一切都变了，家族的颓势已呈燎原之势：表姐元春死在这一年的冬天，舅舅王子腾死在赴京之路，贾政在外任上被弹劾……没了权势的撑腰，薛家败落得稀里哗啦，皇商名字被清退，家底被掏空，伙计们四散。

百年豪门，到了薛蟠手中，烟消云散。

从大的方面讲，薛蟠之恶，摧毁社会公平。他目无王法、奸淫掳掠、嗜杀成性，本是罄竹难书的死刑犯，却又轻易逃脱。这和社会的腐败，官员的徇私紧密相连。

在我们的文化中，国人有着朴素的信仰：信天道轮回，信因果宿命，信杀人偿命，信国有国法……而这个纨绔少年，一次次地得到法律的赦免，难道不让我等普通人看得胆战心惊吗？活得如履薄冰吗？

身为小民，只能叩问苍天：天理何在？哭天无路，求地无门，这是多么绝望的呐喊啊！在这样的朝代，有这样的官员，封建王朝如何不走向覆灭？

## 07 敬畏天地

小说到了最后，适逢圣心欢悦，大赦天下，薛家凑足了所有银两，薛蟠又被放了。

家败人亡，白茫茫大地真干净，再没人帮他兜着了，浪子会回头吗？可能吧。

回看薛蟠这半生，从财大气粗、无法无天到银铛入狱家亡财散，他的命运，谁造成的呢？还是他自己。他本来有一个很高的起点，皇商家族，哪怕父亲早逝，也比一般人家好到天上去了。

他若是选择勇敢担当，若是能够守住欲望，若是敬畏天地万物，怎么会走到罪恶的道路上去？身为玩主，他在挥霍青春家财，也在挥霍自己的人生。

人生需要修行，敬畏是修行的起点。诗人康德说，这世界上只有两件事情是让他感到敬畏的，一是头顶的星空，二是心中的道德准则。欲望横流时，有所敬畏，或许会止住奔向悬崖的脚步。

愿世间的你我，眼中能有尘埃蝼蚁，万物众生，敬畏天地，慈悲善良。

# 贾芸：从"草根"到"白领"的逆袭之路

## 01 一毛不拔亲舅舅

曹公毫不留情地对红楼中的许多负面人物用谐音拟了名，比如：封肃——风俗，单聘仁——擅骗人，詹光——沾光，让人读起来忍不住哑然失笑。

但独有"卜世仁——不是人"这个名字拟得最为单刀直入，隔着时光、隔着纸墨，似乎都能看到曹公嘴角的冷笑，有一股恶气吐出来的过瘾，以致于每次读到这个名字，我都忍不住偷笑，转而又忍不住心中隐痛，为那个叫贾芸的孩子。

说他是孩子，因为他刚刚十八岁。然而，穷人的孩子早当家：当一帮公子哥们还在富贵场里温柔乡里沉溺放纵之时，贾芸已经对世态炎凉熟稔在心，他东西游走，四处奔波，想寻找一条谋生的路。

在我的故乡，"亲舅如父"是最朴素的人情：舅舅代表着娘家人的最高权威，红白喜事舅舅上座，有分家分财之类的大事都是舅舅主持公道，舅舅的权威甚至大于父亲。然而，并不是所有舅舅都担得起这清名——看看贾芸舅舅卜世仁的嘴脸吧！

卜世仁在开香料铺，类似于今天卖奢侈品，家底自是不薄。然而当贾芸求他赊几两冰片、麝香之时，他冷笑着边拒绝边数落。吃了这个闭门羹，贾芸笑道：

"舅舅说的倒干净。我父亲没的时节，我年纪又小，不知事。后来听见我母亲说，都还亏舅舅们在我们家中作主意，料理的丧事。难道舅舅就不知道的，还是有一亩田，两间房子，如今我手里花了不成？巧媳妇做不出没米的粥来，叫我怎么样呢！——还亏是我呢，要是别的，死皮赖脸，三日两头儿来缠着舅舅，要个三升米，二升豆子的，舅舅也就没有法呢。"

忍不住为贾芸小哥这段话叫声好！绵里藏针，有进有退，毫不含糊地告诉了舅舅：其一，你贪污我家的财产，我很清楚；其二，我若赖你家里，于情于理也是理所当然。

舅舅一听，急了："我的儿！舅舅要有，还不是该的？我天天和你舅母说，只愁你没算计儿……"

虽然态度上缓和些，依然是告穷，依然是数落。贾芸听不下去，起身就撤。偏这舅舅又假意挽留吃饭，舅妈又添加一段戏份：

卜世仁道："怎么急的这样，吃了饭再去罢。"一句未完，只见他娘子说道："你又糊涂了。说着没有米，这里买了半斤面来下给你吃，这会子还装胖呢。留下外甥挨饿不成？"卜世仁说："再买半斤来添上就是了。"

他娘子便叫女孩儿银姐往对门王奶奶家去问，借三二十个钱。夫妻两个你一言我一语地唱着双簧，那个贾芸早说了几个"不用费事"，去的无影无踪了。

借用凤姐调侃刘姥姥的话："这话没的叫人恶心！"比直接赶人走还不要脸，直接说不管饭就可以了，两人还你来我往地演戏，假惺惺哭穷。

贾芸舅妈这种女人，自私短见，眼前只有芝麻绿豆的利益，要她一分钱像是要她的命，难怪曹公给她安排一个卜世仁这样的男人，又有银姐这样名号的女儿，真可谓"不是一家人，不进一家门"。这一家人纵然一时地守着了点财产，终是要落败的。试看周围，生活中这类人还少吗？他们无情无义、自私贪婪、目光短浅、厚颜无耻，日子不是越过越敞亮，反而到了一个狭窄的旮旯里，怎么可能富贵长久？

卜世仁，为什么不是人？身为贾芸母亲的亲兄弟，贪图寡姐家的财产——像贾芸孤儿寡母的，连外人见了都多份疼惜，自己却去抢占老姐的一亩地两间房子，于心何忍？身为舅舅，眼见着外甥没了亲爹，不心疼、不资助，等这个没爹的娃顽强地长到十七八岁，没有和纨绔子弟混在一起，也没像贾瑞之流龌龊没成色，一心想着撑起家业，已经算是成才了，外甥求着帮衬一下，岂可如此无动于衷？

同时，卜世仁身为一个生意人，无识人的眼光，亦无商业远见。贾芸一家，虽说是荣国府的旁支，也算是本家的关系。连不沾亲不带故的赖嬷嬷嬷都能依附贾家成为土豪，以中国的宗亲观念，贾芸依附贾府水到渠成。更何况贾府为了省亲大兴土木，正值用人之机。此时，身为长辈的舅舅如果能够对外甥给予指点帮助，帮贾芸抱住贾家的大腿，攀上这门亲戚，以贾芸的才干，定是前途无量。难道到了那时，贾芸不知道反馈舅舅一点吗？起码贾府以后用的香料都可以从舅舅店里进吧，长此以往，那生意还不做得风生云起？还不财源滚滚？

人生自是三十年河东三十年河西，以贾芸的智商情商到哪里混都会成为精英。待回头，看到落魄不堪的卜世仁一家，以芸哥的为人，恐怕留顿饭吃的情谊是有的，往深处交，是不可能的了。

一曲流水红颜寞：红楼梦中的多面人性

## 02 仗义疏财醉泼皮

贾芸是带着"老子不吃你家饭"的怒气离开卜世仁家的,他的心底布满了阴霾。

迷迷糊糊中,贾芸撞上了醉金刚倪二这个泼皮。那倪二是贾芸的近邻,以赌博放重利债为生。从他们的交谈里,可知二人平素无过多交集。

然而,当贾芸告诉了倪二向自家舅舅借钱的来龙去脉后,倪二听得大怒,侠义之心骤起,当即拿出一卷银子,也不要文约,也不要利钱,化解了贾芸的燃眉之急。

一边是一毛不拔的亲舅舅,一边是仗义疏财的醉泼皮,血缘关系在金钱面前也能变得如此淡漠,泼皮无赖在某些时候也能大放人性光彩!

透过泼皮倪二的眼光,我们看到了贾芸在他人眼中的形象,他非但不是舅舅口中立不起家业的小人家,反而是邻里街坊眼中的有志青年——既有身份,又从来没向人借过钱。

倪二是什么身份? 泼皮混混之徒,放高利贷为生。这样的人,正邪两道皆通,本不是善类,好时千般好,恶时万般恶,撞到了平常人,他不讹诈人家银两也算是造化了,现在反而主动借钱给贾芸。须知道,贾芸可是上无屋瓦下无立锥之地的穷孩子,倪二既不让他写欠条,又不要他利息。这只能说明一点:倪二是真心欣赏贾芸这个青年,他相信贾芸会讲信用。

更难得的是贾芸深谙和泼皮交往的技巧:敬而远之。当倪二递过来银两时,贾芸心中先思虑了一番:"素日倪二虽然是泼皮无赖,却因人而施,颇颇的有义侠之名,若今日不领他这情,怕他臊了,倒恐生事，不如借了他的，改日加倍还他也倒罢了。"

这番犹豫，是深知不可和倪二深交，纵然倪二有侠义之名，但终干着旁门邪道之事，这是贾芸不屑为之的，也是他的清高自持。然最终接下了银两，是对人心的熟谙：倪二这样的人，虽为泼皮，最要面子，如果不尊重他，惹他翻起脸来，路也不好走，切不可得罪。

不深交，亦不得罪；敬之，远之。真可谓人情练达。

### 03 风雨兼程求职路

借了钱，买了香料，贾芸盘算着如何把礼送到凤姐的手里。

谋生的路山高水长，贾芸一开始哪里懂得走水路还是从陆路？又哪里懂得远路近路？他以为贾琏是当家人，因此再三求了贾琏给他个活做，屡次碰壁之后，方悟出眉高眼低，转而求凤姐。

贾芸送礼时和凤姐那一番对话说得滴水不漏，先拍凤姐马屁说她能干：

"侄儿不怕雷打了，就敢在长辈前撒谎。昨儿晚上还提起婶婶来，说婶婶身子生得单弱，事情又多，亏婶婶好大精神，竟料理的周周全全；要是差一个儿的，累的不知怎么样呢。"

再说自己有个朋友送了些冰片麝香给自己，自己正好借花献佛送给凤姐，最后点明凤姐尊贵有品味。

十八岁的贾芸情商何以这么高？

大约是生存环境使然。卜世仁只是一面镜子，照出了世情凉薄的一面。当贾芸父亲在世时，家底应该还是不错的，有房有田有小丫鬟。

早岁哪知世事艰？然而，家道中落之后呢？一夜之间，周围人的脸色都发生了改变，从众星捧月的位置跌落到夹缝里的一角，贾芸学会了处处留心、体悟人性、察言观色、投其所好。

在给凤姐送礼前的那个晚上，贾芸一定演练过许多次。在时明时暗的灯火里，贾芸一次次忖度如何切入话题，如何解释香料的来源，像是参加一场盛大的面试，他赌上了身家性命，只许成功不许失败。

这场送礼很成功，贾芸字字句句说到了凤姐的心坎上。可是礼送出去了，却没有下文。关于工作的事，凤姐只字不提。

凤姐是天生的政治家，她明白，一手收礼一手办事的行为总显得太功利：难道我就是那见钱眼开之人？她要拖延一下，证明事情不是那么容易办到的。但是，没有拒绝就基本等于答应。送礼的人如果能把礼成功地送出去，事情就成了七八成。当然，吃骨头不吐皮的人也有，那是另类。

贾芸深谙凤姐不当场回应的心理，却耐不住谋生的焦虑，可以想象得出，送礼后的每一日他都要来贾府寻找和凤姐意外的邂逅。

果真，第二日就在贾府大门前"可巧"遇上了。凤姐提起种花的活，却又故意对贾芸说："这个我看着不大好，等明年正月里烟火灯烛那个大宗儿下来，再派你吧。"

凤姐本意就是想给贾芸种花的活，却故意吊人胃口，摆足威风，言外之意是：你可不要嫌弃我给你的这个活不好。贾芸话接得更妙："好婶子！先把这个派了我吧，果然这个办的好，再派我那个。"

听聪明人说话真是一件赏心悦目的事，我常常在阅读的间隙，遐想中看看凤姐，再看看贾芸，然后感慨道："人精啊！"凤姐摆足了当家人的架子，贾芸说够了受用的话，两个人如同神仙打架，话语间有着不尽的精彩。

得了工作的贾芸喜不自禁，他在贾府里呆呆地坐到晌午，打听凤姐回来后，再来领工作牌。到外地闯天下的年轻人可能都经历过类似煎熬，在等待中，时间被拉长，焦虑被压深。

贾芸呆呆地坐了一上午，看着影子被太阳拉长又缩短，一定会有着抑不住的快乐：纵然这一行风雨路八千，从今后却可撑得起门户，告别昔日的心酸，还母亲一个安稳的晚年。

## 04 有情有义香芸草

回看贾芸这一路的表现。

贾芸有孝心：在亲舅舅那里受了气，他不告诉母亲，怕其伤心；从倪二那里借了银子，他不告诉母亲，怕其担心；事情办完之后，他立刻第一个告诉母亲，让其安心。

贾芸讲信用：先前借了倪二银子，取到工资后的次日五鼓，立刻找到倪二，将前银按数归还。这为他的做人又增加一块砝码。

贾芸能屈能伸：告贾琏求凤姐，为生活折腰，此谓屈；有担当懂报恩，待他日贾府落败之时施以援手，此谓伸。

他有情有义有担当，实乃铮铮硬骨好男儿。

身为穷人家背负厚重血泪成长大的孩子，实属不易。人生在世，既不能辜负他人，又不愿偏离自己的心。贾瑞和他形成了鲜明的对比，贾瑞父母早逝，在爷爷奶奶的宠溺下长大，和薛蟠、贾璜之流搅和在一起，任由自己欲望纵横，终负了爷奶的艰辛。

而贾芸，荒野里的芸草，担得起责任，经得住诱惑，看得懂人性，通得了世情，可谓是凌寒独自开。

他唯一的缺点就是马屁拍得太露骨，当他给比自己还小几岁的贾宝玉做儿子时，确实显得阿谀奉承了：

"俗语说的，'摇车里的爷爷，拄拐的孙孙'。虽然岁数大，山高高不过太阳。自从我父亲没了，这几年也无人照管教导。如若宝叔不嫌侄儿蠢笨，认作儿子，就是我的造化了。"

在我们的传统文化里，有"巧言令色，鲜矣仁"一说，似乎不会说话的就是老实人，太会说话就等于狡诈。

果真如此吗？君不见，我们周围有多少不声不响的闷葫芦做出伤人伤己之事，而又有多少善于言谈之人重情重义？

最关键的，不是看如何说，而是看怎么做。

脂砚斋评点贾芸这段话时批注："虽是随机而应，伶俐人之语，余却伤心。"细思之，贾宝玉是贾府里明珠一样的人物，彼时贾芸还没在贾琏这里求得到工作，有这么一个和贾宝玉攀附的机会，贾芸自然是要抓住。所谓多一层关系多一条路，一旦和贾宝玉靠近，在贾家谋生的路就又多了一条。

作为一只小小小小鸟，飞上枝头的姿态总是艰难的：要挣扎、要努力、一次次跌落再一次次爬起。而那些已经在枝头的凤凰自然是居高临下的，认儿子是贾宝玉先挑起的话题，他说："你倒比先越发出挑了，倒像我的儿子。"这话里面，何尝没有纨绔子弟的痞性呢？为什么人们总觉得贾芸说话太露骨，而不去指责贾宝玉的轻薄呢？

如果一个人在攀高枝的过程中姿态稍难堪一点，也是可以理解的：没有对等的地位，何来对等的交流？只要不损人利己，便无可厚非。若有一天，他羽翼丰满、在枝头安稳扎窝，又能保持一颗初心，更是难能可贵。

世间众生大多像贾芸一样平凡，愿君一如香芸草，风雨之后暗香来。

# 贾瑞：纵情声色，玩火自焚

红楼中的贾瑞刚刚出场，没"扑腾"几下就死了，死在自己没节制的欲望里，所以，这个小人物的生命如同蝼蚁一样消失在贾府花团锦簇的风景里，遗忘在悲乐交集的岁月里。

或许偶尔有人谈论起他，也顶多骂两句："那个蠢货，活该！"

掩卷深思：一个没有做过大奸大恶的人，一个在20来岁大好年华上就夭折的生命，为何如此惹人厌呢？贾瑞之死，谁之过呢？

## 01 癞哈蟆想吃天鹅肉

贾瑞蠢，蠢在癞蛤蟆想吃天鹅肉！

那天，凤姐刚刚探望过病入膏肓的秦可卿，绕着花园欣赏黄花满地之景，猛然遇到从假山后面走来的贾瑞。贾瑞调戏凤姐道："也是合该我与嫂子有缘。我方才偷出了席，在这个清净地方略散一散，不想就遇见嫂子也从这里来。这不是有缘么！"一面说着，一面拿眼睛不住地觑着凤姐。

这个贾瑞，如何敢如此色胆包天？除了凤姐美色诱惑外，还源于贾瑞的自以为是！

在贾瑞的世界里，少妇都是寂寞的。请看，他挑逗凤姐的话是这样的：

"二哥哥怎么还不回来？"

"别是路上有人绊住了脚了，舍不得回来也未可知。"

"嫂子天天也闷得很。"

……

因为贾琏在外沾花惹柳，贾瑞便断定琏二奶奶必定寂寞，因此才敢如此肆无忌惮地挑逗。他招惹凤姐时"觑着眼"看人的这个动作，龌龊、猥琐、丑陋，然而自我感觉又很好。

贾瑞的看法貌似有一定道理，婚内寂寞确实是女人出轨的第一大杀手。可是，此时的凤姐和贾琏还处于"蜜月期"，二人不仅有着热恋儿女的卿卿我我，还有着事业上的同进共退。论地位高下、才华风流、治家谋略、身体素质，贾瑞都远不是贾琏的对手。

更何况，凤姐是豪门里出来的千金，名正言顺的琏二奶奶，国公府上上下下都敬畏的大管家，她性格泼辣、杀伐决断、口齿伶俐、心机阴狠。自恃清高的凤姐对于贾瑞的调情，应该有着"蚍蜉撼大树，可笑不自量"的轻蔑。小门小户的小人物贾瑞，有什么资本入得凤姐的法眼？有钱？有权？有才？有貌？且不说贾瑞一无所有，即使样样具备，凤姐也要掂量一下出轨的代价值不值。

回到凤姐和贾瑞初相遇时的情景，凤姐刚从好闺蜜秦可卿处出来，可卿病了，病从何来？凤姐心知肚明。那是一个女人乱伦后付出的惨痛代价。凤姐怎能拎不清这其间的分量？更何况贾瑞出自旁支寒门无才无德，他那罔顾人伦的非分之想，只能让凤姐感觉恶心受辱。

## 02 牡丹花下死

事实上，凤姐一开始并没想弄死贾瑞，书上说"少不得再寻别计令他知改"。可是，贾瑞完全执迷不悟，沉溺在欲望的海洋里，色令智昏。在他身上，淋漓尽致地体现了警幻仙子所不屑的"皮肤烂淫的蠢物"的"淫"和"蠢"。

凤姐让他在穿堂里等，这么小儿科的一个局，他居然真相信荣国府的 CEO 会在寒冬腊月的晚上和他在弄堂里苟合，然后独自在朔风凛凛中冻了一整夜。回家之后，祖父贾代儒料定他在外面嫖娼宿妓，又狠打他三四十板，他饿着肚子，跪在风地里读文章。

色是人的胆，贾瑞在色相面前充分发挥着"明知山有虎，偏向虎山行"的顽强意志，无知无畏地继续着一往无前的脚步，若是换成他人，受尽这番折磨，早该醒悟过来。偏偏贾瑞"痴"心不改，得了空，仍来找凤姐。

凤姐看他死不悔改，故意约他再来，贾瑞半信半疑："果真？"凤姐说："你不信就别来。"贾瑞急忙说："来，来，来。死也要来！"于是，有了第二次赴约：

正自胡猜，只见黑魆魆地来了一个人。贾瑞便意定是凤姐，不管皂白，饿虎一般，等那人刚至门前，便如猫捕鼠的一般，抱住叫道："亲嫂子，等死我了！"说着，抱到屋里炕上就亲嘴扯裤子，满口里"亲娘""亲爹"的乱叫起来。

一上来就直奔下半身，以致分不清男女，充分暴露着贾瑞无可抵挡的欲望，就算前面是万丈深渊，贾瑞也无法停住狂奔的脚步。

凤姐事先安排了贾蔷、贾蓉来收拾贾瑞。所以，当贾瑞在黑暗中抱着贾蓉亲嘴扯裤子时，贾蔷又来"捉奸"，就这样，贾瑞被贾蔷、贾蓉捉个正着，敲诈了一笔，又冻了一夜，还被泼上一桶尿粪。

贾瑞回去后卧病不起，终于意识到凤姐在玩他了，但还是想着凤姐模样的标致。到最后命在旦夕了，看见凤姐在风月宝鉴里召唤他，贾瑞心中一喜，荡悠悠地进了镜子，与凤姐云雨一番，如此三四次，终致魂归魄散。

非常有讽刺性的是，临死之前，有两个人拿铁索套着贾瑞走，贾瑞口中还说着："让我拿了镜子再走。"拿着镜子在黄泉路上看凤姐，真是应了那句"牡丹花下死，做鬼也风流"。

一淫二蠢三无畏，贾瑞这色鬼也是做到家了。

## 03 请君入瓮

因为贾瑞没行止、无德行、又蠢又狂、猥琐下流，大多读者都觉得贾瑞咎由自取，死不足惜。然而，从回目"王熙凤毒设相思局"中的一个"毒"字可以看出，就贾瑞之死而言，凤姐确实做了推手。

凤姐之毒，毒在请君入瓮！不喜欢一个人，完全可以严词拒绝，断了对方的非分之想。若贾瑞招惹的是一般的良家妇女，言语羞辱责骂贾瑞一番，估计他也就自找没趣尴尬地走了。

偏偏遇到的是喜欢玩猫捉耗子游戏的凤姐！

面对昏了头的贾瑞，凤姐想解恨的话，直接找人灌他马粪让他死了这条心不就行了？可那样的话，也就不是"明是一盆火，暗是一把刀"的"有名烈货"凤辣子了，"猫玩耗子"的过程也是凤姐证明自己能力的过程：

"几时叫他死在我的手里，他才知道我的手段！"

凤姐这句话的重点并不是让贾瑞死，而是"知道我的手段"，足见其"素性好胜"。

那么，王熙凤是怎么面对贾瑞调情的呢？

"也未可知，男人家见一个爱一个也是有的。"

"像你这样的人能有几个呢？十个里也挑不出一个来。"

"正是呢，只盼个人来说话解解闷儿。"

"你哄我呢！你哪里肯往我这里来。"

"果然你是个明白人，比贾蓉两个强远了。我看他那样清秀，只当他们心里明白，谁知竟是两个糊涂虫，一点也不知人心。"

……

字字句句都是赤裸裸的诱惑啊！贾瑞固然不堪，但罪不至死。凤姐又何苦说那么多暧昧的话来诱惑这个年轻人呢？

暧昧是把软刀子，美美地杀死对方。一方面看不上追求者，另一方面用暧昧的话钓着对方；一方面假意应承眉目传情，另一方面巧设圈套调戏捉弄，把对方玩弄于股掌之中。就这样，贾瑞被凤姐一步步诱惑于悬崖之上。

最终，里外夹攻，贾瑞一病不起。二十多岁的贾瑞身子板也确实太弱了，和情欲高手琏二爷相比相差甚远。病危之时，贾代儒买不起"独参汤"，去贾府里求讨，王夫人令凤姐称二两给他，凤姐找了些渣末泡须凑上，对于冒犯自己底线的贾瑞，凤姐必置之死地为快。

故事有一段很荒诞性的情节：在贾瑞病危时，跛足道人现身，送贾瑞一"风月宝鉴"。风月宝鉴有两面，一面是美少妇，一面是骷髅鬼。跛足道人一再劝诫，千万不可照正面只能照背后，而贾瑞偏偏不听，丢了性命。

贾瑞死后，贾代儒气得架火来烧宝镜，镜内哭道："谁叫你们瞧正面了！你们自己以假为真，何苦来烧我？"

这大约在警示世人：一定要看透浮华的表象，不被美丽的外表迷惑。像镜中凤姐，正面是人，背面是鬼。贾瑞自己真假不辨，怪得了谁呢？


## 04 宜疏不宜堵

贾代儒至死也绝对想象不到自己的宝贝乖孙子哪里来的偷天大胆，敢去招惹贾府里的琏二奶奶！更想不到自己含辛茹苦养大的孙子会死在女人事上。

原来这贾瑞父母双亡，是由爷爷贾代儒抚养长大的。可以想象，相依为命的爷孙俩是何等亲密！贾代儒必将尽心尽力地抚育家族中唯一骨血，以告慰其早逝的父母。

贾代儒对孙子的教育沿袭几千年来的"棍棒之下出孝子"，动辄打骂，武力解决问题。

贾瑞二十多岁了，只因一夜未归，又撒谎说去了舅舅家，就被贾代儒打了三四十板，不许吃饭、跪在院子里读文章，补出十天的功课。

一个自小失去父母的孤儿，心中已经有一个残缺的大洞，如果没有爱的滋润，没有春风化雨般的引导，那个洞只能是越来越大，因为心田里从来没有得到温润、美好的养料。青春期的迷茫和躁动更是被牢牢地压在火山之下，没有释放的方式。在贾瑞周围，又有着一帮纨绔子弟寻花弄柳。于是，贾瑞体内那些男性荷尔蒙开始以无比强大的攻势喷出，火山要爆发了！贾瑞之色胆，源于本能驱动。

贾代儒是荣宁二府请的教书先生，以贾家的权势，请的自是什么名师硕儒。然而名师之中，呆板、固执、迂腐、不识时务者多也。以贾代儒为代表的一类教育者，眼中只有知识，没有人的存在。在贾代儒们身上，读书是人生第一要务，"书中自有颜如玉"，待到功成名就之后一切自然会水到渠成。所以，为了求取功名，一切都能割舍，正常的情欲是被视为大逆不道的。

宝玉才十四五岁，在梦里和秦可卿云雨过后，立刻和袭人偷试一番。而可怜的贾瑞呢？都二十来岁的人了，还尚未娶亲，无处排解的冲动形成了扭曲的病态心理，居然迷魂了头糊涂了眼去求王熙凤，在病态心理下智商也变得异常低。

电影《西西弗的美丽传说》中有一个13岁的少年雷纳多迷恋上了少妇玛莲娜，这个被荷尔蒙淹没的少年疯狂地置身于情欲幻想里。雷纳多的父亲意识到儿子的成长问题后，主动带着儿子去了妓院。这是影片中唯一一带着喜剧色彩的一个片段，虽不应模仿，或可带给我们一点启发：性教育宜疏不宜堵。

贾瑞死了，无论有多少问责，最终他还是"玩火自焚"，死在了自己的欲望上。可见，欲望这东西，可以让自己变得很蠢，可以让对方抓住七寸，以致于毁了前程掉了性命。

世间的你我，是不是可以从一次次与欲望较量的过程中多出一层智慧，助自己成长呢？

# 秦钟：寒门少年，比爱情更重要的是生存

秦钟，情种也；

秦钟，情终也。

秦可卿的弟弟秦钟，是《红楼梦》中一个晦暗的角色，出场没几次就死在欲望里，和被王熙凤毒设相思局整死的贾瑞颇有几分相似。

然而，不像二十多岁的贾瑞从外到内都呈现出龌龊的姿态，秦钟是一个风神毓秀的少年郎。想起他，就像看到那些情感丰富敏感细腻的青春期孩子一样，他的情感如海洋一样日夜翻滚不息，透过他浓密睫毛掩盖下的幽深双眼，你会忧虑这个孩子的情路一定坎坷无常。

可叹命运对于秦钟这个孩子格外严苛，他还来不及成长，就走向了生命的终结，徒留一声叹息！

## 01 大闹学堂兴龙阳

少年情怀总是诗，秦钟和宝玉的相识也是充满诗意。

看那秦钟：清眉秀目，粉面朱唇，身材俊俏，举止风流，怯怯羞羞，有女儿之态——这是一个十四岁男孩子的俊美。

宝玉见了，心中立即高呼"大爱"，这和他一贯的审美是一致的。尽管宝玉认为"男儿是泥做的，女儿是水做的"，但是仔细读完全书，我们一定会发现：宝玉并不是以性别来区分喜恶，而是看对方是否有女儿般清澈透明的心灵。他的男性朋友，秦钟、蒋玉涵、柳湘莲都是这一类别。

"相见恨晚"这四个字，在宝玉秦钟遇到的那一刻开始暗流涌动。宝玉想：若生在寒儒薄宦之家多好，早就遇见秦钟了；秦钟想：可恨我生在清寒之家，不能与他耳鬓交接。两位少年，一个是含着宝玉出生的豪门富二代，一个是寒门养出的贵子；一个羡慕他长得俊美，一个仰慕他出身豪门，彼此都是对方的远方，这一场相遇，是劫还是缘？

长辈们都支持两个少年的交往。尤其是贾家，对于贾宝玉这个厌学的顽童始终无可奈何，随着模样好性格好的秦相公的到来，贾宝玉的厌学情绪突然来个惊天逆转，火急火燎地等着去学堂，不需要百般动员千般央求，多好的事儿！王夫人背地里不知道念了多少声的"阿弥陀佛"。

大家的共同目标是孩子们能够勤奋向学，可真到了学堂里，宝玉和秦钟的关系怎么越看越不对味呢？第九回"恋风流情友入家塾，起嫌疑顽童闹学堂"细述了两人的关系。"二人同来同住，同坐同起""宝玉赔身下气，情性体贴，话语缠绵，更加亲厚"，无风不起浪，同窗人都起了疑，背地里你言我语，诟谇谣诼，布满书房内外。

接下来大闹学堂也是因此而起。那么，贾宝玉和秦钟到底有没有同窗眼里的"龙阳之兴"呢？（龙阳之兴——即喜好男色。战国时有个叫龙阳君的人，以男色事魏王而得宠。见《战国策·魏策》）

从书中看，二人关系确实不正常。他们之间既不属于兄弟间的江湖义气，也不属于朋友间的君子之交，他们的交往超出了友情，且不排除生理上的依赖和相互需要。在贾宝玉捉住秦钟和智能儿那一次，两人的对话极具暧昧，曹公也是点到为止：

> 秦钟笑道："好人！你只别嚷的众人知道，你要怎样我都依你。"
> 宝玉笑道："这会子也不用说，等一会睡下，再细细地算账。"

这种关系特别像我们今天所谓的好"基友"。然而，两人的性取向并没有问题：贾宝玉对林黛玉的爱是任何人都无法取代的，秦钟也有和智能儿这个异性正常的性爱。他们，只是青春期的孩子，在荷尔蒙的驱动下，出于对性的好奇、无知，加之薛蟠那些纨绔之弟的影响，凡是陌生的领域都想探寻，都被诱惑着。就像如今的青少年吸毒、飙车、酗酒一样，不一定是本性，只是环境的推波助澜，令他们走上了一条歧路。

随着一路成长，他们终会从这种单纯对性的好奇走上灵性合一的路上来。只是对于秦钟而言，再也没有了后来，他和宝玉的关系，也走到暧昧隐晦的这一步戛然而止，缺席了洗净的可能。

## 02. 水月寺里行风月

那一日，宁府大殡浩浩荡荡，压地银山一样走向铁槛寺，为的是寄放秦可卿的亡灵。

这繁华热闹中浸透着哀伤凄凉，最伤悲痛楚的莫过于秦家父子了吧。老父秦业年迈多病，命秦钟在此等待安灵。

秦可卿和秦钟虽不是血缘上的姐弟，但是从秦可卿的言谈举止间，对这个弟弟既寄予厚爱，又极尽疼爱。在亲爱姐姐的丧期间，秦钟这个不懂事的弟弟啊，在做些什么呢？

他和水月庵的尼姑智能儿偷行风月之事。原来秦钟在贾府就和智能儿好上了，曾经在老太太房里搂抱过。因为水月庵离停放亡灵的铁槛寺比较近，宝玉秦钟都跟着凤姐来到庵里休息。那边，凤姐正在和静虚老尼进行权钱交易；这边，秦钟趁黑无人，来找智能儿。

刚至后面房中，只见智能儿独在房中洗茶碗，秦钟跑来便搂着亲嘴。智能儿急的跺脚说："这算什么！再这么我就叫唤。"秦钟求道："好人，我已急死了。你今儿再不依，我就死在这里。"智能儿道："你想怎样？除非等我出了这牢坑，离了这些人，才依你。"秦钟道："这也容易，只是远水救不得近渴。"说着，一口吹了灯，满屋漆黑，将智能儿抱到炕上，就云雨起来。

秦钟和智能儿的这段爱情里，充满了欲的成分。没有情的纯真，只有色的粗糙，性的本能超越了爱的痴迷，金风玉露一相逢，也可能是低俗不堪的。

秦钟对智能儿这个可怜的小尼姑并没有多少爱，白天在为姐姐送殡的路上，见一十七八岁的村庄丫头，秦钟暗拉宝玉笑道："此卿大有意趣。"他既看穿了宝玉对这丫头的好感，同时，自己心中又何尝没有涌起邪念呢？他拉宝玉的这个龌龊动作，和贾蓉怂恿着贾琏勾搭尤二姐有什么区别呢？如果他处在宝玉的位置上，极有可能是另一个贾珍。

秦钟敢对智能儿用强，一方面是为了发泄自己的欲望，另一方面也是因为搞定智能儿的成本比较低。无父无母无依无靠的一个小尼姑，被糟蹋了，谁会怜惜呢？看人下菜是人性的本能，有些男人对女人的性不是出于爱，而是因为这个女人容易得手。

智能儿欲拒还迎。走入佛门的小尼姑正值青春妙龄，哪个少女不思春？她还没感受过情欲的美好，怎能甘于清心寡欲在佛门中？又怎甘心一生伴随古佛青灯？

再看智能儿的成长环境，她的师傅是没有一点佛心的静虚老尼，为了金钱搅入到红尘中的恩恩怨怨，这样的老尼能给智能儿什么样的教育？什么样的温暖？从小没有得到疼爱的女孩子最容易被异性的一颗糖所打动，在冰冷的世界里她甘愿以飞蛾扑火的姿势去索要光明。

因此，在这场青春情爱里，不谙世事的智能儿对秦钟有的是依恋，秦钟却缺少对智能儿的尊重，即便秦钟不死，两人也未必长情下去。

### 03. 临终遗言谈功名

因为身子板弱，在郊外受了些风寒，又和智能儿偷情缱绻，秦钟回来就咳嗽伤风，身体很是虚弱。没想到智能儿私逃出城来找秦钟，被秦钟老爹秦业发现，将智能儿逐出，把秦钟打了一顿。秦业自己也气得老病发作，没过三五日就死了。

秦钟在悔恨不及中，也踏上了黄泉路。

花容月貌的可卿走了，独撑门户的秦业走了，风神俊美的秦钟也走了，秦家转眼间灰飞烟灭。曹公似乎处处在提醒读者：欲望害死人啊！

然而，世人都能从他人的故事里明白人生哲理，转回自身，还是投入到欲望的深海中向更深处游溯。

秦钟至死都在记念着家中无人掌管家务，牵挂着父母积留下的三四千两银子，记挂着智能儿尚无下落，可是待到宝玉赶来，他只说了这么一番劝说的话："以前你我见识自为高过世人，我今日才知自误了。以后还该立志功名，以荣耀显达为是。"说毕，便长叹一声，萧然长逝了。

作家学者白先勇先生说："这几句话不像是秦钟讲的，他讲这话，宝玉早一脚把他踢开了……我想秦钟也应该了解他，不会讲这种话……这段我看是多余的败笔，应该又是抄本的问题。"

秦钟在临终之时会这样劝宝玉吗？我思来想去，认为极有可能。秦钟的一声长叹里，涵盖了一生的悔恨啊！

追溯秦钟的成长环境，他是寒门里被寄予厚望的贵子，和宝玉不一样，秦钟是背负着厚重的使命来读书的。父亲为了他能入贾家的私塾，东拼西凑，封了二十四两贽见礼，为的是他学业进益，成名可望。姐姐听说兄弟在学堂里不学好，气得连早饭也没吃。

可是，在和宝玉交往的过程中，秦钟滑向了欲望的泥淖。和宝玉暧昧，和智能儿云雨，哪里想过读书这回事？

寒门和豪门之间，终隔着一扇不对等之门。宝玉即使不读书，如果贾家不落败，也有官儿可做；在和秦钟交往之前，宝玉已经和袭人有过了云雨情，并且他知道这个丫鬟早晚都是他的，自己不用有任何心理负担。秦钟则不一样，像他这样出身寒门的少年，是没有放纵自己欲望的资本和资格，只有把影响前途的东西割舍掉，他才能追赶着奔向前方。

秦钟就在奔袭的路上被欲望拦截，到临死那一刻才发现是什么误了这短暂的一生。身为男儿，没有建功立业、没有求取功名、甚至没有复兴家族，一味地放纵欲望，丢了性命，是不是辜负了他人也辜负了自己呢？

秦钟的话，是临死前的悔恨之音啊！

即使勘破世事如曹雪芹，当举家食粥酒常赊之日，当为了生活不得不折腰之时，是不是也会有那么一瞬间，悔不当初求取功名呢？

入世和出世，都不是那么绝然的。陶渊明也是在"误入尘网"多年之后才最终回归田园。一个人如果没有为生活努力过、奋斗过，就谈玄谈道谈隐逸，恐怕也如水中月镜中花一样空无所依吧？

愿世间像秦钟这样的少年能顺利穿越青春期的幽暗，走向明媚的未来。

# 门子：小狐狸遇上老江湖，聪明反被聪明误

## 01 狡猾"小狐狸"

《红楼梦》中的门子，不可谓不是一只狡猾的"小狐狸"。

他本是葫芦庙里的一个小沙弥，若不是贫穷不堪或者孤苦无依，哪有小小年龄以此为生的？想这小沙弥也不是那一心向佛的主，葫芦庙一着火，他就随之跳出了佛门。小时候做和尚是身不由己，长大后可以自由选择人生了，小沙弥依然向往着滚滚红尘。

小沙弥一转身，蓄发变成了应天府的门子。

门子是清代社会特殊阶层，他们在官衙中，或处理文书，或办理杂物，或应付官场中的种种应酬和事务。无论如何，这意味着门子已经跻身到"公务员"系统了，虽然只是端茶送水打杂的小小公务员。从门子能够娶妻并且有了自己的房产、还能将房子出租给拐子来看，这个小公务员混得挺不错。

能从贫苦一沙弥混上"公务员"已经是极有能耐的事了，这门子居然还精通官场之事，他了解葫芦案的全部来龙去脉，说明门子这人

平日里是眼观六路耳听八方的。至于案件怎么办，他心里也有了自己的主意。看来如果这小"公务员"有一天混成"科长"之类的，也能独当一面。

门子的聪明还在于他是时刻准备叩响机遇大门的那种人。护官符在他身上随身带着，本省最有权有势的人家他了如指掌，连贾雨村补升应天府是得了贾府之力他也打探得一清二楚，所以如果应天府新来的不是贾雨村，是"张雨村""李雨村"……他也能随手拿得出护官符。

照这样看，聪明如门子，该在官场顺风顺水了。但门子最后的结局大家都知晓，"后来到底寻了个不是，远远地充发了他才罢"。那么，门子到底错在哪里，让他狠狠地在贾雨村手上栽了个大跟头呢？

## 02 他比上司更"聪明"

那日，贾雨村刚刚补授了应天府，就接到了薛蟠抢英莲打死冯渊一案，雨村听之大怒，立刻要发签拷问。案旁的门子使了一个眼色，雨村狐疑，立刻停手，退至密室，留门子服侍。

贾雨村问门子何故使眼色不让发签。门子不解释原因，先反问一句："老爷既荣任到这一省，难道就没抄一张本省'护官符'来不成？"

哦？门子用的是反问句式啊，翻译过来，这句话的潜台词是："您官做这么大，连这点常识都不懂？"这是极让人不舒服的一个反问，上司面前怎么可以用这样的语气呢？

连我这种不谙官场事的人，都知道和领导说话应该是陈述体："老爷，您还不了解我们应天府的情况……我给您汇报一下。"

好在雨村也不是那种刁钻的领导，很谦虚地忙问："何为'护官符'？"

门子道："这还了得！连这个不知，怎能做得长远！如今凡做地方官者，皆有一个私单，上面写的是本省最有权有势、极富极贵的大乡绅名姓，各省皆然……"

门子这句是高高在上的口吻，一时之间，让人很难分出谁是领导谁是下属了。

幸而贾雨村涵养高，依然笑着咨询门子："今日这官司，如何判断才好？"

这是断案中的核心问题，聪明的下属都知道，任何时候都不该替上司拿主意的，解决问题的方法需是领导自己想出来的。想不出来怎么办？启发式教学啊！领导哪怕想到一点靠边的意思，都要及时鼓励，最后的正确答案一定出自领导。这是装愚，也是不忘自己身为下属的本分。

且看门子怎么回答？"老爷当年何其明决，今日何翻成个没主意的人了？"这嘲弄的口气，任谁听了也不会舒服的。贾雨村其实还算是一个比较有雅量的人。

大家都知道《西游记》中的孙悟空极有本事，但在唐僧的三个徒儿中他最不讨师傅喜爱，动不动就被念紧箍咒，还三番五次地被赶回花果山。若没孙悟空，靠着猪八戒和沙僧，唐长老的西天取经路能走多远呢？唐长老从哪里来的赶走悟空的勇气和底气呢？

一定是这个徒儿让他感觉太不爽了！悟空最大的错误就在于他太能干！事实正是如此，若不是孙悟空的英雄在衬托，众人怎么能看出唐僧的无能呢？

徒弟比师傅还厉害让师傅心里很压抑，而应天府这个小小门子，居然表现得比青天大人贾雨村还要聪明！这样"聪明"知晓一切的门子，能不被贾雨村赶走吗？

唉！这个门子，简直就是一个翻版的杨修。


## 03 揭人老底的傲慢

从门子对领导说话的语气中我们可以感受到，他从骨子里看不起贾雨村。一个小门子，面对顶头上司贾雨村，怎么敢这样说话呢？

追根溯源，在于贾雨村贫贱的出身。若不是因为知道贾雨村的不堪"发家史"，门子对于上司恐怕只有唯唯诺诺的份。但是，他太了解贾雨村的过往了。

一开始，在密室里，贾雨村并没认出门子就是葫芦僧。门子忙上前请安，笑问："老爷一向加官进禄，八九年来就忘了我了？"

门子这笑容暴露了想巴结、奉承、套近乎的想法，世故又圆滑。然而，蓄了发的小沙弥并未在贾雨村这里唤起记忆，雨村说只觉面善，一时想不起。于是，门子又笑道："老爷真是贵人多忘事，把出身之地竟忘了，不记当年葫芦庙里之事？"

"贵人多忘事"，这是幽默调侃的口吻，但是贾雨村此时的身份已今昔非比，门子如此语气，显然有点放肆，不能摆正自己身为下属的位置。

门子提及的葫芦庙之事，源于《红楼梦》第一回，彼时，贾雨村还是一落魄穷儒，极为贫贱，身无分文，连住的地方都没有，只得在葫芦庙里安身，每日以卖文作字为生。一年之后，因甄士隐资助的五十两白银和两套冬衣，方有了上京赶考的资费。

由此可见，门子和贾雨村也算是故人了。然而，哪个飞黄腾达的权贵愿意让故人提及自己穷困潦倒的往事？门子这傲慢地揭他人老底的语气，是自招其祸之源啊！

书中这么说的，"雨村听了，如雷震一惊"。可谓是一刹那间，心中惊涛骇浪。虽然看贾雨村面若平湖，你也该理解他那一刻有多地不舒服。

在贾雨村心中，他何尝不希望自己能够出身豪门，有足够的官场资源？

贾雨村更喜欢听冷子兴的话："老先生你贵同宗家出了一件小小的异事。"冷子兴指的是荣宁二公这一血脉的"贾"家。虽然贾雨村和贾家是八竿子打不着关系，但子兴说了，"你们同姓，岂非同宗一族？"雨村笑着承认："若论荣国一支，却是同谱。"

贾雨村心里，未必没有这虚荣的想法。出身就是官场资源，如今，贾雨村好不容易抱住了贾家的大腿，有了庇荫的大树，他潜意识里面，希望出身更高贵一些。可是，这份虚荣在门子毫不留情的追根溯源里无处遁藏。贾雨村靠做官积累的尊严，瞬间碎了一地。原来自己走过山高水长，在一个小门子记忆里，还是那个连饭都吃不起混身在胡芦庙里的穷书生。

中国有句古话叫做"英雄不论出身"。但是不是因为我们太以出身来论英雄了，才刻意拿出这句话来抚慰一下出身草根之痛？

历史上，哪个最后成大事的人物不在自己出身前添上浓墨重彩的一笔？刘备，皇室之后；刘邦，真龙转世；武则天，上天有过预兆……成大事者，出身必不凡也。哪怕这个不凡是后来加上的。

那么，贾雨村，就因为出身低贱被一个门子如此轻贱，焉能舒心？

## 04 知道太多的灾难

门子不仅清楚老爷的出身，对于整个案情，更是了如指掌。

当贾雨村看到了护官符后，老奸巨猾的他一定对案件如何处理有所思忖，但他却笑着让门子出主意。

于是，便有了门子对案情的娓娓道来。

门子笑道："不瞒老爷说，不但这凶犯躲的方向我知道，一并这拐卖之人我也知道，死鬼买主也深知道，待我细说与老爷听……

"不但……我知道"、"……我也知道"、"……也深知道"，这几个"知道"把一个急于攀爬的小人谄媚姿态刻画得淋漓尽致，但是在顶头上司面前，有时知道太多恐怕是场灾难，有哪个上司喜欢没嘴的葫芦呢？

且看接下来，门子还知道哪些内幕？

讲完了案件的来龙去脉，门子还不过瘾。继续在老爷面前卖弄他的信息量："老爷你道这被卖的丫头是谁？"雨村有点不耐烦了："我如何得知！"

门子冷笑道："这人算来还是老爷的大恩人呢！他就是葫芦庙旁住的甄老爷的小姐，名唤英莲的。"雨村骇然道："原来就是他！闻得养至五岁被人拐去，却如今才来卖呢？"

曹公很喜欢在人物说话前加上一个"笑"字，但大多笑都是不带修饰情绪词的，唯有这一次，加上了一个"冷"字。细品门子这一冷笑，大有趣味。

从身份上讲，门子是绝对不该也不敢对贾雨村表示轻蔑的，他的冷笑是出自潜意识里的倨傲心理，那是一种知道内幕的优越感，还有身为旁观者高高在上的嘲讽味道。

因为卷入这场案件的核心人物英莲是甄士隐的女儿，而甄士隐又是贾雨村的大恩人，那么，把英莲的身份给摆出来，实际上是爆了一个大冷料，给贾雨村出了一道难题。

门子在冷眼旁观：老爷，您到底怎么对待恩人之女呢？

且看贾雨村的反应："骇然"！他"骇"的是喜遇恩人之女吗？不！他骇的是事情太突然。在听完门子细述完英莲的遭遇后，雨村叹息道："这也是他们的孽障遭遇"，他是在为英莲的命运哀叹吗？不！他叹的是自己终要愧对恩人，他曾经答应甄士隐的家人，"务必探访回来"，如今看来，虽然探访回来的机会就在眼前，承诺亦终成泡影。这一刻的贾雨村，面对命运的无常，也一定产生了无力感。

他怎可能因为一弱女去得罪刚刚攀到的"大树"呢？案件的凶手薛蟠是贾政和王子腾的外甥，而自己补授应天府正得益于贾王二人。因此，贾雨村用虚伪的一叹来掩饰内心的不安。

门子的冷笑把自己往"作死"的路上又推进了一步，如果说揭开贾雨村的出身伤疤已经是错，那么此时门子冷笑着注目贾雨村如何对待恩人之女，岂不是错上加错？他的存在宛如一枚放大镜，使贾雨村忘恩负义的品性暴露无疑。

门子在"知道太多"的泥潭中越陷越深，他确实通时务，也很有小聪明，但对于人性的心理，特别是对老奸巨猾的贾雨村揣摩太少，既不懂装愚，又不能摆正自己的位置，悲剧下场早已注定。

## 05 虚伪老江湖

整场案件看下来，贾雨村似乎始终被门子牵着鼻子走，他是真不懂为官之道吗？

案件一开始，原告陈述冤情，贾雨村听完大怒道："岂有这样放屁的事。打死人命竟白白走了，再拿不来的。"

俗话说："新官上任三把火"，贾雨村刚刚走马上任，一定要摆出青天大老爷的姿态。他派人捉拿凶手来拷问，可就在发签时，门子给他使了一个眼色，贾雨村立刻停手。

门子，地位低贱，何以一个眼色就止住了贾雨村成为清官呢？这是因为他在官场上摔过跟头，开始学"聪明"了，做一个清官在那个时代很难安身，一定要深谙官场潜规则。

在了解清楚整个案情后，贾雨村对怎么断案是否心中有数呢？他这样说：

"……且不要议论他，只目今这官司，如何剖断才好？"

贾雨村真的不知道这官司如何断吗？作为从官场沉浮过一次的"老油条"，贾雨村再明白不过这其中的取舍，"切不要议论他"这六个字已经暴露了他的取舍倾向性，这里的"他"是谁？是恩人之女！但是贾雨村故意显得没主意，故意让门子来说如何断案，是因为还要掩饰一下自己的忘恩负义！

门子直接了当地说，老爷您升这个官系贾王二府之力，您就顺水人情，了解此案就好了。

贾雨村是否同意门子的断案方针呢？

没有！雨村说，你说的有一点道理，但此事一关人命，二负皇恩，不可因私废法，我不忍为也。好一个正直秉公的清官！即使门子提醒了他被复用是贾王二府之力，但是背后不是还有皇恩吗？不是还有儒家忠君爱国之道吗？

门子又冷笑了，说道：

"老爷说的何尝不是大道理，但只是如今世上是行不去的。岂不闻古人有云：'大丈夫相时而动'，又曰：'趋吉避凶者为君子'。依老爷这一说，不但不能报效朝廷，亦且自身不保，还要三思为妥。"

门子这次冷笑则是对贾雨村装模作样的不屑了："老爷说的是'大道理'，但这道理在官场上能行得通吗？老爷说忠君报国为君子，但是不保全自己何谈报效朝廷？"

于是，貌似在门子的谆谆诱导下，贾雨村"低了头，半日方说道：'依你怎么样？'"低头已是默许，但贾雨村依然不表明态度，还是问门子该怎么样，最后当门子提出一个扶鸾请仙、瞒天过海、自欺欺人的方法时，贾雨村忸怩地笑着说："不妥不妥""再斟酌斟酌"。

门子谈的"君子"处世哲学，是官场生存之法则，身为老江湖的贾雨村又何尝不知？妙的是借门子之口来侃侃而谈，贾雨村似乎是被"点拨"的那一方，他的虚假面具始终不愿摘下来。他比谁都清楚：儒家伦理道德，只是装点门面，"趋吉避凶"的人生哲学，方是处世之道。

至此，贾雨村对这场案件的态度已经发生了360度的大翻转，葫芦僧一案，贾雨村完成了从一个有良知的知识分子到严酷贪官的转变。

案件自然是胡乱了断，恩人自然也是辜负了的，贾雨村却攀援上了"大树"。断了此案，他急忙修书两封，一封给贾政，一封给王子腾，信中所言自然是表功。

门子呢？被贾雨村到底寻了不是，远远地充发了。贾雨村此时还不够心狠手辣，只是把门子发配走了，若以他后来的身手，必定会斩草除根方罢休。后来的贾雨村，官越做越大，心越来越狠，为了几把扇子，要了石呆子的命。据说在贾家落败之时，他还狠踹了一脚。

门子和贾雨村，一个是真小人，一个是伪君子；一个是小狐狸，一个是老江湖。二者狭路相逢，谁会胜呢？

第三辑

江湖秋水波浪多

# 甄士隐：放下苦难，方得渡心

## 01 翻云覆雨的命运

《红楼梦》中第一回出场的甄士隐像是神一样的存在。

先看他的名字：真士隐；再看他的行踪，疏忽来去，神游太虚幻境；加之他出家人的身份，以及同行的一僧一道，无不在他身上注入了神秘的色彩。

然而，就这样一个真隐士，也曾是我们芸芸众生中的一员。

他本是一乡宦，家中虽无甚大富大贵，却也是本地望族。更重要的是，这个甄老爷很懂得自得其乐：观花修竹，酌酒吟诗，结交雅士。用书中的话来说，"倒是神仙一流的人品"。

环顾我们四周，是不是也有许多这样的"甄士隐"？无大富大贵，也不追逐大富大贵，能够得体地活着就足够了。如果能在这不完美的世界里把玩一点自己的爱好就更好：比如喝酒、读书、养花、下棋、篆刻、炒股……总之，活得自在自足恬淡平和与世无争。

这不就是你我的那点小梦想吗？

甄士隐的人生也算不得太完满，纵然妻子封氏性情贤淑，女儿英莲可爱娇美，终因膝下无儿心存遗憾。但这仅仅是小遗憾而已，世间万事美中不足自古有之，士隐也看得开，视女儿如掌上明珠。

若能这样平平安安地走过一生，夫复何求？

可叹人生无常！命运这双手翻云覆雨，一下子如泰山压顶把磨难和厄运压在甄士隐的头上。

第一道磨难是三岁小女英莲在元宵节看灯当晚，被拐子拐卖。甄家夫妇为此昼夜啼哭，几乎不曾寻死，甄士隐先得一病，甄夫人也思女成疾，日日请医疗病。

读至此，我想起央视纪实节目《等着我》，每次看这个节目，我的泪水都止不住长流。我为那些受此灾难的父母流泪，为他们内心所遭受的折磨煎熬流泪，恨不能将人贩子千刀万剐。但尽管如此，我知道自己依然永远无法做到感同身受。

儿女遗失，人生不能承受的一大痛啊！

没料，刚过了两个月，葫芦庙着火，殃及街邻。处在葫芦庙隔壁的甄家一夜之间变成了瓦砾场，甄士隐唯跌足长叹而已。

继之，甄士隐到田庄上安身。偏偏逢上水旱不收、鼠盗蜂起、抢粮夺食、民不安生。

再后来，甄士隐折卖全部家产投奔岳父。没料到岳父见女婿狼狈而来，心中不乐，半哄半赚，骗他田产，对其极尽挖苦讽刺。

身为读书人的甄士隐，岂料到如此遇人不淑？几年间白发苍苍，憔悴老去。经历了失女、失家、失田庄几大灾难后的甄士隐，已跌入人生暮年、贫困交攻、穷途末路，深陷绝境。

又一日，甄士隐拄拐散心，在街头遇到了跛足道人，口中念念有词：

世人都晓神仙好，惟有功名忘不了！

古今将相在何方？荒冢一堆草没了。

世人都晓神仙好，只有金银忘不了！

终朝只恨聚无多，及到多时眼闭了。

世人都晓神仙好，只有娇妻忘不了！

君生日日说恩情，君死又随人去了。

世人都晓神仙好，只有儿孙忘不了！

痴心父母古来多，孝顺儿孙谁见了？

一下子，这首歌击中了他的心灵。如灵光闪现，如醍醐灌顶，甄士隐瞬间彻悟。世间繁华、富贵、荣辱、得失、生死、贪痴皆已放下。

甄士隐拉着道人，将《好了歌》做了注解：

陋室空堂，当年笏满床。衰草枯杨，曾为歌舞场。蛛丝儿结满雕梁。绿纱今又糊在蓬窗上。说甚么脂正浓，粉正香，如何两鬓又成霜？昨日黄土陇头送白骨，今宵红灯帐底卧鸳鸯。金满箱，银满箱，转眼乞丐人皆谤。正叹他人命不长，那知自己归来丧。训有方，保不定日后作强梁。择膏粱，谁承望流落在烟花巷。因嫌纱帽小，致使锁枷扛。昨怜破袄寒，今嫌紫蟒长。乱哄哄，你方唱罢我登场，反认他乡是故乡。甚荒唐，到头来都是为他人作嫁衣裳。

如果说《好了歌》是以一种居高临下、隔岸观火的姿态来俯瞰人类可笑可叹的话，《好了歌注》则完全哀叹到了每个人的人生。在嬉笑怒骂里、在长歌痛哭里,我们看到的是人世的风云变幻。这其中有甄士隐的人生体味,更囊括了整部红楼的荣枯悲欢。

人生,可不就是乱哄哄你方唱罢我登场,所做一切都是为了他人做嫁衣裳?

自此,那个读书人甄士隐不见了,取而代之的是飘然而去出离凡尘的甄士隐。


## 02 看破红尘的解脱

甄士隐是中国文人的缩影。在他身上,有着儒家的积极入世,道家的飘逸出世,佛家的修心超世。

"达则兼济天下,穷则独善其身"是读书人信奉的人生哲学,"修身齐家治国平天下"是士子们最基本的人生追求。年轻时,个个都是儒家的教徒。有着凌云壮志、豪情万种,寻求着不朽之功名,就像书中的贾雨村。

在《红楼梦》的第一回,贾雨村是一个重要的人物。那时的贾雨村还是一个穷困潦倒的书生,寄住在葫芦庙里,靠着甄士隐的接济方进京赶考求取功名。从甄士隐对贾雨村的态度可知,甄士隐对这类努力求取功名的读书人赞赏有加。他发自内心地欣赏贾雨村的才华,又真心实意地赠送他五十两银子和两套冬衣。即便甄士隐自己没有走上求取功名的路,他也是儒家的忠实拥护者。

那时,甄士隐也曾被僧道所点化:一日,甄士隐抱着英莲在街前看热闹,来了一僧一道,那僧是癞头跣脚,那道跛足蓬头,看士隐怀抱英莲,那僧便哭着问他:"你把这有命无运、累及爹娘之物抱在怀里

作甚?"甄士隐一听,哪里来的疯和尚啊,不理睬! 那僧则指着他大笑,口中念道:

> 惯养娇生笑你痴,菱花空对雪澌澌。
>
> 好防佳节元宵后,便是烟消火灭时。

这四句诗是英莲后来命运的写照。可那当时,甄士隐怎舍得放手? 他抱着英莲撤身进去。

彼时的甄士隐,是一个好丈夫,即便妻子没有生育儿子,亦不肯纳妾;是个好父亲,对女儿视若珍宝;是个好朋友,仗义豪爽;是个好公民,不仅与人为善,更乐善好施。

他的心里,也是有那么一点点道家隐逸情怀的,比如观花修竹、酌酒饮食之类的生活情趣。但这仅仅是生活的点缀,不是他思想的主调。他依然是那个执着于现世人生的读书人。

直到苦难来临。

其实苦难也有程度轻重之分。一种是困境,像文人被贬,被贬后的心态决定着生活的品质。诗豪刘禹锡在被贬 23 年后,回到扬州遇到白居易还意气风发地唱着:"沉舟侧畔千帆过,病树前头万木春。"豪放派鼻祖苏东坡从蛮夷之地海南归来尚不忘在自画像上题诗自嘲:"问汝平生功业,黄州惠州儋州。"

在这种困境前,人还能笑着与上帝和解,还能自由出入在儒道之间,寻求心灵的慰藉。可是面对另外一种境遇呢?

绝境! 飞来横祸、家破人亡,如甄士隐遭遇的这种。完全无法释怀,整个人都沉入了混沌的世界里,因为丢失的,是整个世界。

这时,该如何同命运讲道理呢? 没办法讲!

一曲流水红颜寞:红楼梦中的多面人性

甄士隐的选择或许是解脱之道：看破尘世，消解一切存在的价值意义。等死生为一体，完全走上佛道之路。当甄士隐听了道人的《好了歌》之后，便已彻悟，将道人身上褡裢抢来背着，竟不回家，飘飘而去。

　　携甄士隐出家的那道人笑道：

　　"可知世上万般，好便是了，了便是好；若不了，便不好；若要好，须是了。"

　　这段佛语很饶舌，同时也让我这个没有慧根的人陷入思量：好便是了——为什么从好能到了？何时算好？何时算了？何时从好到了？

　　如果我不曾真切地感受过这热热闹闹的世间，如果我没有哭过爱过笑过恨过，我怎甘心让生命在佛光中沉寂？即便是那充满灵性的三生河畔的绛珠仙草，也要还尽自己一生的泪；即使是那大荒山的石头也凡心所动，对繁华世间心切慕之。更何况我本凡人，生在天地间。

## 03 遁入佛门的"放下"

　　放下《红楼梦》，我想起了弘一法师李叔同。

　　如果只因在人群中多看一眼的缘，你爱上了一个人，然后为了他不惜同家人决裂，漂洋过海随他来到异国，是不是会相信此情矢志不移？是不是信守白头偕老地老天荒？

　　可是，人海中多看那一眼的缘分真不知是劫还是缘。

　　日本女子雪子就遭遇了这样的过往，她是李叔同的妻，不，是弘一法师的前妻。

　　自己伤心恸哭，他不为所动；儿子苦苦哀求见上一眼，他脸色默然，手数禅珠，轻声启口："我已将情字了断多年，夫妻陌路，父子隔世，岂能因见儿子而重坠尘网……不见！"

这样的一刻，你会不会恨他无情无义？会不会感觉天日无光，飞沙茫茫？

李叔同出家那一年，正值 39 岁的人生盛年。在此之前，他文采风流，名噪一时，诗文、词曲、话剧、绘画、书法、篆刻无所不能。有过一段青楼美酒、名妓歌舞的放荡生涯。然而，这一切都终是"十年一觉扬州梦，赢得青楼薄幸名"。他在给雪子的信中写道：

做这样的决定，非我寡情薄义，为了那更永远、更艰难的佛道历程，我必须放下一切。我放下了你，也放下了在世间累积的声名与财富。这些都是过眼云烟，不值得留恋的。

看了这封信，我们可能会放下气势汹汹指责他的姿势，叹息着转过身。

他眼中岂止是没有别人？他也没有自己。他是被信仰击中的那个人，他的眼里没有过往、没有亲人、没有功名、没有利禄，只有佛法。他身不由己地踏上了一条不归路。

汗流浃背生活着的世人，总是在急急慌慌地追赶，或者声名、或者财富、或者仅仅是活着，仿佛把世界装到自己的口袋里就成为了富有的人。而李叔同放下了这一切。世人做加法，他做减法；世人追名逐利，他拒绝成为人群中的那一个；世人名片上职务越来越多，李叔同只留下一个弘一法师的身份。

因为他明白：唯有放下，才能抵达心灵想到的地方。

难怪张爱玲说：

"不要认为我是个高傲的人，我从来不是的，至少，在弘一法师寺院的围墙外面，我是如此的谦卑。"


## 04 留给爱人的伤害

从书上的甄士隐到书外的李叔同，从古到今，总是有人选择遁入佛门的人生。

他们心里只有两个字：放下。放下物欲，放下情欲，放下这花花世界、滚滚红尘。

甄士隐是被上帝的巨手玩弄的那个人，好像被噩运追赶着，他一而再再而三地遭到攻击。最后他逃离尘世，心不在凡尘，上天也奈他无何。

李叔同是主动追逐信仰的那个人，佛法是他心中的一道光，一道闪电，他希望慈悲的佛光能够照耀世人。

不管是被动的遁逸还是主动的皈依，他们都留给了爱人最残酷的伤害。

整部红楼中，甄士隐的老婆甄夫人是经历苦难最多的女人，她的人生经历了三大悲痛：

一悲失女，唯一的女儿被人贩子拐走，从此坠入了不见天日的枯井。

二悲父冷，娘家是一个女人最后的归途，可是她的父亲封肃冷面冷心，落井下石。

三悲夫弃，甄士隐的出家把她置于四顾渺茫的绝望境地。

可以想象甄夫人的人生路，如在苦海中跋涉，漫漫长长。四面寒风冷雨，乱箭穿心，其中，丈夫甄士隐的出家应该是最尖锐的一击。

那个超然世外的神仙甄士隐飘然而去，断了一切尘缘。就在那么偶然的一个时刻，他连家都不肯回，跟着癞头和尚跛脚道士就走了。这让甄夫人情何以堪？

两个人平平安安走了大半辈子，噩运来临了，本该相扶相携，相濡以沫，以对方的存在成为彼此的温暖，可是他这一走……唉！无尽悲凉！无限绝望！

李叔同的心爱弟子丰子恺说："我以为人的生活，可以分作三层：一是物质生活，二是精神生活，三是灵魂生活。物质生活就是衣食，精神生活就是学术文艺，灵魂生活就是宗教。"

以此看来，归于佛门，意味着人生进入了一个新的境界。

然而，佛门的遁世里面是否有逃避的成分呢？如果这份逃避于人无碍，倒也罢了；如果这份逃避只是寻求自己心灵的安定，那么无疑有自私冷漠的成分。可是，一个连自己都无法温暖的人，又如何苛求他去温暖身边人呢？

我只是怀念那个观花修竹、疼爱女儿的甄士隐；更怀念那个"一壶煮酒尽余欢"的李叔同，纵使人生如梦、万境归空，我也希望在冰冷的世界里，有人一起握手，温暖彼此的岁月。